Geistertanz - Wege der Freiheit

Jens Jüttner

Geistertanz

Wege der Freiheit

Roman

Bibliografische Information der Deutschen Nationalbibliothek:
Die Deutsche Nationalbibliothek verzeichnet diese Publikation in der
Deutschen Nationalbibliografie; detaillierte bibliografische Daten sind
im Internet über http://dnb.dnb.de abrufbar.

Herstellung und Verlag: BoD - Books on Demand, Norderstedt

ISBN: 978-3-7347-9273-1

Vorwort

Vorworte von Autoren sind überflüssig. So unwichtig wie alles Übrige, was der Autor über eine Erzählung abzusondern hat. Wäre es von Bedeutung, hätte er es doch in den Text mit aufgenommen. Dennoch habe ich als Leser immer gerne Vorworte von Autoren gelesen und mich über diesen realen O-Ton des Schreibenden, der hinter der Erzählung steht, sehr gefreut und mich diesem durch die Geleitworte nahe gefühlt. Vielleicht so wie ein Passagier sich bei Betreten eines Schiffes besser fühlt, wenn ihn der Kapitän an Bord geleitet; denn der muss schließlich wissen, wohin die Reise geht und ist verantwortlich. Insoweit möchte auch ich mich nicht aus meiner Verantwortung stehlen und jedem Gast höflich über die Gangway helfen.

Der Held dieser Erzählung hat nichts Vortreffliches geleistet, wird dies wohl auch niemals tun und mit hoher Wahrscheinlichkeit auch nie existieren. Es handelt sich folglich ohne Zweifel um eine Person von geringem Nachrichtenwert, so dass nicht verwundern kann, wenn sich bisher noch niemand seines Lebens angenommen oder darüber berichtet hat. Jeder Leser, der dieses Buch folglich irrtümlich in dem Glauben aufgeschlagen hat, er könnte bei der Lektüre etwas Nützliches lernen oder erfahren und sich dabei weiterbilden, sollte daher lieber kein Ticket lösen und nach einem anderen Buch vielleicht ein oder zwei Regale weiter suchen. Ich befürchte, dass dieses Buch höchstens dazu führen kann zu verlernen. Leider kann ich nicht mit großen Wahrheiten dienen, die sich nur anderen Instanzen offenbaren und die sich denn auch wohl nur in den geschichtsträchtigen Autobiographien hervorragender Persönlichkeiten der Zeitgeschichte wiederfinden lassen. Dagegen ist die Geschichte meines Helden nur ein Treppenwitz. Ich bin mir bewusst, dass Autoren eine gewisse Verantwortung tragen, wenn nicht sogar eine Form von Bildungsauftrag haben. Andererseits denke ich, dass ein einzelnes Erzeugnis diesen Gesamtbeitrag zur kulturellen und gesellschaftlichen Entwicklung wohl nicht wird erschüttern können, so dass ich mir die Freiheit genommen habe, ohne jeden Anspruch zu schreiben. Ich halte dies für legitim, da ich den Leser zuvor ausdrücklich gewarnt habe.

Sollten Sie dieses Buch jedoch vielleicht auf einen später entstandenen Klappentext hin bereits gekauft haben und zu faul sein, es zurückzutragen und in einen kompetent geschriebenen Ratgeber über Gartenpflege, Zeitmanagement oder Feng Shui umzutauschen, wozu Sie selbstverständlich berechtigt wären, grämen Sie sich nicht allzu sehr. Auch ich habe in meinem Leben schon viele Anschaffungen getätigt, die für mich vollkommen nutzlos waren. Vielleicht findet sich später einmal eine Verwendung.

Alle Leser, die von diesem Buch keine Erbauung und Belehrung erwartet haben, bitte ich, die vorangestellten und, wie bereits festgestellt, überflüssigen Zeilen zu entschuldigen.

Peter …

Gut, dass ich dich erreiche. Ich war mir nicht sicher, ob du online bist …

Ja, ich hätte es besser wissen können, aber man weiß nie! Und hätte ich dich jetzt auch nicht erreicht, wäre mir der Arsch ziemlich auf Grundeis gegangen …

Nein, ich bin noch nicht abgehauen und von tiefer Wildnis war sowieso nie die Rede. Warum versteht eigentlich nie jemand, was ich sage?! Außerdem würde ich dich doch nie im Stich lassen. Es war einfach ein wenig – hm – hektisch in letzter Zeit …

Natürlich! Ich bin mir völlig im Klaren darüber, dass der Abgabetermin letzte Woche war. Aber ich bin wirklich nicht zum Schreiben gekommen …

Was soll das heißen, es fehlten doch nur noch 10.000 Zeichen? Es fehlte das gesamte verdammte Ende der Geschichte! Wie stellst du dir das eigentlich vor? Soll ich die Buchstaben im Akkord abarbeiten – wie Getränkekisten? Bei dem, was ich um die Ohren hatte, ist es ein Wunder, dass ich bis heute fertig geworden bin …

Nein, kein Prüfungsstress. Das heißt, nicht direkt. Der Stress kommt mehr daher, weil es gerade keine Prüfung gab …

Ausgefallen ist gut! Ich hab sie sausen lassen – vorbei, einfach so …

Ich weiß nicht, ob ich gut oder schlecht vorbereitet war, und da gibt es auch nichts nachzuschreiben …

Ja, ganz ruhig! Ein Attest hätte ich mir selber auch besorgen können. Aber darum geht es nicht! Ich war nicht nur einfach nicht da bei der Klausur – ich war sogar sehr pünktlich da, um sie wissen zu lassen, was ich von der Klausur, dem Studium und der ganzen beschissenen Kaderakademie halte. War ein

Riesenauftritt! Wahrscheinlich hätte ich Szenenapplaus für die Tiraden bekommen, wenn die Mitprüflinge nicht so große Angst gehabt hätten, dass ihre Spickzettel aus den Ärmeln fallen …

Ob das klug war?! Nein, verdammt, bestimmt nicht! Das war vermutlich sogar das Dümmste, was ich in meinem ganzen Leben gemacht habe! Aber ist jetzt auch scheißegal! Ich war denen die ganze Zeit doch eh nur ein Dorn im Auge. ,Ja, Herr Hayek, Sie haben Potenzial. Wir wissen nur nicht, was wir mit Ihnen anfangen sollen. Sie scheinen ja nach kürzester Zeit von jeder Fachrichtung genervt zu sein' …

Was soll das heißen, du kannst verstehen, was die meinen? Du musst reden! Du hast doch noch nicht mal einen vernünftigen Collegeabschluss, und Beruf kann man deine ,Vermittlertätigkeiten' wohl auch nicht nennen! Jedenfalls werden sich einige Dozenten sehr freuen, dass sie Recht behalten haben: ,Herrn Hayek fehlt es besonders an der charakterlichen Reife für eine Laufbahn im Konzern'. Bitte schön, ich gönn ihnen ihren Triumph! Sollen sie ihn auskosten und meinem Vater genüsslich betreten den pikanten Verlauf der Eskalation berichten. Ich hoffe nur, dass sie mich in Ruhe lassen! Dem Konzern knallt man nicht einfach so eine Kündigung auf den Tisch und geht dann seiner Wege. Aus deren Sicht bin ich eine Verpflichtung eingegangen. Ich habe wahrscheinlich Dinge erfahren und gelernt, die sie in irgendeiner Form als geheim betrachten. Was auch immer das gewesen sein soll! Ich zumindest würde nichts lieber tun, als an diese Inhalte nie wieder einen Gedanken zu verschwenden …

Nein, ich übertreibe nicht …

Danke, so weit komme ich klar! Nur die trübsinnigen, dekadenten Idioten, bei denen ich untergekommen bin, fangen an, mir auf den Senkel zu gehen. Aber in die Bude auf dem

Campus kann ich wohl auch schlecht zurück. Das Kichern meiner Zimmernachbarn und die Vorwürfe meines Vaters, die auf dem Anrufbeantworter warten, sind wahrscheinlich das Harmloseste…

Ob mein Vater von Kalifornien nach Chicago kommt?! Meinst du, um mich persönlich ins Gebet zu nehmen? Eher nicht. Es ist ihm wohl zu peinlich, hier aufzutauchen und sich persönlich nach mir zu erkundigen. Er wird versuchen, die Sache möglichst klein zu halten und irgendwie ganz unter den Teppich zu kehren. Hauptsache die Leute an der Westküste und in seiner Abteilung kriegen nichts mit …

Na dann! Ich muss jetzt Schluss machen, Tommy will an seinen Rechner. Der Junge kriegt einfach nie genug! Ich befürchte, er wird wieder etwas sehr Unvernünftiges tun. Aber jeder soll sich so viel reinschmeißen, wie er will. Es ist sein Hirn, zumindest ein Rest davon! Die Nummer bei der Prüfung hat mir erst mal gereicht. Das Zeug lässt sich kaum dosieren. Auch später, wenn du es gar nicht brauchen kannst, schaltet es dir Gedankengänge zusammen, ohne dich zu fragen. Mir wurde spontan Einiges sehr klar, und ich habe der Frau bei der Klausuranmeldung eindrucksvoll die Wahrheit gesagt. Ich glaube nur, die wollte sie eigentlich gar nicht hören …

Ich schick dir jetzt den Text rüber. Sag der Redaktion im Verlag, dass ich das nächste Mal bestimmt pünktlich bin. Ach ja, noch was! Ich konnte die Vorgaben nicht ganz einhalten. Ich musste aus dramaturgischer Sicht einfach ein wenig umstellen. Eigentlich nicht der Rede wert …

Was das heißen soll?! Vergiss das Happy End! Schönen Tag noch. Ich bin draußen.“

Shawn streifte sein Headset ab, nachdem er das Dokument an

Peter freigegeben hatte. Tom rieb sich verschwitzt und ungeduldig fordernd mit der Schulter am Türrahmen.

„Fertig mit der Kunst?", fragte er, ohne dass sein Ton die gewünschte Gelassenheit erreichte. Shawn lächelte milde, stand vom nur halb der Tür zugedrehten Schreibtischstuhl auf und versuchte, sein missbilligendes Mitleid beim Aufstehen im Boden zu vergraben.

„Auf geht's, Baby!", animierte Tom den Wohnungsgenossen, sich vom Reisefieber anstecken zu lassen. Das Motto fand jedoch keinen Widerhall, sondern verlor sich zu einem zittrigen Fanal in dem stickigen, abgedunkelten Zimmer. Die Euphorie in Toms Gesicht wurde kurz zurückgedrängt, entfesselte sich dann aber zu einer gereizten Gier. Trotzig übernahm er den Platz an seinem Rechner und begann sich demonstrativ feierlich zu verdrahten.

Shawn wollte nicht dabei sein, wenn Tom loslegte. Seine Mitbewohner hatten zwar genug Geld, um sich keinen billigen Dreck von Straßendealern andrehen zu lassen, der schon bei einer einmaligen Abspielung ein menschliches Hirn rösten konnte – ein schöner Anblick war es trotzdem nicht, wenn sich die Jungs einen Chip einwarfen. Shawn schloss die Tür hinter sich und ging hinüber zum Wohnzimmer. Charley und Phoenix waren tief in den Kissen der Couch versunken. Der Qualm drückte dicht von der Decke bis auf die beiden herunter. Auf dem Couchtisch lagen Tabak, ein Plastikbeutelchen mit dem Dope, eine aufgerissene Packung mit Powerriegeln – laut Packungsangabe gedacht für Leistungssportler, Schwangere und Militärs im Einsatz (soweit Shawn wusste, hatten sich Charley und Phoenix an diesem Tag noch keine zehn Schritt bewegt, so dass von einem erhöhten Kalorienbedarf kaum die Rede sein konnte) – und eine wilde Parade von angebrochenen oder umgekippten Bierflaschen, mit deren Inhalt die Ermatteten die trockenen Energiespender runtergespült hatten.

„Setz dich zu uns, Shawny-Baby!" Phoenix stellte die Wasserpfeife zur Seite und schob sich die Sonnenbrille hoch ins Haar. Er hatte helle, mit Sommersprossen gesprenkelte Haut und seine drahtigen roten Locken standen kreuz und quer vom Kopf ab. Die Schneidezähne bleckte er beim Grinsen wie ein Pferd.

„Danke, aber ich muss noch was erledigen", erwiderte Shawn mit einem angedeuteten Abwinken.

„Hey, Häuptling", rief Phoenix und prustete dabei Bier, weil er die Flasche beim Reden zu spät vom Mund abgesetzt hatte, „du gehst vergeblich auf die Pirsch! Großes mächtiges Bison hat Siedlung von weißem Mann verlassen ... "

Shawn fuhr herum und antwortete mit einem kurzen Blitzen in den Augen, das eine stechende Drohung beinhaltete.

„Ruhig, Brauner! Phoenix hat nur einen Witz gemacht. Deshalb musst du ihn doch nicht gleich skalpieren!", schmetterte Charley, den ein wimmernder Lachkrampf schüttelte. Shawn bemühte sich nicht mehr, seinen Ekel ob der Szene zu verbergen und streifte seine Jacke über.

„Bist du deine Geschichte endlich losgeworden?", fragte Phoenix, der sich von der Anstrengung des Lachens mühsam erholte und zwischendurch nun mehr hustete. „Die paar Kröten, die dir dein alter Schulkumpel überweist, sind die Zeit zwar nicht wert – aber ich find echt cool, was du so schreibst", fügte er hinzu und schaffte es, wirklich ein halbwegs aufrichtiges Gesicht zu machen. „Wo hast du Schreiben gelernt?"

Shawn kramte in seiner Tasche und war schon halb draußen. „Das Schreiben in der Schule. Das Erzählen auf der Straße", antwortete er kurz und zog die Tür hinter sich zu, ohne noch einmal zurückzuschauen.

Um genau zu sein, hätte er den Ursprung des Erzählens auf der Einfahrt vor seinem Elternhaus in San Francisco lokalisieren müssen. Nicht direkt in San Francisco, sondern etwas abseits der Bucht am Rande von Titan City. Der Stadtteil gehörte zum Konzern, für den sein Vater arbeitete und dessen Managementförderprogramm er bis vor einigen Tagen an der Universität von Chicago durchlaufen hatte. Wer in Titan City wohnte, war Konzernbürger. Wer dort zur Schule ging, war Konzernkid. Und wer dort die Straße kehrte, war ein armer Teufel.

Die meisten Jobs bei der Müllabfuhr, in den Kantinen, also überall dort, wo es keinen Spaß machte zu arbeiten und es wenig Geld zu verdienen gab, wurden in Titan City von Indianern gemacht. Ironie des Schicksals, dass die meisten Indios aus dem Süden sich dort gesammelt hatten, wo die ursprünglich heimischen Stämme fast erfolgreich vertrieben worden waren. Shawn hatte den Rassismus in seiner Heimat deshalb auch anders erlebt als in anderen Regionen Nordamerikas. In Chicago, hatte er das Gefühl, richtete sich der eigentliche Rassismus ausschließlich gegen Metamenschen, also Menschen, deren Erscheinung nicht mehr mit dem ursprünglichen optischen oder genetischen Grundkonzept der Spezies im Einklang stand, bei denen aber die ursprüngliche Blaupause trotz allem nicht zu leugnen war. Es schien so, als hätten hier – fernab von den Spannungen im Westen – Schwarze, Weiße, Rote und Gelbe endlich eine andere Gruppe gefunden, die sie gemeinsam herabsetzen konnten. Nicht, dass es den Metas aus Shawns Erinnerungen in Kalifornien deshalb auffallend bessergegangen wäre. Auch in Titan City gab es hin und wieder Metamenschen im Straßenbild, denn kein Konzern konnte auf die Muskeln von Trollen oder Orks verzichten.

Aber San Francisco war darüber hinaus in einer besonderen Situation. Es war eine eingeschlossene Stadt. Um den Großraum von San Francisco herum befanden sich von Indianern verwaltete autonome Gebiete. Seit dem Abkommen zwischen der Indianischen Autonomiebehörde und den Vereinigten Staaten Nordamerikas gab es zwar nur noch selten Grenzkonflikte, aber die Lage blieb angespannt. Die Bewohner der freien Stadt San Francisco fühlten sich unterschwellig permanent bedroht – und den meisten indianischen Führungskräften im Rat war San Francisco als Vorposten ein lästiger Stachel im Rücken. Obwohl die Grenze seit einiger Zeit wieder teilweise geöffnet worden war, war der Bruch aus den Zeiten der Kulturrevolution noch deutlich spürbar. Die kulturelle Front verlief nunmehr auch durch die Stadt selbst. Je mehr Indianer es vom Land in die Stadt zog, umso enger rückten die *Freiheitlichen Siedler* – wie sich die Bewohner San Franciscos in Rückbesinnung auf ihre eigene Geschichte nunmehr gerne nannten – zusammen. Viele Organisationen und Vereine brachten die Angst zum Ausdruck, dass die indianische Kultur nach und nach ihre seit dreihundert Jahren gepflegten Traditionen überlagern würde.

Aber ein Bestandteil und Motor dieser Traditionen war auch wirtschaftliches Denken und der unbändige Wille zu Wohlstand und Erfolg. Daher brauchte man billige Arbeitskräfte und Handelsbeziehungen zum indianischen Umland. Die einzige praktizierbare Abgrenzung gegenüber den eintreffenden Indianern erfolgte über den sozialen Standard. Die Konzerne und auch die Verwaltung stellten Indianer nur auf den untersten Gehaltsstufen ein. Dabei fiel die Begründung leicht, da die Indianer ihr Schul- und Erziehungswesen im Sinne ihrer Kultur angepasst hatten und die dort erlernten

Fähigkeiten für qualifizierte Berufe in der freien modernen Welt kaum eine Grundlage darstellen konnten. So konnte man auf der Straße zur Selbstvergewisserung die immer noch bestehende Überlegenheit des freien Amerikas erkennen: Anzug, Aktentasche und dezent schicke Verdrahtung und Vernetzung als Symbol der Überlegenheit, von Wissen und Macht. Auf diesem Weg ließen sich auch gut die Erinnerungen an die unerklärlichen Niederlagen während der Aufstände der Vergangenheit verdrängen.

Shawn selbst war das beste Beispiel dafür, dass auch dieser gut ausgeklügelte Schutzschild seine Lücken hatte. Trotz seiner Hakennase, den schwarzen Locken und dem rötlichen Teint hatte er die mustergültige Karriere eines Konzernbürgers durchlaufen. Er war Halbblut. Etwas, das es eigentlich nicht geben sollte, das allerdings seinen Ursprung schon in der Zeit vor der kulturellen Trennung hatte und das während der Eskalation der Unruhen einen erneuten Höhepunkt erlebte. Sein Vater war weißer Konzernbürger und hatte seinen Sohn so erziehen lassen, wie er es selbst sich erträumt hätte, in diesem Ausmaß von seinen eigenen Eltern jedoch finanziell nicht voll erreicht werden konnte. Immerhin hatte er es mit Fleiß und Beharrlichkeit in zwanzig Jahren in der Personalabteilung zu einer Stellung gebracht, die mit dem Abschluss an seinem College wohl kaum ein anderer erreicht hatte. Shawn wusste, dass sein Vater für ihn hatte kämpfen müssen und sein eigener Werdegang nur der absoluten Linientreue und Konsequenz seines Vaters zu verdanken war.

An seine Mutter hatte Shawn dagegen keine Erinnerungen. Sie war nicht lange nach seiner Geburt verschwunden. Sein Vater hatte Shawn nur so viel erzählt, dass sie eines Tages einfach davongelaufen wäre und dass es wohl unumgänglich gewesen sei, dass das unstete Indianische irgendwann in ihr durchschlagen musste. So war denn auch bis auf die fehlende Mutter und die äußerlich sichtbaren Spuren bei Shawn die Welt der Hayeks schnell wieder mit der Konzernwelt in Einklang gebracht. Der nunmehr wohl auch von Shawns Vater erkannte Fehltritt wurde verziehen und Shawns Erscheinungsbild nicht als Bedrohung wahrgenommen, sondern letztendlich als die Bürde eines Opfers, die Shawn jedoch nach Überzeugung Vieler mit großer Tapferkeit trug.

Als Kind hasste Shawn seine Mutter dafür, dass sie ihn im Stich gelassen hatte. Er hasste den Umstand, dass seine Mutter so war, dass es so kommen musste. Er hasste die Indianer, weil sie alle so waren und damit irgendwie auch Schuld daran trugen, dass seine Mutter so war. Besonders aber hasste er sein Spiegelbild, weil es fast so aussah wie ein Indianer. Gut, dass er nicht so war, auch wenn er ständig Angst hatte, dass etwas in ihm ausbrechen könnte …

Shawn hatte den Hauseingang verlassen und ging nun quer durch den Innenhof des Apartmentkomplexes. Er war froh, zwischen den Häusern ein kleines Stück Himmel zu sehen. Obwohl die Sonne schon fast hinter den nicht weit entfernten Türmen des Finanz-Distrikts verschwunden war, stand auch hier noch ein Rest von der Hitze des Tages. Die Wohngegend seiner Freunde war gut. Auch wenn sie selber wenig zu ihrem Lebensunterhalt beitrugen, waren die elterlichen Zuwendungen und deren gleichzeitige Gleichgültigkeit doch groß genug, dass die finanziellen Mittel neben der angesagten Wohnung auch das ausschweifende Partyleben finanzieren konnten. Sie gehörten zu denjenigen in der Neo-Hippie-Szene, die sich dem freien Lebensstil hingeben konnten, ohne wirkliche Risiken einzugehen, außer vielleicht auf Dauer ihren Verstand aufzuweichen.

Shawn genoss den Duft des Lavendels, der von den Sträuchern an der Hausmauer herübergeweht wurde. Er ging an den beiden Sicherheitskräften am Pförtnerhaus vorbei, die ihn mittlerweile als Bewohner kannten und nicht mehr kontrollierten. Dies war für ihn zumindest ein kleiner Hinweis darauf, dass er noch nicht offiziell gesucht wurde. Er war sich auch nicht sicher, ob eine solche Fahndung überhaupt üblich war. Schließlich war er lange volljährig und konnte doch wohl tun und lassen, was er wollte. Wer wäre überhaupt berechtigt gewesen, eine Vermisstenmeldung aufzugeben, die ihn in die Liste der Behörden gebracht hätte?

„Draußen!", dachte Shawn, beschleunigte den Schritt und wäre am liebsten kurz gehüpft oder gelaufen, begnügte sich dann aber doch mit einem leisen Pfeifen und Wippen über den Fußballen.

Shawn war auch als Kind nie ein Stubenhocker gewesen. Viele seiner Freunde verbrachten den größten Teil ihrer Freizeit in Cyberräumen und hatten wohl dort mehr soziale Kontakte als in ihrer unmittelbaren Nachbarschaft. Diese Art der Beschäftigung wurde von den Eltern in Titan City sehr gefördert, da sie zum einen fortschrittlich auf das spätere Berufsleben vorbereitete und zum anderen weniger Gefahren mit sich brachte als das Spielen vor der Haustür. Die Cyberräume für Kinder wurden gut überwacht, so dass man seine Kinder dort gut aufgehoben wusste. Außerdem konnte man den Kindern in den virtuellen Erziehungswelten die vorübergehende Annektierung von Teilen von New Mexico, Nevada und Kalifornien besser als das erklären, was es war: eine vorübergehende Erscheinung. Virtuell wurde den Kindern deutlich gemacht, dass sich hinter dem Grenzzaun ein Reservat befand.

Die Bezeichnung „Reservat" wurde inoffiziell auch von den erwachsenen *Freiheitlichen Siedlern* gerne gewählt. Als Reaktion auf diese Sprachregelung gefiel es später auch Vielen in den autonomen Gebieten, von Reservaten zu sprechen, allerdings mit umgekehrtem Vorzeichen. Alles war eine Frage der Perspektive.

Eine etwas misstrauisch beäugte, aber vermutlich aufgrund gewisser Sentimentalitäten tolerierte Minderheit stellten die Draußenkinder wie Shawn dar. Dabei bot Titan City durchaus gute Möglichkeiten für Kinder, mehr Zeit im Freien zu verbringen. Titan Citys Wohngegenden waren durchzogen mit von freistehenden, einstöckigen Holzhäusern flankierten Straßen, wie sie das Bild vieler kalifornischer Kleinstädte bis zum Beginn des Jahrhunderts geprägt hatten. Zurzeit von Shawns Kindheit gab es solche Wohnviertel schon nur noch selten. Zum einen war eine solch offene und friedliche Nachbarschaft nur mit einem enormen Sicherheitsaufwand zu erreichen, so dass dort, wo dieses Maß an Sicherheit frei finanziert wurde, auch entsprechend herrschaftliche Villen standen. Zum anderen waren Holzpreise schnell zu einem Politikum zwischen den freien Städten der Westküste und der Autonomiebehörde geworden. Man war bemüht, die unverschämte Preistreiberei der gierigen Indianer nicht noch weiter zu unterstützen.

Auch Shawns Vater, der zu dieser Zeit bereits Abteilungsleiter war, hätte sich den Sicherheitsstandard, der in Titan City geboten wurde, aus eigener Tasche nicht leisten können. Doch in Konzernstädten gab es Sicherheit auch für mittlere Einkommensschichten, also für die Angestellten, die man früher einmal Mittelstand genannt hatte, bis die Zahl dieser Einwohner so gering geworden war, dass es sich statistisch nicht mehr lohnte, sie zu einer eigenen Gruppe zusammenzufassen. Die Konzerne sorgten allerdings auch weiterhin für die Oasen ihres mittleren Managements. Gerade in den eingeschlossenen Krisengebieten setzte man wieder vermehrt auf dieses ideologische Rückgrat.

Die verkehrsberuhigten Straßen, die vielfach in Sackgassen endeten, waren mit den breiten Gehwegen eigentlich ideal zum Rad-, Skateboard- oder Rollschuhfahren. Es gab dort Parks und Erholungsstätten, die akkurat gepflegt wurden. Man war stolz auf diese grünen Tupfer, die zu einer kultivierten Stadt, die bürgerliche Traditionen hochhalten wollte, unbedingt dazugehörten und die zu einigen rituellen Inszenierungen sogar von großen Teilen der Bewohner genutzt wurden. Auch das ein oder andere Liebespaar verirrte sich von Zeit zu Zeit in diese Freilandszenarien, um ein besonders einprägsames Netzerlebnis nachzuspielen. Ein ganz besonders anregendes Erlebnis, auch wenn die Geräuschuntermalung doch etwas hinter dem Original zurückblieb.

Die Wohnstraßen waren eine friedvolle, angenehme Ausstaffierung für den Weg ins Büro. Neben den bunten Häusern führten die gepflasterten Auffahrten zu den meist weißen Garagentoren. Zweimal täglich sprang im Sommer die Batterie der Rasensprenger an, von Vorgarten zu Vorgarten jeweils einige Minuten zeitversetzt. Jeder Hausbesitzer versuchte die Zeitschaltuhr so einzustellen, dass die Sprenger nicht zu früh ansprangen und so die noch zu starken Sonnenstrahlen, durch die Wassertropfen gebündelt, die empfindlichen Blätter von kostbaren Pflanzen oder den Rasen verbrannten. Die Sprenger durften jedoch auch nicht zu spät einschalten, da das Wasser strikt kontingentiert wurde und das Wasserwerk das Spritzwasser für die gesamte Gegend abstellte, wenn die tägliche Ration verbraucht war. Auf den Einsatz von Trinkwasser für die Gartenpflege standen strenge Strafen und schon manch ein anonymer Anruf hatte allzu prächtigen Zuchterfolgen von Nachbarn im Nachhinein den Garaus gemacht. Wohl dem, der eine Frau oder einen Gärtner zu Hause hatte, die sich manuell um die Bewässerung kümmern konnten.

Shawns Vater verbrachte viel Zeit mit der Optimierung seines Bewässerungsplans. Dabei mussten der Wetterbericht, die Niederschlagsmengen sowie mit Fortschreiten des Jahres natürlich auch die Veränderungen der Tagnachtgrenze eingearbeitet werden. Die softwaregesteuerten Standardschaltuhren gaben dabei nur Richtwerte, da nur mit Abweichung vom allgemeinen Standard sich tatsächliche Vorteile erzielen ließen.

Shawn war acht Jahre alt, als unter den Draußenkindern und wenig später auch in den entsprechenden Kindercyberräumen BMX-Räder wieder sehr angesagt waren. Natürlich wollte auch Shawn ein solches Fahrrad haben, aber sein Vater befand, dass Shawn für ein Fahrrad ohne sichere Rücktrittbremse noch zu jung sei. Der Junge sollte erst noch sicherer mit seinem Kinderfahrrad werden. Shawn war restlos bedient! Wie sollte er besser im Fahrradfahren werden, wenn die anderen Kinder, vornehmlich die älteren, sein Gefährt als Zielscheibe für ihren Spott und ihre Zwillen benutzten? Hellblaulackierung, Gepäckträger, Lampen, Reflektoren und Sicherheitswimpel waren vermutlich unheimlich verkehrssicher, hatten aber absolut null Respekt!

Der Nachmittag, der sein Leben für die Welt des Erzählens öffnen sollte, war ein Samstag. Shawns Vater war wie an so vielen Samstagen im Büro. Shawn war mit seinem Freund Bruce zusammen in der Garage der Hayeks. Eigentlich war für die Betreuung von Shawn an solchen Tagen sowie für die gelegentliche Unterstützung im Haushalt Nora zuständig. Nora ging mehr oder weniger stramm auf die vierzig zu und hatte einen kleinen und stämmigen Körperbau. Sie trug die Haare hochgesteckt, was ihr eine resolute, pflichtbewusste Erscheinung gab und damit ein wenig die Gemütlichkeit ihres Hüftgoldes ausglich. Shawn mochte Nora, weil sie sich beim Löffeln von Erdnussbutter vor ihrem eigenen Diätplan in der dunklen Speisekammer versteckte. Wütend fuhr sie Shawn an, wenn er das Licht im Vorbeigehen anknipste. Diese fortdauernde Inkonsequenz weichte die Geradlinigkeit ihrer Verhaltensregeln in Shawns Augen allerdings nicht auf, sondern hatte absolute Gültigkeit, es sei denn, man konnte irgendwo das Licht ausknipsen.

An jenem unvorhergesehenen Nachmittag war Nora kurz zum Einkaufen in den Supermarkt gefahren. Bei solchen Gelegenheiten war Bruce für Sicherheit und Vernunft im Haus zuständig. Bruce war vierzehn und wohnte nur wenige Häuser weiter. Sein Vater arbeitete in der Abteilung, die Shawns Vater leitete. Bruce war mit vierzehn kein pummeliges Kind mehr, sondern ein fetter Junge. Dies hielt ihn allerdings nicht davon ab, weiterhin gerne Fahrrad zu fahren. Mit den Kindern seines Alters konnte er nicht mithalten, so dass er Anschluss bei den jüngeren Kindern in Shawns Clique gefunden hatte. Nora kam Bruce' ruhiges und in vielen Dingen ängstliches Wesen sehr gelegen. Er gefiel sich in der Rolle, für Shawn verantwortlich zu sein, und konnte bei dieser Aufgabe seine größte Stärke einsetzen. Er war zuverlässig, was für Shawn so viel wie träge und langweilig bedeutete.

Die beiden Jungen hatten sich in den Schatten auf die Werkbank vor dem Werkzeugbrett in der Garage gesetzt.

„Wieso willst du nicht in den Park?", hatte Shawn Bruce gefragt, Bruce darauf etwas Unverständliches gegrummelt. Shawn bohrte weiter: „Wir könnten an den Rampen und Sprungschanzen abhängen …"

„Ach, lass man. Ich hab keinen Bock. Ist doch viel zu heiß. Außerdem werden Mike und die anderen aus meinem Jahrgang da sein", erwiderte Bruce etwas verständlicher.

„Der kann dir doch egal sein! Oder schämst du dich, mit mir hinzugehen?"

„Nein, an dir liegt es nicht." Bruce schaute durch das offene Tor zur Ausfahrt.

„Mein Fahrrad!", schrie Shawn. „Ich weiß, dass es ein Scheißbabyfahrrad ist! Na und! Bald werde ich auch ein anderes Rad haben und im Park mitmischen. Im Gegensatz zu dir kann ich ein BMX-Fahrrad übrigens fahren!"

„Komm runter, Shawn! Du weißt doch, wie die Jungs von den Schreibkräften sind. Mikes Mutter hat gesagt, dass du Indianer bleibst, egal, was dein Vater verdient. Bei den Chefs würden solche Geschichten natürlich immer vertuscht. Das hat er im ganzen Englischkurs erzählt!"

„Wenn du zu feige bist, geh ich halt allein!" Shawn griff sich das BMX-Rad seines Freundes, schob es zum Tor und sprang auf. Bruce versuchte ihn festzuhalten, da hatte er jedoch schon Geschwindigkeit die Einfahrt runter aufgenommen. Shawn wurde schneller und bemerkte erst jetzt den Müllwagen der Stadtreinigung, der vor dem Haus gehalten hatte. Er versuchte zu bremsen, doch die Kurbel surrte nach hinten durch. Kein Rücktritt! An den Aufprall gegen den Müllwagen konnte sich Shawn nicht mehr erinnern. Das Licht wurde erst wieder im Krankenhaus angeknipst. Bruce war mit der Situation überfordert und konnte gar nichts machen. Stattdessen kümmerte sich einer der Müllmänner um Shawn. Takanga war über fünfzig und eindeutig indianischer Abstammung. Er hatte die langen Haare nach hinten gebunden. Bisher war er niemandem aufgefallen, musste aber schon länger in der Straße der Hayeks auf dem Wagen gefahren sein oder einfach mit dem Besen nachgekehrt haben.

Shawn hatte Glück. Außer einigen Prellungen und einer wenn auch heftigen Gehirnerschütterung war ihm nichts zugestoßen. So war der Unfall auch nicht das eigentlich Einschneidende an diesem Vorfall, einmal davon abgesehen, dass Shawn seine Ambitionen im BMX-Fahren ziemlich freiwillig einstellte. Wichtiger waren andere Konsequenzen dieses Vorfalls. Shawn wurde, als er mit Nora aus dem Krankenhaus zurückkam, von seinem Vater empfangen. Neben einer Bestätigung seiner Ansichten zum Thema Verkehrserziehung erkannte dieser eine weitere Möglichkeit, aus dem Schaden etwas Positives für die Entwicklung seines Sohnes zu erreichen. Dabei hatte er sicherlich nicht dessen poetische Ader im Sinn. Es ging eher um Verantwortung und ungeschriebene moralische Normen.

Anlass war die entsetzte Weigerung von Shawn, der eigentlich unbedeutenden und als selbstverständlich empfundenen Ermahnung des Vaters, sich für die selbstlos erbrachte Ersthilfe bei dem Retter zu bedanken, nachzukommen. Herr Hayek war außer sich über diese Haltung seines Sohnes, dem er ins Gewissen redete, dass der Anstand, den er von seinem Sohn erwarte, jedem gegenüber an den Tag zu legen sei, da dieser schließlich zur Erhaltung der eigenen Werte und moralischer Gesundheit diene. Shawn verwies auf die selbst gemachten Beobachtungen bezüglich der Siedlung der indianischen Gastarbeiter in Titan City. Diese wohnten in Containern, Bretter- und Blechverschlägen. Der Ort war unheimlich. Die Gemeinschaftsaborte stanken entsetzlich und die gehäuteten Tierleichen hatten Shawn und seine Freunde bei ihrer Erkundung würgen lassen. Sie alle kannten Fleisch nur verschweißt in Folie. Die indianischen Gastarbeiter pflegten einen ihrer wenigen Vorteile, den Passierschein zu nutzen, um in den Wäldern der Rocky Mountains oder der Sierra zu jagen. Weder die eine noch die andere Seite nahm ihnen diesen bescheidenen Gewinn. Das von den Tierkörpern in der Mitte des Platzes zu einer Pfütze zusammengeflossene Blut war für Shawn Grund genug, an diesen Ort nicht zurückzukehren.

„Dein Gewissen, mein Sohn, fragt nicht danach, wem du etwas schuldest." Herr Hayek hatte sofort die Gunst der Stunde erkannt. Er organisierte ein Geschenk, gab Nora klare Anweisungen, und so fand sich Shawn am nächsten Nachmittag auf dem Platz zwischen den Containern wieder. Nora erkundigte sich für ihn bei einer alten Frau nach dem Mann namens Takanga. Dies war allerdings das einzige Zugeständnis, das sie Shawn machen wollte, der mittlerweile nicht mehr bockig, sondern bleich vor dem Unumgänglichen erstarrt war. Die alte Frau zeigte auf einen rostzerfressenen Wohnanhänger am der Siedlung zugewandten Rande des Hauptplatzes. Nora warf Shawn einen bestimmenden Blick zu, strich ihm dann aber doch lieber übers Haar, als sie sah, dass dies kein Fall einer sturen Machtprobe war.

„Nun geh schon! Umso schneller bist du zurück! Dieser Takanga hat im Krankenhaus einen recht manierlichen Eindruck gemacht. Ich warte vorne an der Straße. Falls was passiert, also wenn er das Geschenk zum Beispiel umtauschen möchte, rufst du mich einfach an. Die Kurzwahl ist doch eingespeichert. Der wird sich wundern, wie schnell ich da bin. Auch wenn er vielleicht nicht weiß, wie langsam Reklamationen normalerweise im Versandhandel bearbeitet werden."

Etwas in dieser Art hatte Nora gesagt. Zumindest hatte sie Shawn für einen kurzen Moment zum Schmunzeln gebracht. Eine kleine Lächerlichkeit hatte sich in seine Vorstellung von dem Treffen mit seinem Henker eingeschlichen, so dass seine eigenen inneren Bilder sich schütteln mussten. Sie purzelten durcheinander und gaben keinen tauglichen Ring mehr für Angst und Ekel ab. Shawn ging auf den Eingang des Anhängers zu. Diese Seite des Anhängers war blau gestrichen und über der Tür mit der herabgelassenen Trittleiter spreizte sich eine königliche Krone aus Schwungfedern. Die Tür war geschlossen und die Fenster verdunkelt. Shawn ging die Trittleiter hinauf und klopfte zaghaft an die fliegende Tür – „Ist offen!" – und Shawn trat ein.

Takanga saß auf dem Boden auf der gegenüberliegenden Seite des Anhängers. Unter ihm war ein Bärenfell ausgebreitet, das aus dem Schatten die Tür beobachtete. In dem ganzen Raum hingen Häute und Felle, auch vor den beiden kleinen Fensterluken, so dass kaum Tageslicht ins Innere fiel. Eine Öllaterne sorgte für ein orangefarbenes Licht, das Takanga auf dem Bären flackernd tanzen ließ. Er hatte die Beine verschränkt. Seine langen schwarzen Haare, von silbernen Linien durchzogen, hingen offen über die blanken Schultern. Sein nackter Oberkörper war kräftig, aber vom beginnenden Alter bereits in eine zähe Sehnigkeit verformt. Die Haut über den Muskeln hing in einigen Faltenwürfen bereits schlaff herunter. Der ganze Mann hatte sich mit seiner Oberfläche den gegerbten Hüllen seiner Jagderfolge aus vergangenen Zeiten angepasst. Im Weiterleben schien er sie einzuholen. Takanga rührte bedächtig in einem dampfenden Metallbecher. In der Ecke auf dem bollernden Ofen stand ein zischender Kessel. Der ganze Anhänger war kurz davor, unter dem Druck der aufgestauten Hitze über den Platz zu rütteln. Glänzende Perlen krochen aus Takangas Haaren und liefen durch sein Gesicht. In der Luft lagen Pfefferminz, Tannennadeln und Honig.

„Der kleine Jäger mit dem bockigen Gaul kommt mich besuchen." Die Stimme schob sich durch Kräuter und Honig und erfüllte zugleich rau und singend den ganzen Raum.

„Ich soll mich bedanken. Dafür, dass Sie … ich meine, so schnell. Ist ja nicht selbstverständlich", versuchte Shawn im Nachhall der Begrüßung Halt zu finden. Takangas Stimme hatte vom ersten Wort an Wucht, die Shawn fast physisch spüren konnte.

„Man hat dich geschickt. Du sollst … und möchtest vielleicht nicht." Während Takanga Shawn erneut akustisch durch den Raum wegspülte, spitzte sich eine Augenbraue. Shawn stemmte sich ohne Antwort gegen die erneute Woge klangtragender Aromen. „Komm her! Möchtest du Tee?" Takangas Ton war einladend, aber gleichermaßen bestimmend. Beinahe hätte Shawn genickt, aber dann fiel ihm wieder ein, dass er möglichst schnell die Siedlung verlassen wollte.

„Danke. Ich kann nicht lang bleiben."

„Du kannst nicht, würdest aber sonst gerne bleiben?" Takanga hatte um sich und seine kreisenden Äußerungen eine Barriere errichtet, die ihn von seiner Umwelt abzuschirmen schien, während er aus seiner unangreifbaren Position alles andere zu durchdringen vermochte. Shawn merkte, wie er sich ständig verriet. Er hatte seinen Körper und seine Gesichtszüge nicht unter Kontrolle. Er plapperte wie ein Papagei die Wahrheit, während er versuchte, höflich zu sein.

„Ich hab was für Sie", versuchte Shawn die Aufmerksamkeit von sich auf die elegant verpackte Geschenkschachtel zu lenken, die er aus der Tüte hervorkramte und dabei mit gutem Grund und nicht aus Verlegenheit seinen Blick von Takanga abwenden konnte.

„Ach, das freut mich. Zeig her", ließ sich Takanga mit kameradschaftlicher Freude auf die Überleitung ein, nahm den Löffel aus seinem Becher, leckte ihn kurz ab und war im

Gesicht und am Körper spürbar weicher, als Shawn wieder zu ihm aufsah. Selbst den Bären unter ihm schien er verändert zu haben, so als würde dieser nun erwartungsvoll, zurückgenommen ausharren und weniger angespannt lauern. Fast ohne Scheu legte Shawn das Geschenk in Takangas Hände und fasste durch das Überwinden der zuvor ausstrahlenden Barriere tieferes Vertrauen als bei einfacheren Begegnungen. „Vielleicht kannte Takanga auch den Trick mit dem Versandhandel", dachte Shawn.

Lustvoll öffnete Takanga die Schleife, hob nach kurzem Rütteln langsam lüftend den Deckel und entnahm schmunzelnd das verchromte Geschenk. Das, was Takanga nun zwischen den Fingern drehte, war ein Flaschenkorkenlöser, kein einfacher Korkenzieher. Mit dem mechanischen Meisterwerk konnte man problemlos jeden noch so morschen Korken ziehen, ohne diesen zu beschädigen. Kork im Wein hielt Shawns Vater offensichtlich für ein Problem, das jedermann verärgern konnte. Entsprechend hatte er bei den runden Geburtstagen seiner Freunde und Kollegen, die sich in dem letzten Jahr gehäuft hatten, jenen Problemlöser allein dreimal verschenkt; denn das Leben war zu kurz, um schlechten Wein zu trinken, zumindest jenseits der Reife oder Ruhestandsgrenze.

Takanga schaute sich in seinem Anhänger um, während er prüfend sein Geschenk in der Hand wog. Schließlich fragte er: „Jedes Geschenk hat bei uns eine Bedeutung. Welche hat deins?" Dabei ging er von der Wiegebewegung seiner Hand in ein leichtes Lupfen über.

‚Der blöde Müllmann will es nicht anders', sagte Shawn zwar nicht, wenngleich genau diese Einstellung gegenüber Takanga ihn in Beschlag nahm. Er wollte sich nicht weiter von einer so unbedeutenden Person vorführen lassen. Shawn erkannte sehr wohl, wann jemand versuchte, ihn aufzuziehen. Damit kannte sich der Junge bestens aus. Er hatte die lächerliche Nummer durchschaut und war bereit, den Müllmann zu entzaubern. Ihm kam ein Satz in den Sinn, den Mike – vermutlich aus dem Mund seines Vaters übernommen – einmal gegen Shawns übertriebene Empfindlichkeit im Hinblick auf angebliche Anspielungen im Englischkurs vor versammelter Klasse Shawn vor die Füße geworfen hatte.

So sprach nun letztlich Mikes Vater, Mutter oder wer auch immer noch durch Shawn: „Bei euch Wilden hat jeder Furz, jeder Hasenköttel eine Bedeutung! Weil ihr zu blöd seid, die Dinge zu verstehen, gebt ihr ihnen Bedeutung …“ In Shawn bebte sein Vorwurf nach. Wütend, zitternd ballte er seine Fäustchen. Tränen schossen ihm in die Augen. In sich spürte er Schrecken und Scham. Sein Ausfall gegen Takangas Belagerung hatte ihm nicht die erwünschte Befreiung gebracht.

„Wenn im Wein Wahrheit liegt, ist dein Öffner doch ein schönes Geschenk! Geh jetzt nach Hause, kleiner Jäger! Eines Tages wirst du dich entscheiden müssen, welchen Weg du gehst, ihren oder unseren. Aber bis dahin ist Zeit. Wir sehen uns, oder?“

Als Shawn wieder auf dem staubigen Platz zwischen den Wagen und Hütten stand, blinzelte er ins Sonnenlicht. Er fühlte sich ermattet. Der größte Teil seiner Wut und Anspannung war verschwunden. Er wusste, dass diese schon länger in ihm steckten. Von dem Moment an, als er sie gegen Takanga gerichtet hatte, fühlte er sich mit diesem verbunden. In der folgenden Nacht träumte Shawn von Takanga, wie dieser mit offenem Haar durch die Straße vor ihrem Haus ritt. Er galoppierte längs an den Häusern vorbei durch die Vorgärten und sprang nacheinander über sämtliche Rasensprengerhindernisse. Nicht die Zeitschaltuhr, sondern der

Sprung bestimmte den Rhythmus des Wassers …

Ein Tropfen klatschte vor Shawn auf den Gehweg. Die Sonne war inzwischen vollends verschwunden und im gleitenden Übergang zur Nacht waren Shawn die Wolken nicht aufgefallen, die sich über ihm gesammelt hatten. Er war auf der Hauptavenue des Finanzdistrikts in Chicago. Der Regen wurde schnell stärker. Um ihn herum schnappten Regenschirme und die Menschen wurden beschleunigt. Shawns Gedanken verharrten und wurden in Relation zu seiner Umwelt unwirklich langsam. Seine Hose klebte bereits beim Gehen und machte ein schmatzendes Geräusch bei jedem Schritt. Die Jacke sog sich voll Wasser und drückte schwer und kalt auf seine Schultern. Der Regen schluckte schnell alle übrigen Geräusche der Stadt oder veränderte sie in den typischen regenummantelten Klang. Die schwarzen und grauen Flächen der Stadtlandschaft wurden zum Spiegel für alles Farbigleuchtende.

Er blieb an einer Kreuzung am Rot einer Ampel stehen. Die gegenüberliegende Häuserecke schob sich ihm wie ein Bug durch die Gischt der Schluchten entgegen. Der Regen prasselte auf die hochaufsteigenden Firmentürme, weichte sie auf, trug sie ab und spülte sie vorbei an den Scheinwerferkegeln der Straße durch den Rinnstein hinab in die Kanalisation, wo sich alles sammelte, gärte, um anderen Orts eines Tages wieder an die Oberfläche gespült zu werden. Shawn verfolgte, wie der Strudel der vermischten Lichter und Farben durch den Gully wirbelte. Als er aufsah, blickte er in die starren, grün schimmernden Augen eines vor sich hin flüsternden Mannes.

Dieser Mann war von großer, eleganter Gestalt mit enganliegendem schwarzem Anzug, den sein Träger erfolgreich mit einem großflächigen Schirm vor dem Regen schützte. Der Elf trug Hut. Eine Melone saß zwischen den spitzen Ohren. In diesem Moment lösten sich die unwirklichen Augen des Elfen in ein lebendiges wässriges Blau auf. Tränenflüssigkeit wischte über die Iris, sammelte sich auf dem unteren Lid und rollte in zarten Perlen über die langen Wimpern. Er war offline. Jetzt erst schien er Shawn wahrzunehmen oder wahrnehmen zu wollen.

„Herr Hayek, es macht durchaus wenig Sinn, weiter wegzulaufen. Sie scheinen mir verwirrt und orientierungslos hier im Regen. Niemand ist ernsthaft böse auf Sie. Im Gegenteil, man macht sich Sorgen! Sie waren dem Stress der letzten Wochen einfach nicht gewachsen. Das kommt vor. Dazu die exaltierten Bekanntschaften, in die Sie sich begeben haben. Kehren Sie zurück! Man wird sich um Sie kümmern …“ Bei seinen letzten Worten legte er seine Hand sanft auf Shawns Schulter und ließ in einer Pause die Milde seiner Worte noch durch die Hand nachströmen.

Dann trat er zurück und stellte die anfängliche Distanz wieder her. „Lassen Sie mich klarstellen: Ich bin unabhängiger Personalberater und habe keine weiteren Eigeninteressen in dieser Angelegenheit. Mein Auftrag von Titan endet mit der erfolgreichen Kontaktherstellung, die ich anzeigen werde, um mein Honorar zu erhalten; zu weiterer Rechenschaft bin ich niemandem gegenüber verpflichtet. Mein Name ist Elias McGrue.“

Seine Augen waren mittlerweile getrocknet, und McGrue legte eine zuvorkommende Geschäftsmäßigkeit an den Tag. „Sie sind nicht verkabelt, sonst würde ich Ihnen mein elektronisches Profil unmittelbar zukommen lassen. Nur für den Fall, dass Sie einmal einen guten Personalberater brauchen sollten! Nun, alle wesentlichen Informationen finden Sie auch auf meinem Wet-and-Dry-Universal-Chip." Aus einem lederbeschlagenen Etui, das McGrue mit geschickter Routine aus seiner Innentasche gefischt hatte, zauberte er mit dem Gestus eines Vielbeschäftigten seine Visitenkarte hervor. Auf den weißen Karton war mit goldener, geschwungener Schrift der Namenszug von Dr. Elias McGrue geprägt. Über dem Namen befand sich das Hologramm eines sehr altertümlichen und eher gekünstelt als historisch wirkenden Familienwappens, in das der Chip eingearbeitet sein musste.

Ein Taxi hielt neben ihnen am Straßenrand. „Ich wäre dann fertig", fasste McGrue zusammen, während er sich schon halb dem Einsteigen widmete. „Kann ich Sie irgendwo absetzen, Herr Hayek? Zeit ist Geld!" McGrue ließ den Schirm zum Trocknen einige Male aufschnappen. Shawn winkte teilnahmslos ab.

„Wollen Sie sich im Regen den Tod holen?" Der Melonenmann war schon im Taxi verschwunden, ohne eine Spur des äußeren Wolkenbruches mit in das Taxi zu tragen. Nur der Schirm war scheinbar noch nicht sorgsam genug behandelt, um folgen zu dürfen. Im Ablauf eines festen Rituals folgte nach dem Schnappen nur ein famoses Kreiseln.

„Was mich nicht umbringt, macht mich härter", antwortete endlich Shawn, als er seine Sprache wiedergefunden hatte.

„Auf welcher Schule sind Sie denn gewesen? … Nun gut! Sie werden Ihren Weg finden!" Schirm und Wagentür schlugen zu. Das Taxi ordnete sich in den gleichmäßigen Strom der Scheinwerfer ein.

Shawn wusste nicht, was er tun sollte. Er schaute sich um, aber die an ihm vorbeihastenden Menschen des Finanzdistrikts schienen keine besondere Notiz von ihm zu nehmen. Niemand reagierte auf Shawns fragenden Blick, da dem Regen alle Aufmerksamkeit galt. Der Personalberater war zunächst der Einzige, der sich offensichtlich für Shawn interessierte. Schlecht war er nicht! Zumindest arbeitete er schneller als die Reklamationsabteilung im Versandhandel! Shawn war durchnässt. Er hatte die Lust verloren, bis an den Strand zu laufen. Überhaupt war es richtig, dass es keinen Sinn machte wegzulaufen, wenn er doch scheinbar mühelos jederzeit aufgefunden werden konnte. Außerdem war immer noch fraglich, warum Shawn überhaupt weglief! Eigentlich konnte man von ihm nicht wirklich etwas wollen! Jedenfalls hatte Titan ihm zunächst nur seine Überlegenheit demonstriert. Ohne dass er es sich erklären konnte, hatte man ihn immer noch mit Leichtigkeit unter ausreichender Kontrolle. Vielleicht hätte Tommy ihm ansatzweise sagen können, wie eine solche unsichtbare Spurensuche verlief, aber der war mit Sicherheit noch verreist. Außerdem hatte er das Apartment ja gerade erst verlassen, weil es ihm unerträglich geworden war.

Shawn wollte jetzt nicht weiter auf der Straße sein, was weniger mit dem – zugegeben – heftigen Spätsommerregen zu tun hatte als mit seiner verregneten Stimmung, die ihn schneller, als er erwartet hatte, auf seinem Spaziergang wieder eingeholt hatte. Das Gefühl von Freiheit, das er mit der Bewegung zunächst heraufbeschworen hatte, war vergangen. Eigentlich war es vollkommen egal, wo er hinging; und da er langsam Hunger verspürte, entschied er sich für Hectors „Chicken Palace", ein Schnellrestaurant, dessen knusprige, künstliche Brathähnchen legendären Ruf genossen. Jeder in Chicago und auch viele Auswärtige hatten sich schon von dieser öligen Köstlichkeit verführen lassen. Selbst Europäer, die behaupteten, dass in ihrer Heimat ausschließlich echtes Geflügel den Weg in die Grillstuben fände, hatten in Hectors Gästebuch beteuert, nie zarteres Fleisch mit solch feinem Hähnchenaroma gekostet zu haben. Woraus Hectors Hähnchen hergestellt wurden, war sein Geheimnis. Nur mit Hühnern hatte dies nach seinen eigenen Versicherungen nichts zu tun!

Langsam kam wieder Leben in Shawns Körper. Mit großen patschenden Schritten machte er sich auf den Weg. Auf eine gewisse Weise war Shawn erleichtert durch das Auftauchen des Elfen. Er war ein erster wirklicher Beweis, dass sein Gefühl nicht vollkommen unbegründet war.

*

Elias McGrue saß im Fond des Wagens. Er war dabei, seine Gedanken und Programme zu sortieren. Er spielte, indem er verschiedene Systeme und Programme hochfahren ließ, sie übereinanderlegte und wieder ausblendete. Eine wunderbare, bizarre Tagträumerei, bei der er sich auf nichts konzentrieren konnte und musste. Wenn ihn früher die Momente, in denen externes Input unmittelbar in seine eigenen Gedanken eindrang, tief verstört und befremdet hatten, so waren sie mit der Zeit zu den eigentlich glücklichen Augenblicken seines Lebens geworden. Längst reichte ihm dabei keine einseitige, isolierte Stimulans mehr, sondern wahrhaft erhebend war es für ihn, wenn es glückte, auf der Klaviatur der Programmebenen einen in sich instabilen, durch ständige Schwingungen jedoch schwebenden Mehrklang zu erzeugen. Das Bewusstsein als schwirrender Schmetterling! McGrue hätte über diesen aus seiner Sicht anachronistischen Begriff des Bewusstseins wohl nur milde lächeln können. Für ihn hatten nur Tiere ein Bewusstsein nötig. Aber auch er hätte eingestehen müssen, dass Menschen Tiere sind. Daher glaubte McGrue, wenn er sich einen Ausflug in persönliche Ansichten erlaubte, ebenso wenig an die Zukunft des Bewusstseins wie an die Zukunft des Menschen als Individuum, zu dessen Spezies er sich trotz einiger Abweichungen durchaus noch zählte.

Das Taxi hatte einige Runden durch die Innenstadt gedreht und schließlich vor dem Haus angehalten, in dem sich McGrues Wohnung befand. Den Taxifahrer schien es nicht weiter zu verwundern, dass, ohne dass sein Gast sich regte, dort eine unbestimmte Pause einsetzte. McGrue hatte losgelassen und trieb durch den Strom und der Strom durch ihn. Es bestand kein Unterschied zwischen innen und außen. Nicht er wechselte zwischen den Programmebenen, sondern die Rhythmen wechselten selbst aus ihrer eigenen Dynamik. Für McGrue war diese Offenbarung schwer zu beschreiben und er hätte sie in einem anderen Zustand immer nur unzureichend wiedergeben können; aber es war, als würden sämtliche Synapsen, Datenleitungen und Prozessoren gleichzeitig aktiv sein, ohne dass er dabei noch die Orientierung verlieren konnte, da er nirgendwo war und es ihn nicht gab. Es war vorgekommen, dass er über Stunden sich selbst vergessen hatte und nur durch beharrliche externe Impulse schließlich wieder aus dem strahlenden Licht zurückgetreten war. Meist kam es jedoch nicht so weit, dass seine Weckroutinen eingreifen mussten, sondern er fiel von allein aus dem Universellen auf sich selbst zurück. McGrue wusste nicht, wann und warum dies geschah, aber in dem Moment, in dem er sich an einer Stelle des Universellen selbst erkannte, war die Melodie verdorben und es blieb nichts Anderes übrig, als sich zurückzuziehen.

Der Fahrer schaute sich noch einmal zu McGrue um, blickte auf das Display seines Taxameters und den gültigen Verrechnungs-Account, der mit drei vollen Sternen grün leuchtete, schaltete die Scheinwerfer seines Taxis aus und dachte darüber nach, wie viele Hotels wohl im Zehnsekundentakt abrechneten. Aber er war deutlich gebeten worden, auf keinen Fall seinen Gast zu stören. Es war der Account des Elfen und der würde schon wissen, wie er seine Mittel anlegen wollte. Auch ihm würde etwas einfallen, wie er sich die Zeit vertreiben konnte.

*

Hectors „Chicken Palace" war für Shawn häufiger Anlegepunkt auf nächtlichen Streifzügen mit seinen Kommilitonen oder Bekannten gewesen. Vor einigen Monaten hatte Hector die große Neonreklame mit dem gekrönten Huhn in eine dezentere Leuchtschrift ausgetauscht und sein Stammhaus hier in bester Lage vollkommen umgestaltet – ebenso wie die Preise auf seiner Speisekarte. Hectors Stammkunden wie Shawn hatten diese Veränderung mitgetragen, auch wenn der Verlust der ursprünglichen Gemütlichkeit ein wenig schmerzte. An diesem späten Abend war der „Chicken Palace" allerdings erstaunlich leer, wie Shawn schon vorm Eintreten durch die große Glasfront erkennen konnte.

„Hey Shawn! So spät ganz allein noch auf der Rolle? Wo sind die Kollegen? Hat man dich aus dem Taxi geworfen?", wurde Shawn von einem altbekannten Lächeln begrüßt. Hector war höchstpersönlich anwesend und scheinbar bei bekannt guter Laune.

„Nein, ich war mir nur kurz die Füße vertreten. Keine Party heute."

„Das heißt, du lässt dich völlig nüchtern vom Regen aufweichen? Hast du Liebeskummer? Ein süßes, kleines Kätzchen hat dein Herz in Stücke gerissen und dich in den lodernden Flammen der Qual zurückgelassen, so dass du nun wie ein Kater durch die Nacht streunst, um dir im kalten Regen Linderung zu verschaffen …“

„Willst du Essen verkaufen oder deine Stammkunden verjagen? Wenn ich Lebensweisheit brauche, geh ich gleich zum Chinaladen und nehme eine Packung Glückskekse! Du hast das falsche Marketingkonzept. Wer berät dich, oder denkst du dir den Scheiß selber aus?“

„Oh, der Herr Hobbydichter hat wohl die Eloquenz für sich gepachtet. Nun gut! Was darf’s denn sein?“

„Bring mir eine große Schale und von der scharfen Tunke!“

„Aye-Aye, Sir! Darf ich dem Herrn zur Erwärmung des frostigen Gemüts auch Kaffee kredenzen? Der ist im Gegensatz zum Hähnchen nur aus reinen, natürlichen Zutaten. Feinste Bohnen!“

„Ja, darfst du.“

„Du bist so gut zu mir, Shawn.“

„Ich weiß.“

Shawn zog seine Jacke aus und hängte sie zum Trocknen auf den Hocker auf der anderen Seite des Tisches. Ein asiatisches Pärchen saß in der hinteren Ecke des unteren Abteils, das im Gegensatz zu den Stehtischen mit den hohen Hockern auf der Empore mit vollen Stühlen in Vierer- und Sechsergruppen um die Tische ausgestattet war. Shawn strich sich durch sein nasses Haar. Bisher hatte er nicht darüber nachgedacht, ob es einfach sein könnte, ihn zu finden. Er hatte noch nicht mal ernsthaft in Erwägung gezogen, dass man ihn suchen würde. Warum auch? Eigentlich konnte Titan Corp. sein Ausscheiden doch vollkommen egal sein! Aber das Gefühl, dass es so kommen könnte, war bei Shawn schon vor der Begegnung mit McGrue da gewesen. Wenn er genau nachdachte, eigentlich schon in der Zeit unmittelbar vor der

Prüfung. Shawn hatte dieses Gefühl als Hirngespinst abgetan und auf seine innere Unruhe geschoben, aber es war richtig gewesen! Konkrete Gründe für dieses Gefühl konnte er nicht ausmachen. Dafür war er selbst zu durcheinander gewesen in den letzten Wochen. Er brauchte Zeit, um nachzudenken. Damit war auch klar, dass er irgendwie Ruhe und Abstand brauchte.

Hector kam mit der Bestellung zurück zu Shawns Tisch.

„Danke, Hector. Warte bitte noch kurz! Du triffst doch viele unterschiedliche Leute persönlich, hier oder mal in einer Nebenstelle in einer anderen Gegend. Da erfährt man doch auch mehr als über die Liebesprobleme von Studenten oder Konzernangestellten …“

„Das war früher! Mein neuer Marketingberater hat mir empfohlen, mich nicht mehr in die Privatangelegenheiten meiner Kunden einzumischen. Und der muss es ja wissen! Was der schon alles auf die Beine gestellt hat! Dagegen sehe ich mit meiner lächerlichen Imbisskette aber alt aus …“

„Komm schon, Hector! Ich glaube, ich hab wirklich Schwierigkeiten. Da darf man doch mal gereizt sein … Hm, wie das alles duftet! Mir wird gleich viel wohler. So was gibt es halt nur bei dir!“

„Elender Schleimer!“

„Ich kann nicht anders. Das sind meine niedersten Instinkte. Meine Gier nach gutem Essen …“

„Was willst du wissen, Shawn?“

„Sag mir, wenn jemand Ärger zum Beispiel mit seiner Exfrau, den Behörden oder sonst einer Entität hat, die richtig böse werden kann, fast rachsüchtig – und dieser Jemand entschließt sich nun wegen dieser völlig übertriebenen Reaktion auf eine vergleichsweise unbedeutende Lappalie, dass die ganze Sache den Ärger nicht wert ist und er daher den

Beschimpfungen und Nachstellungen eine Weile entgehen möchte, nur bis sich die Lage wieder beruhigt hat – was macht deiner Erfahrung nach so Jemand?“

„Shawn, Klartext! Du hast Mist gebaut und willst untertauchen.“

„Nein, ich weiß noch nicht mal, was ich gemacht habe! Ich denke, wenn ich eine Weile nicht zu erreichen bin, reicht das völlig.“

„Also, momentan würde selbst ich, wenn du nicht hier wärst, dich finden können! Auch wenn ich nicht weiß, warum ich das tun sollte. In deiner Jacke steckt zumindest ein Kommunikationsgerät. Wenn du nicht gefunden werden möchtest, solltest du dich zuerst von allem trennen, was „Piep“ sagt und Strom verbraucht. Ich dachte, du hast studiert!“

„Ich war nicht vorbereitet. Ich fang gerade erst an nachzudenken! Ich lass die Sachen hier, wenn ich darf.“

„So eilig, Shawn? Dann scheint der Ärger ja größer zu sein, als du zugeben willst … Zeig her das Zeug! Ich will sehen, was ich dir dafür geben kann. Willst du es später wieder auslösen?“

„Nein, du sollst es nur aufbewahren.“

„Ich dachte nur, du könntest in nächster Zeit Bargeld brauchen.“

„Wieso? Ich hab noch Karten und fürs Erste ausreichend Kredit auf meinem Account.“

Hector zog eine Augenbraue hoch. „Wenn du tatsächlich nicht gefunden werden möchtest, solltest du auf diese Zahlungsmittel verzichten. Shawn, ich weiß nicht, wo du drinsteckst, und in diesem Fall möchte ich es auch gar nicht wissen. Ich hoffe nur, dass du dich nicht mit diesem Native-Liberators-Scheiß eingelassen hast! Das sind Spinner!“

„Ich weiß nicht. Kenn ich nicht. Wer soll das sein?“

„Radikale aus dem Netz, die behaupten, irgendwie indianischer Abstammung zu sein. Junge Krawallmacher! Wurden
in letzter Zeit ordentlich angestachelt. Ich weiß nicht, wer da-
hintersteckt. Aber Titan Corp. hat deshalb ganz schön Ärger!
Verfolgst du keine Nachrichten?“

„In letzter Zeit bin ich nicht dazu gekommen.“

„Also, mal ganz ehrlich! Dieses ganze Gerede von Land-
ansprüchen und Verwertungsrechten an Kulturgütern der
rechtmäßigen ursprünglichen Bevölkerung … Wieso, frag ich,
sprechen denn dann neunzig Prozent von denen nur Spa-
nisch? Dann sollen sie doch bitte nach Europa zurückgehen!
Oder sind die armen Brüder aus dem Süden auch dort von
den Spaniern in einem fort unterdrückt worden – bis in die
x-te Generation hinein? Das ist alles Gerede, ethnischer
Mummenschanz, der den eigentlichen Klassenkampf recht-
fertigen soll! Übelster Kommunismus! Was haben denn die
Vorbilder im Westen erreicht? Angeblich kontrollieren sie ein
paar Wüsten und Berge. Die sind doch jetzt schon dabei, sich
zugrunde zu wirtschaften, in ihrer Einfalt! Ich hab nichts
gegen Sioux, Navahos und von mir aus … Sind prima mit
denen ausgekommen. Aber jetzt lassen die sich da für was ein-
spannen! Lächerlich dieser primitive Schamanenkult! Alles
schlechte Schauspieler! Meine Vorfahren kommen aus Grie-
chenland. Aber keiner in meiner Familie kommt auf die Idee,
dass man, wenn man lang genug Sirtaki tanzt, den großen
Dionysos heraufbeschwören kann. Ein Cousin von mir hat
ihn allerdings mal in der Neige einer Weinflasche getroffen!
Glaubt irgendjemand von denen eigentlich selbst daran?
Shawn!“

Jetzt erst merkte Shawn, dass er direkt angesprochen wurde.

„Ich weiß nicht. Vielleicht. Woran glaubst du?“

„Ach, jetzt lass uns nicht von Religion anfangen! Wenden

wir uns lieber wieder deinem Problem zu. Bist du verdrahtet oder trägst du irgendwelche Buchsen oder Chips in dir?"

„Nein."

„Sicher?"

„Natürlich!"

„Ich mein ja nur. Manchmal werden solche Dinge bei Routineeingriffen miterledigt. Ich gebe dir eine Adresse von einer Klinik, die einen Scan durchführt, ohne dass der Vorgang irgendwo gemeldet wird."

Hector schrieb auf die Rückseite des Rechnungsbelegs eine kurze Wegbeschreibung. „Dein Essen geht aufs Haus." Shawn untersuchte gründlich sämtliche Taschen und stapelte die Geräte, Chips und sogar seine Kreditkarten auf dem Tisch, um nicht in Versuchung zu kommen. „Brauchst du eine Quittung?", fragte Hector, der Shawn neben den Haufen an Technikrat einen gefüllten Barchip legte.

„Nein, danke. Pass bitte einfach eine Weile auf die Sachen auf." Nachdem seine Habseligkeiten in einem blickdichten Kunststoffbeutel verschwunden waren, verabschiedete sich Shawn und verließ das Restaurant mit dem Gefühl, sich vielleicht doch aufgrund irgendwelcher nicht verarbeiteter, verdrängter Ereignisse aus seiner Vergangenheit in etwas stärker hineinzusteigern, als es in Wirklichkeit angemessen gewesen wäre. Auf diese Gefahr in seiner Persönlichkeitsstruktur hatte ihn auch der psychologische Betreuer an der Uni hingewiesen, der ihm wegen seiner Leistungsschwankungen und sprunghaften Interessenswechsel zur Seite gestellt wurde. Shawn hatte sich allerdings immer gegen eine tiefergehende Analyse gewährt und nur die lernbegleitenden, verhaltenstherapeutischen Übungen über sich ergehen lassen. Nach Ansicht seines Therapeuten waren diese Symptombehandlungen nicht auf Dauer zielführend. Man hätte die Ursachen ergründen und an diesen arbeiten müssen.

Tatsächlich beschäftigten Shawn in jüngster Vergangenheit immer wieder seine eigenen Erinnerungen. Bisher war er allerdings der Ansicht gewesen, dass es für diese Zeitreisen in seiner eigenen Geschichte jeweils verständliche Anlässe gegeben hatte. Vielleicht war dieses ständige Zurückfallen auf sich Selbst aber doch nicht so normal, wie er bisher geglaubt hatte. Wieso sollte auf einmal alles, was um ihn geschah, tatsächlich in einer Verbindung zu ihm stehen? Vielleicht hatte sich seine Umwelt gar nicht geändert, sondern nur seine Wahrnehmung derselben? Einen sich selbst verstärkenden Mechanismus hatte sein Betreuer es genannt … Andererseits war der Elf real gewesen – zumindest musste er davon ausgehen. Er war ein deutliches Zeichen dafür, dass tatsächlich nach ihm gesucht wurde, und zwar auf eine Art und Weise, die er keineswegs für gewöhnlich hielt. Er hatte sich vorgenommen, diese eigene Einschätzung möglichst bald von einem unbeteiligten Dritten überprüfen zu lassen. Vorerst hielt er es für angebracht, seine Befürchtungen nicht einfach beiseite zu wischen und die angegebene Klinik aufzusuchen …

Der Regen war jetzt schwächer und seine Jacke vermutlich eh ruiniert. Außer Hectors Kreditchip hatte er an Zahlungsmitteln nichts weiter bei sich. Er überlegte kurz, ob er probieren sollte, ein Taxi einfach durch Handzeichen anzuhalten. Er war sich allerdings nicht sicher, ob Taxifahrer auf solche Zeichen überhaupt noch reagierten. Wahrscheinlich war ihnen das Risiko zu groß und jedermann sollte doch eigentlich die Möglichkeit haben, mit einem Account auf sich aufmerksam zu machen, der von vornherein auch die Frage der Bezahlung löste. Außerdem kam gerade auch keines vorbei. Also machte Shawn sich zu Fuß auf den Weg, den ihm Hector möglichst einfach beschrieben hatte. Ein ordentlicher

Marsch bis in ein Randgebiet der Stadt.

*

Das Taxi – oder besser – eines der zurzeit wohl teuersten
Hotels der Gegend stand noch immer vor McGrues Wohnung. Der Fahrer hatte sich zufrieden in eine Online-Simu-
lation eingeklinkt. Ein interaktives Spiel, bei dem mehrere
Teilnehmer gleichzeitig versuchen mussten, im London der
1930er Jahre eine Taxigesellschaft aufzubauen und zu ver-
größern. Sehr aufregende Zeiten mussten das gewesen sein
mit haufenweise Verbrechersyndikaten, Nazi-Kommunisten-
Spionen und Serienmördern! Seinen Chef, oder besser, den
Lizenzgeber für dieses Taxi hatte er in der letzten Runde des
Spiels fünf Plätze hinter sich gelassen; aber woher sollte der
auch wissen, wie man ein Taxiunternehmen unter wirklich
widrigen Bedingungen zu führen hatte! Der Fahrgast auf der
Rückbank hatte sich noch nicht wieder gemeldet. Er fragte
sich, ob der so wichtig auftretende Mann gerade an einer
Konferenz teilnahm oder ebenfalls einem Netzspiel dringend
Aufmerksamkeit geben musste. Vielleicht war er einer seiner
Mitspieler?

McGrue fokussierte aus dem Strom das Motiv eines in die
Kamera lächelnden Delphins. Je länger er sich in das Lächeln
des Delphins vertiefte, umso klarer wurde ihm, dass er zu
arbeiten hatte. Er, McGrue, hatte eine Aufgabe! Der Delphin
war ein guter Ansatz für einen Abgang. Er fixierte das neue
Leitmotiv immer stärker im Zentrum seiner wieder erwachten
Aufmerksamkeit. Alle übrigen Eindrücke kreisten jetzt um
das eingefangene Motiv und steigerten sich zu einem
saugenden Strudel. McGrue hielt an dem Delphin so lange
fest, wie er konnte, und ließ ihn dann in den Trichter hinab-

stürzen. Zumindest ein würdiger Abgang aus dem unterbrochenen Tanz. Aus einer letzten Pirouette war McGrue wieder voll bei sich in den sicheren Stand. Im Gegensatz zu früher fiel er allerdings nun nicht mehr in ein tiefes Loch der Ernüchterung. Er brauchte nur noch einen kurzen Moment, um sich zu sammeln. Tatsächlich, er hatte zu arbeiten! Auf ihn wartete ein interessanter Auftrag! McGrue klopfte dem Fahrer auf die Schulter, der vor Schrecken 51 schwarze Limousinen mitten in schwersten Kriegszeiten bestellte, und gab diesem die Adresse für den neuen Auftrag.

*

Aus der Titanzentrale in Chicago war unüberhörbare Unruhe aufgestiegen. Selbst Jakob Johnson wurde langsam ungeduldig. Es war schon tief in der Nacht. Er konnte jetzt nichts mehr dem Zufall überlassen! Langsam machte man sich lächerlich. Er ging selbst hinunter in die Aufklärungsabteilung. Er setzte sich auf einen verwaisten Platz vor mehreren Bildschirmen. Sie gaben unterschiedliche Bilder, Töne, Figuren und Sequenzen wieder. Den Simulationshelm zur Zusammenführung der Eindrücke aufzuziehen, war sinnlos. Die Kompaktheit war schlichtweg nicht zu verarbeiten.

Es war nicht leicht gewesen, McGrue zu knacken. Aber mit dem nötigen Aufwand hatten sie es geschafft! Zunächst war das Ergebnis allerdings wenig fruchtbar gewesen. Die verwirrenden Sprünge ließen sich nicht ordnen oder nachvollziehen. Also hatte er die Techniker angewiesen, alles zu zerlegen. Jedes Programm wurde isoliert ausgelesen und getrennt geschaltet. Die so entstandenen Stränge wurden separat umgesetzt und dargestellt. Es war kaum möglich zu erkennen, was McGrue jeweils gerade durch den Kopf ging. Aber aus den

42

Bruchstücken der extern zugeführten Informationen ließ sich zumindest ein gewisser Schwerpunkt herleiten. Unmittelbar in McGrues Systeme eingreifen, konnten sie nicht. Einfluss ließ sich nur über die Schnittstellen ausüben, indem man die von außen zugefügten Daten gezielt veränderte. Aber die Ergebnisse blieben zufällig.

Schließlich hatten sie jedoch die passenden Schalter gefunden! Jakob Johnson hatte den gesamten Lebenslauf von McGrue durchforstet, jede Kleinigkeit aus dessen Vergangenheit zusammengetragen. Jakob wusste, wie man Menschen führte. Es gab Ereignisse, die mussten Erinnerungen auslösen und damit auch McGrues Gleichgültigkeit stören. Sorgsam, wie zufällig mussten diese andeutungsweise in die übermittelten Informationen eingewoben werden. Er war von dem Erfolg dieser Vorgehensweise überzeugt. Überall blieb ein Kern an seelischem Müll, den man aufrütteln konnte! Letztlich hatte McGrue reagiert. Es wurde jedoch immer schwieriger, noch Trigger zu finden, je häufiger sich dieser der Flut der Daten aussetzte. Einige, die zunächst funktionierten, waren sogar schon völlig unbrauchbar geworden.

Jakob Johnson rief noch einmal das Leben von Elias McGrue auf. Er schaute hoch zu den Bildschirmen, bis er eine Tendenz ausmachen konnte. Es war riskant, so schnell vorzugehen. Aber McGrue hatte zu arbeiten! Den Auftrag hatte er ihm mit höchster Priorität erteilt. Der Personalberater hatte bestätigt, dass er nun in der Lage sei, ihn auszuführen. Jakob hatte ihm das sofortige O.K. gegeben. Aber auf den unerklärlichen Pfaden des Elfen hatte dieser zunächst noch einen kleinen Umweg in Richtung eines Auftrags bezüglich eines Studenten eingestreut …

Aber jetzt war Jakobs Geduld endgültig überstrapaziert. McGrue durfte keinen Fehler machen und musste sich endlich in Bewegung setzen! Er schickte McGrue einen Delphin. Das passte! Wäre Dr. Elias McGrue damals seiner Verantwortung nachgekommen, hätte er sein Forschungsprojekt nicht verloren.

*

Ein Auftrag mit gewissen Unwägbarkeiten, aber der Personalberater hatte sich entschieden, die Aufgabe möglichst unbefangen anzugehen. Über die üblichen Wege war die ihm eigene präzise Planung nicht zu bewerkstelligen gewesen. Er konnte also nur hoffen, dass er nun am Ort des Geschehens einen der abgespeicherten Pläne rechtzeitig in Gang setzen würde. McGrue zögerte kurz und entschloss sich dann, profan an die Tür zu klopfen.

„Kommen Sie herein! Ich werde es Ihnen eh nicht verbieten können", knurrte es von der anderen Seite.

Der Elf öffnete die Tür. Er würde sich nicht einmischen. Er selbst handelte nicht. Er wusste, dass er auch nicht entschied. Er würde sich lediglich dem großen Strom aussetzen und diesen das richtige Programm wählen lassen. Unmittelbar und ohne Selbstbetrug. Das war der Unterschied! Auch jeder andere, der glaubte, bewusst zu entscheiden, handelte letztendlich nicht anders. Nur ließen sie sich allzu leicht von der eigenen Eitelkeit zu dem naiven Gedanken verleiten, dass sie bewusst entschieden. Die ewige, uralte Falle! McGrue selbst musste sie schmerzhaft immer wieder in sich bekämpfen. Hinterlistig stieg der verlogene eigene Kosmos ein ums andere Mal wie ein Phantom in ihm auf. Es gab keinen McGrue. Er war nur eine Anwenderoberfläche von vielen – unvollkommen und beschränkt im Vergleich zu dem, was bei einer großen Verschmelzung möglich war. Insoweit war das Einzige, das er sich als Selbsterkenntnis zurechnete, das Bewusstsein, dass er kein originäres, persönliches Bewusstsein hatte…

McGrue trat in das Zimmer. Das Fenster war geöffnet und der Luftzug wölbte und warf dann die Vorhänge weit in den Raum. Frank saß seitlich auf seinem Bett. Er hatte den Oberkörper nach vorn gebeugt und die Ellenbogen auf seine Oberschenkel gestemmt. Er vergrub sein Gesicht in seinen Händen. Die Laken des Bettes waren gelblich braun vergilbt – Schweißränder, die sich von allen Seiten in den Stoff fraßen. Kleidungsstücke, Werkzeug und Elektronikschrott waren in Haufen im Zimmer verteilt. In einem kleineren Wäschehaufen tanzten die Bausteine des Bildschirmschoners. Die Konsole schien zu laufen. Der Prozessor kühlte und schnurrte. Platinen, Tabletten und Kabelreste waren um eine halb geleerte Whiskeyflasche verteilt.

„Mr. Rock, schauen Sie sich an! Für manche Leute sind Sie wertvoll! Sie sollten sich selbst mit mehr Wertschätzung behandeln." Frank schob das Kinn über die Handballen der sich öffnenden Pranken und kratzte durch seine Barthaare. „Wieso wollen Sie sich zugrunde richten, müssen Sie zu sich selbst in Opposition gehen? Glauben Sie mir, ich kann Sie recht gut verstehen! Ich gebe Ihnen ein Angebot. Das ist alles. Ich bin allein – und auch nicht wirklich involviert."

McGrue hatte sich selbst zurückgenommen. Er beobachtete Frank, der zu seiner Überraschung trotz der augenscheinlichen tiefen Anspannung die Beherrschung zu behalten schien. Eine ungewöhnliche Reaktion für ein solch fortgeschrittenes System. McGrue hatte seine Handlungsoberfläche völlig für den unmittelbaren Zugriff auf seine Aktionsprogramme geöffnet und ließ das Angebot nicht über seine neuronalen nassen Speicher laufen, in denen es ohne

Zweifel vorhanden gewesen wäre, sondern über einen trockenen Zwischenspeicher, in dem er die Originaldatei von Titan abgelegt hatte …

Frank suchte den Ausgang. Es wurde wieder enger. Zu eng! Sein Leben bewegte sich von Ausgang zu Ausgang. Er fand sie. Oder besser, sie zogen ihn an … Klein, groß, mal stieg er hinauf, mal herab. Immer hatte er es geschafft! Der Elf stand neben ihm. Er überlegte, ob dieser bewaffnet war. Frank war es. Aber nichts war zwischen ihm und der Tür. Nicht die Anwesenheit dieses Boten erdrückte ihn – es war genug Platz –, seine Worte schnürten ein! Frank wollte sie nicht mehr hören. Nichts mehr hören! Nicht wieder eingefangen werden! Alles funktionierte nicht. Die Welt funktionierte nicht. Er sah sich durch die Tür laufen, über Flur, Treppe … ins Freie! In seinem Willen tauchte der Elf nicht auf. Damit war er unerheblich für das, was passierte! Der Bote konnte bleiben. Im Raum verkünden. Das Zimmer erdrücken. Diese Welt hinter Frank implodieren lassen. Frank dachte sich hinaus … Das Zimmer war schon verschwunden – gefressen vom sprechenden Mund mit der Melone. Dann folgte Frank seinem vorauslaufenden Willen. Erst der Angreifer auf der Straße hinderte Frank, sich einzuholen. Fast hatte er sich schon selbst verloren! Wenn der Bote nicht allein war, hatte er dieses Rennen verloren! Bevor Frank sich in der Ferne nicht mehr erkennen konnte, hatte er die Waffe gezogen und abgedrückt.

*

Was hatte Hector über die Native Liberators und den Schamanenkult gesagt? Hatte Shawn jemals ernsthaft an einen übersinnlichen Hintergrund geglaubt? Hatte Takanga an das geglaubt, was er sagte? Shawn war oft noch bei ihm gewesen.

Er hatte bei Festen oder Zeremonien zuschauen dürfen, mehr wie ein Gast als ein Tourist. Zwar hatte Shawn erlebt, wie wunderliche Dinge geschahen, wenn Takanga die alten Zauber oder Beschwörungen sprach – er selbst war nach Takangas Anleitung in Kontakt mit Geistern getreten, den Geistern des Waldes, der Steppe und der Berge; jedes Tier, hatte er gelernt, hatte seine eigene Seele, zu der man in Kontakt treten konnte –, doch sobald Shawn wieder zu Hause war, in einer Welt, in der alles eine wissenschaftliche Erklärung hatte, waren Zweifel an dem, was er gesehen hatte, in ihm aufgestiegen. War das, was er erlebt hatte, wirklich geschehen oder hatte ihm sein Verstand als Folge der Zeremonie oder des Tanzes nur einen Streich gespielt?

Shawn tastete an seiner Brust nach seiner Medizin, dem kleinen Säckchen, das ihm Takanga gegeben hatte, nachdem er in das Mannesalter eingeführt worden war. Er spürte, wie ihn Ruhe und Zuversicht durchströmten – eine Verbindung zu Takanga und zu den Geistern der Heimat, die ihm Halt gaben und über ihn wachten.

Wehmütig dachte Shawn jetzt an die Zeit mit Takanga zurück. Hin und wieder hatte man ihn sogar mit auf die Jagd genommen, ihn versteckt über die Grenze geschmuggelt. Viel vom Aufbau einer neuen Kultur hatte er auf der anderen Seite jedoch nicht gesehen. Dafür aber eine wunderbare Weite. Sein Vater ahnte wohl, dass Shawn weiter die Siedlung besuchte. Aber auch wenn er es nicht unterstützen wollte, ging er allerdings auch nicht so weit, seine Vermutung offen auszusprechen. Wie viele andere blieb auch dieses Thema zwischen den beiden stumm. Außerdem verstand sich Herr Hayek als aufgeklärten, liberalen Geist, der zwar aufgrund seiner persönlichen Erfahrungen seine Meinung zu Indianern hatte, aber auf der anderen Seite wilden Gerüchten keinen Glauben schenken wollte ...

Die Männer der Familie – denn es waren ja die einzigen verbliebenen wirklichen Mitglieder – trafen sich zu dieser Zeit meist morgens in der Küche, bevor Herr Hayek zur Arbeit und sein Sohn zum College aufbrachen. Dies war eigentlich der einzige Moment für Gespräche, die meist nicht über die alltäglichen Begebenheiten hinausgingen. Die Abende verbrachten sie selten miteinander. Herr Hayek war müde von der Arbeit und hing an der Konsole. Shawn war zum Sport oder mit Freunden unterwegs und fühlte längst nicht mehr die Verpflichtung, seinen Vater über sein Privatleben aufzuklären. An diesem Morgen wurde er jedoch nicht in der Küche erwartet, sondern vorher in seinem Bett geweckt.

„Shawn, wo warst du gestern Abend?"

„Was?" Shawn öffnete ein halbes Auge.

"Was hast du gemacht? Wo warst du?"

„Seit wann kümmert dich das?"

„Shawn, ich hab keine Lust auf Spielchen!"

Der Verschlafene sah seinen Vater nun klarer durch den Schleier der Nacht auftauchen. Er trug seinen Morgenmantel und die Haare waren noch nicht gekämmt.

„Im Club, Dad."

„In welchem Club?"

„Herr Gott, in der Stadt! Da, wo wir immer hingehen!"

„Wer sind *wir*?"

„Das wird mir zu blöd! Was willst du? Ja, ich habe getrunken. Ich bin nicht mehr gefahren. Ich habe unser Haus noch gefunden. Ich glaube, ich war dann noch kurz in der Küche, und ich sehe gerade, ich muss meine Schuhe auch noch ausgezogen haben. Steht die Kühlschranktür auf? Hab ich nicht abgeschlossen?"

„Shawn, es hat einen Anschlag gegeben! Auf unseren CEO in unserer Stadt!"

„Auf Burnes?"

„Ja, verdammt!"

„Okay! Ich habe nichts mitbekommen. Dann muss ich wohl vorher im Bett gewesen sein. Ist er tot?"

„Man weiß es noch nicht. Er wurde aus großer Entfernung von einem schweren Kaliber getroffen. So was gibt es hier in Titan City doch nicht! Ich meine, nur die Sicherheitsleute sind bewaffnet. Aber die haben keine Flinten für die Großwildjagd. In unserer Stadt gibt es keine Bären. Verstehst du, wohin die Spur führt?"

„Dad, das glaub ich nicht! Ich meine, wie kannst du denken? Du weißt doch, dass keine Waffen die Grenze überschreiten. Alles wird bis aufs Genauste kontrolliert. Ich hab es selbst mitbekommen, als ich einmal heimlich mitgefahren bin. Sie hätten mich beinahe entdeckt."

Das Halbblut und sein Vater schauten sich an.

„Sag mir alles, was du über diese Leute weißt … "

Shawn suchte nach der von Hector notierten Adresse. Von Straßenschildern schien man hier nicht viel zu halten. Irgendwo da musste die Klinik sein. Allerdings erinnerte nichts von außen an eine Praxis, wie Shawn sie kannte. Das Viertel, in dem sich die Klinik befinden sollte, hatte Shawn noch nie betreten. Wirkliche Lust verspürte er immer noch nicht. Es war ein Auffangbecken. Viele Metamenschen waren dort angespült worden. Die ersten waren Deserteure und immer noch stießen weitere hinzu. Es schien, als würden sie von der Tatsache angezogen, dass, je mehr Abnormes sich dort sammelte, sie umso weniger auffielen.

Mittlerweile gab es dort auch eine zweite Generation und

Menschen, die auf eigene Faust der Normalität entfliehen wollten. Manch neue Spielart der Körpergestaltung hatten allerdings nur rein kosmetische Ziele, ohne dass mit ihnen auch physische Vorteile verbunden gewesen wären. Sie waren Ausdrucksform für die Persönlichkeit des Trägers, der sich selbst die Gestalt eines Elfen oder eines Echsenmenschen geben wollte, ohne dass eine gespaltene Zunge zugleich auch automatisch als Sinnesorgan eingesetzt werden konnte. Für den ein oder anderen war der Besuch in einer Klinik nicht viel anderes mehr als die Auswahl eines Avatars für einen Cyberraum.

Die Technik wurde kopiert und wild weiterentwickelt. Ob diese Entwicklung gewollt unterstützt wurde oder einfach nicht aufzuhalten war, ließ sich nicht entscheiden. Feststeht, dass sie stattfand und nirgendwo sonst fand man so viele freiwillige Laborratten. Die Geister, die man rief … Ein heiliger Narr, der versuchte, Pandoras Büchse wieder zu verschließen …

Tommy hatte erzählt, dass auch viele Programme, die er abspielte, ihren Ursprung dort haben mussten: Die luftige Welt zwischen der trockenen und nassen. Shawn begann, über diese stark in Mode gekommenen Begriffe nachzudenken. Die neue Begrifflichkeit stand für mehr als bloß die alten Unterscheidungen zwischen Speicher, Medium und Inhalt. Shawn gefiel der Begriff „nasse Speicher". Er war biologisch sehr zutreffend. Lebewesen bestanden nun mal hauptsächlich aus Wasser. Auch das menschliche Hirn schwamm in Flüssigkeit. Die Informationen und Gefühle wurden also fast wörtlich im Nassen gespeichert. Dagegen war Wasser und Feuchtigkeit für die trockenen Speicher Gift. Ein Microchip darf nicht nass werden. Insoweit bestand eine klare Trennlinie zwischen nassen und trockenen Speichern, also zwischen der nassen und der trockenen Welt. Wenn man so will, der belebten und unbelebten Welt. Shawn verlor sich kurz in einer Spekulation darüber, ob rein quantitativ – wenn man alles zusammenrechnete – auf der Welt mehr in trockenen oder nassen Speichern gelagert wurde. Er gab schnell auf, da er nicht einmal passende Parameter für eine Überschlagsrechnung fand.

Zweifelsohne war jedoch die luftige Welt größer geworden – und in der Wahrnehmung vieler Menschen gewohnter und realer. Die luftige Welt ist, allgemein gesprochen, ein erstaunliches Konstrukt. Für sich genommen ist sie nichts. Sie kann nicht existieren ohne die nasse und die trockene Welt. Sie sind für die luftige Welt der einzige Baustoff. Aber sie ist dabei beweglicher und unberechenbarer. Die luftige Welt ist der Inhalt der nassen oder trockenen Hardware. Sie umfasst alle Informationen, Daten, Wissen, Gefühle, Phantasien und Gedanken. Im Prinzip ist sie unendlich groß und kennt weder Zeit noch Raum. Das Virtuelle kann zu jeder Zeit und überall sein. Es kann sich auch plötzlich sehr weit von der real existierenden, materiellen Welt entfernen, so weit, dass sie nicht mehr viel mit dieser zu tun hat.

Nun kann es aber vorkommen, dass sich über längere Zeiträume sehr hartnäckig Kräfte in der luftigen Welt etablieren, die eigentlich in zu großem Widerspruch zu ihren schweren Verwandten, der nassen und der trockenen Welt stehen. Auch weil die luftige Welt sich seit einiger Zeit quasi selbst fortschrieb, wurde dieses Absondern von der materiellen Welt noch beschleunigt. Die immer leistungsstärkeren Einheiten künstlicher Intelligenz und künstlichen Bewusstseins machten ein Wachsen der luftigen Welt aus sich selbst heraus möglich, ohne dass es einer Eingabe von Menschenhand bedurfte. Diese neue luftige Welt griff nun ihrerseits auf die nasse und die trockene zurück. Wenn aber irgendwann mehr Transfer von der luftigen Welt in die Produktionsstätten der trockenen und der nassen Welt geleistet wird als umgekehrt, kann sich die luftige Realität einen Weg in die Materie fräsen. Ein Schub! Eine plötzliche, komplette Umpolung! Dann werden auf einmal Phantasien, bloße Ideen oder Illusionen in der materiellen Welt manifest. Techniker würden sagen, dass das, was nur virtuell war, real existent wird.

Solche Vorgänge sind in dieser Größenordnung und Radikalität wie zu Beginn des Jahrzehnts selten. Normalerweise erfolgt ein Rückfluss nur langsam und gleichmäßig. Einzelne Ideen oder Entwürfe werden Schritt für Schritt hier und da in der materiellen Welt umgesetzt. Man könnte es einen kontinuierlich, langsam voranschreitenden Fortschritt nennen.

Zu gewissen Zeiten in der Geschichte passiert dann aber auf einen Schlag ein großer Umbruch. Es ist, als würde ein Knoten platzen. Die Ideen sprudeln herüber in die materielle Welt. Eine Revolution, ein Durchbruch geschieht und wirbelt diese durcheinander. Auf einmal scheinen nicht mehr die nasse und die trockene Welt die luftige zu gestalten, sondern ein Schwall von Ideen aus der luftigen Welt verändert die materielle Welt von Grund auf. Nach dem Stoß der Umpolung sortieren sich die Welten in der Regel auch schnell wieder, so dass ein ruhiges Gleichgewicht zwischen ihnen entsteht. – Woher kommt aber das Kraftpotential der leichtesten dieser Welten? Einzig aus der Tatsache, dass es für sie keinen Raum und keine Zeit gibt und sie daher mehr sammeln kann, als in Gefäße passen könnte. Zu viel für eine Büchse …

Shawn hatte eine Schwäche für Netzphilosophen, konnte sich aber leider nie an deren Namen erinnern oder auch nur einzelne Texte auseinanderhalten. Ihm war, als hätten sich hier mindestens zwei Quellen in seinem Kopf vermischt. Allerdings konnte im Netz diese Vermischung auch schon vorher außerhalb seines Kopfes stattgefunden haben.

Tommy hatte Shawn als Textjunkie bezeichnet, weil es seiner Meinung nach niemanden außer Shawn gab, der die unglaublichen Möglichkeiten seiner Konsole fast ausschließlich zur Übermittlung von Buchstaben nutzte. „Shawn, für dich würden es auch Brieftauben tun oder eher Eulen!" Shawn wusste, wie sehr Tommy sein Interface und die damit möglichen Erlebniswelten liebte.

Thomas Geoffreys Eltern waren wohlhabend, manche würden sagen reich. Sie hatten ihn ganz im Sinne der neuesten erziehungswissenschaftlichen Erkenntnisse erziehen lassen. Er hatte quasi an der Spitze einer Generation gestanden. Eine Generation, mit der sich nun viele neueste Studien der Psychotherapie beschäftigten. Es galt Programme zu entwickeln, die Patienten schonend langsam in der bekannten luftigen Welt abholten und sie nach und nach mit einzelnen Fragmenten der materiellen Realität konfrontierten. Tommy hatte viele dieser Programme durchlaufen, aber letztlich lieber zur Selbsttherapie gegriffen. Ob diese ihm half oder ihn endgültig zerstörte, darüber war sich Tommy selbst wohl nicht im Klaren.

Wenn man sich in dem Viertel umsah, das Shawn gerade betreten hatte, konnte man sich allerdings fragen, ob es sinnvoll war, diese Generation zurückzuholen. Eventuell musste man sie in einigen Jahren wieder hinausschicken.

Am besten verkauften sich zu dieser Zeit Programme, in denen man Unzucht mit der früher am meisten verwendeten Cyber-Nanny treiben durfte und den netten Hobby-Erklär-Clown foltern konnte. Wissenschaftlich, therapeutisch wurden diese Varianten sehr unterschiedlich beurteilt. Eigentlich tat es keinem weh! Ob es half, war auch fraglich! Aber viele unterhielt es. Scheinbar mehr als die damaligen Programme.

Shawn kannte all dies nur peripher. Er selber hatte immer nur über die Krücke indirekter, sinnlicher Wahrnehmung Zutritt zu dieser Welt genommen. Er hatte kein Interface an seinem Kopf, das die Daten direkt vom Chip in sein Gehirn übermittelte. Er nahm noch mit seinen Augen und Ohren wahr und musste die Informationen sehen oder hören. Er brauchte einen Bildschirm, eine Datenbrille und Lautsprecher. Und was noch absonderlicher war, häufig las er Informationen als Wörter in Texten. Den eigentlichen Akt der Umsetzung, also das wahre Erlebnis, musste er selbst, oder besser sein Gehirn leisten.

Mit dieser Krücke hatte er es dann auch fast bis zu einem Universitätsabschluss gebracht. Er war der Letzte in seinem Jahrgang gewesen, der ausschließlich auf diese altertümliche Weise gelernt hatte. Nun, jedenfalls hatte er diese alten Techniken zur Erschließung neuer Welten länger benutzt als andere und man konnte sagen, dass er es mit ihnen zu einer gewissen Meisterschaft gebracht hatte, die zweifelsohne nicht mehr zählte, aber doch verschiedenen Ortes schon für Eindruck und Belustigung gesorgt hatte. Hätte man Shawn nach dem Ursprung dieser Technik gefragt, hätte er das Laufen mit dieser Krücke nur mit dem Erzählen von Geschichten vergleichen können. Vielleicht musste man mit diesen Krücken heutzutage andere als die alten Wege laufen.

Shawn schaute sich um. Die einzige Lichtquelle war die flackernde Leuchtreklame einer Pension. Die Buchstaben waren verschmiert und nicht mehr alle sprangen an: „HON MO N". Der Inhaber der Absteige musste viel Sinn für Humor haben. Außer Shawn war kein Mensch auf der Straße. Nein, ein Mensch war die Gestalt definitiv nicht, die schnaubend und grunzend auf ihn zugeflogen kam. Sie warf einen mächtigen Schatten, als sie aus dem Eingang der Pension stürzte und direkt auf Shawn zuhielt. Sie versuchte, kurz vor ihm abzubremsen, schaffte es jedoch nicht, die aus der Tür geworfene eigene Körpermasse abzufangen. Die Brust des Kolosses kam nur wenige Zentimeter vor seinem Kopf zum Stehen. Shawn war noch nie in seinem Leben einem Troll so nah gewesen! Dieser schien genauso überrascht gewesen zu sein, bei diesem Wetter mitten in der Nacht jemanden auf dem Gehweg zu treffen. Bevor Shawn jedoch auch nur ansatzweise reagieren konnte, hatte der Troll ein Sturmgewehr mit der rechten Hand von seinem Rücken über den Kopf gewirbelt und die Mündung auf Shawns Stirn platziert. Shawn hatte noch nie in seinem Leben solch schnelle Bewegungen gesehen! Die neuronalen Verbindungen des Trolls mussten mehrspurige Autobahnen sein! Aber die Impulse jagten entgegen aller Erwartung nicht gleich durch bis in den Zeigefinger am Abzug. Der Adrenalinstoß in Shawn stellte jeden verrückten Fallschirmsprung in Häuserschluchten in den Schatten. Auch wenn der Angegriffene selbst natürlich keine Vergleichsmöglichkeiten hatte, war er sich sicher.

Den Großen neben ihm hatte allerdings die unvermittelte Begegnung anscheinend völlig aus der Bahn geworfen. Heftig hob sich seine Brust unter gepressten Atemstößen, und Shawn konnte den rasenden Herzschlag neben seinem Kopf wie eine Pauke hören. Langsam drehte er sich von dem Körper des Trolls weg und aus der Schusslinie. Dieser schaute nach oben und machte ein gequältes Gesicht, das so viel sagen sollte wie: ‚Nichts für ungut. So was kommt halt vor‘.

Das Gesicht des Trolls sah schlecht aus. Das Weiß in seinen Augen war von Hunderten von geplatzten feinen Äderchen durchzogen. Seine freie linke Hand hatte sich in seiner Brust verkrampft. Sein Gewehr in der Rechten senkte sich langsam. Der Mund um seine Hauer verzog sich in Schmerzen und einer zitternden Angst. Sein System war eindeutig überladen! Die Pumpe schien mit der Reizflut nicht fertigzuwerden. Trollherzen können bis zu dreißig Prozent größer sein als Ochsenherzen, so viel hatte Shawn aus der Biologiestunde behalten. Aber das machte sie wohl nicht weniger anfällig. Fünfzig war ein hohes Alter für einen Troll. Offensichtlich hatte sich dieses Exemplar noch einiger umfangreicher medizintechnischer Veränderungen im Innern seines Körpers unterzogen. Seinen vorgeführten Reflexen mussten teure Operationen und Medikationen zugrunde liegen.

Shawn hatte Gerüchte über völlig neue Ansätze gehört, aber solche Gerüchte waren ständig im Umlauf. Es hieß, die gesamte Technologie sei immer noch in der Erprobungsphase. Einige einfache Versionen würden allerdings in Spezialkliniken bereits bei besonderen Einheiten serienmäßig eingebaut. Wenige Militärangehörige oder spezielle Konzernsicherheitskräfte seien ausgewählt worden.

Aber in illegalen Straßenkliniken war vieles möglich. Vermutlich hatte man sich dort bei dem Troll die unbedingt notwendigen Routineuntersuchungen gespart oder ihn, um das Geld für die Operation einstreichen zu können, nicht über einen entdeckten Herzfehler aufgeklärt. Defekte Herzklappen waren eine wahrscheinliche Möglichkeit. Er wäre nicht der Erste, den seine Cyberware dahinrafft.

Das Gewehr des Trolls rutschte aus der sich öffnenden Hand und fiel schleppernd zu Boden. Shawn kniff die Augen zusammen, aber es löste sich kein Schuss. Der Troll sackte auf die Knie und fiel dann zur Seite. Shawn schaute auf das Gewehr. Ihm dröhnte der Kopf. Aus dem Schwindel heraus kotzte er zusammengepresste Stücke zarten, künstlichen

Hähnchenfleisches auf die Straße neben das Gewehr. Shawn hatte das Gefühl, dass er sehr lange Zeit nicht mehr bei Hector werde essen können.

Vor ihm lag ein großer haariger Fleischberg, in schwarze Kleidung gezwängt. Shawn hatte einmal einen Erste-Hilfe-Kurs absolviert, aber das war lange her und von Trollen war dort nie die Rede gewesen. Beatmen und Herzlungenmassage kamen ihm als erste Schlagworte in den Sinn. Aber er hätte sich vermutlich mit seinem ganzen Körper auf den voluminösen Brustkorb setzen können, ohne dass dieser auch nur einen Strich nachgegeben hätte. Shawn beugte sich nah an das zur Seite gerollte Gesicht. Der Mund war geöffnet und die linke Lefze blubberte in der Pfütze auf dem Asphalt. Er atmete also noch.

Shawn schaute noch einmal zu dem Eingang der Pension. Hinter der durchsichtigen Tür stand ein fetter Ork mit einer seitlich aufgesetzten Schiffermütze, die eines der Hörner verdeckte. Mit Interesse beobachtete er Shawns Erkundungen an dem fremden Riesen. Dabei machte der Ork allerdings keinerlei Anstalten zu helfen. Shawn machte mit Daumen und kleinem Finger eine wackelnde Geste zwischen Ohr und Mund. „Ruf einen Rettungswagen, du Ochse!", brüllte er, durchdrang mit seiner Stimme allerdings nicht die wieder zugefallene Sicherheitstür.

*

McGrue trat vom Fenster zurück hinter den Vorhang. Dieses unvermittelte Zusammentreffen seiner beiden Zielpersonen konnte für einige Komplikationen sorgen. Frank war noch schneller und kränker als er gedacht hatte! McGrue hasste diese instinktgesteuerten, impulsiven, völlig auf sich selbst bezogenen, falschen Verwandten. Er kannte dieses Dilemma aus seiner eigenen Arbeit. Je mehr man die Systeme autonomisierte, umso effektiver wurden sie. Vordergründig. Einige der besten Versuchsreihen waren eigentlich nicht mehr kontrollierbar gewesen. Vermutlich verstanden sie selbst nicht mehr, was sie taten!

Elias McGrue war der Lösung dieses Problems, wie er glaubte, sehr nah gewesen, bevor man ihn von der Universität jagte. Er wusste, dass man eigentlich den falschen Ansatz wählte. McGrue war Idealist. Ihm ging es nicht um Effektivität. Das Ziel seiner Arbeit war es letztlich, das Streben des Einzelnen nach Vollendung zu überwinden und diese Geißel der Menschheit ein für alle Mal auszurotten. Man konnte nicht den ersten Schritt tun und dann auf halber Strecke stehenbleiben. Alle Bemühungen zielten aus seiner Sicht in die falsche Richtung ...

Jetzt konnte er das Zimmer nicht verlassen. Er musste warten und hoffen, dass er später Gelegenheit bekommen würde, wieder anzuknüpfen – und dass seine Vorbereitungen ausreichend gewesen waren.

Obwohl das Fenster geöffnet war, roch McGrue noch den schweflig metallischen Geruch von Lötarbeiten. Als Junge hatte er den Schwefelduft geliebt, wenn er mit seinem Onkel zusammen das Feuerwerk entzündete. Der gesamte Ort hatte sich am Fuße des grünen Hügels versammelt. Nur sein Onkel und er hatten bis zur Kuppe hinaufsteigen dürfen, um dem Festival seinen erhabenen Abschluss zu bescheren. Strahlendweiß sprühten die Funken in alle Richtungen und brannten sich durch das Gras. Auch von den bereits verbrannten Lunten blieb der Widerschein in seinen Augen noch weiter bestehen. Das schon vergangene Netz hatte über seine Existenz hinaus vom Moment seiner Auflösung an Spuren hinterlassen. Dann erst zeigte es seine wahre Pracht und warf sich hundertfach vergrößert an den Himmel! Seine Freunde am Fuße des Berges sahen die funkelnden Blüten und Fontänen am Himmel. Elias aber wusste als einziger, dass sich dort nur sein zuvor ausgeworfenes Netz wiederholte. Später war er bei seiner Arbeit immer wieder von ähnlichen ergreifenden Aromen umgeben gewesen. Mit jedem Schritt seiner Arbeit sah er das verborgene Netz glimmen. Niemand außer ihm wusste, dass das Muster in Funken weiterbestand und seinen vollen Glanz erst weit entfernt im Himmel entfalten würde …

Der Elf ließ seinen Blick durch das Zimmer streunen. Er blieb auf dem Bildschirm der Konsole hängen. Wie erwartet, gab es keinen Wet-and-Dry-Adapter. Auch eine Verbindung zum Äther war nicht vorhanden. Alles musste über langsame materielle Datenträger zugefügt werden. McGrue konnte sich nur optisch einklinken. „Paranoider Dummkopf", kommentierte er die Ausstattung für sich. Besonders gut gesichert waren die Daten in der Konsole allerdings nicht. Vermutlich war Frank nicht davon ausgegangen, jemals seine Konsole aus der Hand geben zu müssen. Das Innere verbarg neben nützlichem, bedarfsgerechtem Werkzeug einen naiven Setzkasten für Erinnerungen und Träume, die bei McGrue fast schon wieder Mitleid erweckt hätten.

Ein Kinderfoto. Ein gut, nach damaliger Mode seriös gekleideter Mann mit hoher Stirn und starker Brille, mit einem dicken, von rötlichem Flaum überzogenen Baby auf dem Arm. Adressen von Armen- und Frauenhäusern der Region, von mildtätigen Organisationen verschiedenster Glaubensrichtungen. Bilder von Chimären, alten chinesischen Statuen, Wasserspeiern aus dem europäischen Mittelalter und einer großen Zahl von Science-Fiction-Filmen. Eine besondere Häufung von Motiven des „Glöckners" und etwas milder und

daher umso zerstörerischer aus der „Schönen und das Biest".
Bruchstücke und Fragmente einer Suche – Teile, die sich zu
einer Identität zusammensetzen sollten. Ein Versuch, sich in
das hineinzudenken, was andere in ihm sahen, wozu er auser-
koren war. Doch diese Identität ließ sich nicht als das zusammensetzen, was ein unbedarftes, verschlossenes Bewusstsein als Persönlichkeit kannte und anstrebte. McGrue hatte es
zu oft gesehen. Die innere Welt musste in Opposition zu dem
gehen, was die äußere Welt intuitiv erwartete. 5.000 Jahre kollektives Bewusstsein. Dieses musste alles zerquetschen, was
aus natürlichen Trieben versuchte, sich selbst zu finden.

McGrue wurde als Unmensch abgetan, weil er dafür plä-
diert hatte, die Erlösung von diesem Rest an quälendem
Selbstbewusstsein als notwendigen Schritt voranzutreiben. Er
wusste, dass der einzige Weg eine vollständige Öffnung war.
Sein Aufsatz und die zwei Reden, die er halten konnte,
wurden belächelt. Aber nur kurz. Dann machten Moralisten
mobil. Man müsse jede Form der Menschheit in die Gemein-
schaft integrieren und dürfe sie keinesfalls zu willenlosen
Objekten herabsetzen. Diese Grenze dürfe niemals über-
schritten werden! Dass dieser Schritt der gesamten Menschheit bevorstand, sie auf eine höhere Stufe geleiten und für
jeden Erlösung bringen würde, wollte niemand sehen – und
McGrue traute sich auch nicht mehr, diesen Aspekt mit in die
Diskussion einzuführen. Er machte einen Rückzieher. Die
Welt war noch nicht reif für seine Gedanken.

Mehr oder weniger zog er sich aus seiner Forschungsarbeit
zurück und verlor seine Gelder. Kein Mensch dürfe jemals zu
einem bloßen Objekt herabgesetzt werden. Dieser Unfug
machte McGrue rasend vor Wut. Für jeden Menschen, der ein
Bewusstsein sein Eigen nannte, bestand seine gesamte Umwelt, ob trocken oder nass, nur aus Objekten, über die er mehr

oder weniger stark Einfluss ausüben konnte. Wenn aber alles Bewusstsein so dachte, dann waren letztlich doch alle Menschen nur Objekte, die von etwas Größerem, Unüberschaubarerem bestimmt wurden.

Der Elf drehte sich zu Franks Bett um. Er betrachtete die Laken nunmehr wie eine klar definierte Landkarte eines für sich unbestimmbaren Leidens. Was Frank selbst nicht erkennen oder in Worte fassen konnte, zeichnete sich im Druck als Negativ so deutlich ab, wie unsichtbare Luft als Sturm seine Spuren ins Land schreibt. Neben den aus Schweiß gestärkten Ozeanen waren tiefe Krater der Ergüsse. Dies waren nicht die inneren Fluchtversuche des normalen Eingesperrten, also räumlich Beengten. Diese Gefangenschaft ging tiefer bis in die dunkelsten Kerker der eigenen Seele. „Alles nur hausgemachte Verblendung", dachte McGrue, „nicht zu besiegende Träume von feingliedrigen Frauen, die von rohen Händen nur zerdrückt werden und niemals gehalten werden konnten."

Wenn man so wollte, stand Frank damit auf der anderen Seite des genetischen Äquators. McGrue wusste nicht, ob seine eigene Rolle auf Dauer zufriedenstellender sein konnte. Vermutlich gleich erniedrigend, urteilte er. Er hatte jedoch erkannt, dass letztendlich auch jede weniger vorbelastete Existenz sich einer dauernden Objektivierung aussetzen musste, nur dass die Mitte einfacher ihren Frieden mit dem Konsens der Erwartungen finden konnte …

Zwischen dem Glöckner und der Kathedrale und dem tanzend strahlenden Biest tauchte ein rasant fahrender schwarzer Kastenwagen auf. Ein Unterprogramm war energisch in McGrues Analysefluss eingedrungen. Der Wagen schob sich in den Vordergrund und forderte alle Aufmerksamkeit. Das Bild des Wagens spiegelte den Titan-Sicherheitsdienst. Ein Fahrzeug näherte sich seinem materiellen Standort über das geteerte Straßennetz. Die Information kam direkt aus dem Sicherheitsfunk, den McGrue gewohnheitsmäßig mitlaufen ließ. Noch waren sie mehrere Blocks entfernt!

Der Elf schaute um den Vorhang noch einmal auf die Straße hinunter: Frank am Boden. Shawn scheinbar bemüht, ihn aufzurütteln … Shawn war ihm gewohnt gleichgültig. Aber etwas an Frank hatte sein Interesse geweckt. Vielleicht konnte Frank zu einer Lösung beitragen …

Gegen den dichten Widerstand eines Prinzips entschloss sich McGrue einzugreifen. Vorerst blieb er in der Dialektik dieser Welt gefangen. So musste er kurzfristig ein Prinzip verletzen, um ihm langfristig besser dienen zu können. So hoffte und rechtfertigte sich McGrue. Er rief eine Übersicht der Rettungswagen der privaten Gesellschaften auf, von denen er wusste, dass sie in keiner Verbindung zu Titan Corp. standen, legte Taxiunternehmen darüber. Zwei Rettungswagen und drei Taxis mussten den Weg noch deutlich vor der Titan-Einheit schaffen. Er bestellte alle, zahlte gleich und gab die nötigen Instruktionen.

Von seiner Drohne gab es immer noch kein Bild von der Straße. Frank hatte ihn überrascht und war zu schnell gewesen. Die Tür war zugefallen, bevor sein Helfer hindurch konnte. Nur Aufnahmen von der undurchsichtigen Trittschutzplatte der Sicherheitstür! McGrue schwenkte zur Seite und fuhr die Hose entlang bis zu dem teilnahmslos kauenden Gesicht eines Orks hinauf. Verdammte Faulpelze! Konnten sie nicht einmal einen eigenen vernünftigen Gedanken fassen! Von den Kommunikationsgeräten am verwaisten Empfang war nichts übriggeblieben. Alles sauber ausgeschlachtet. Diesen Faktor konnte er damit nicht beeinflussen.

Die nächste Frage war, wie man sie lokalisiert hatte. Shawn hatte sich auch für McGrue unsichtbar genähert. Frank war so paranoid, dass McGrue ihn nur über sehr langwierige Fußarbeit seiner Kontakte ausfindig machen konnte. Wo also war die Lücke? Die einzige verbleibende Möglichkeit schien zu sein, dass man sein Sicherheitsnetz durchdrungen hatte. Theoretisch war dies immer möglich, wenn auch mit unglaublichem Aufwand verbunden. Fast konnte er sich geschmeichelt fühlen, wenn man wirklich so viele Ressourcen für ihn eingesetzt hätte.

Zu seiner eigenen Sicherheit blieb nur die Alternative, sämtliche Programme runterzufahren und sich vollständig auszuklinken. Bei dem Gedanken schien der Boden unter seinen Füßen aufzuweichen. Als Erstes entkoppelte er seine Drohne. Hoffentlich traf sie die richtigen Entscheidungen, falls sich noch eine Möglichkeit eröffnete! Er musste auf alle Informationen verzichten, bis er sich an einem neuen Einwahlpunkt mit einer neuen Verschlüsselung einklinken konnte. Nachdem er sich abgenabelt hatte, würde er acht Minuten warten und dann hoffentlich in eines der bereitstehenden Taxis steigen, nachdem Frank und Shawn abtransportiert wurden. Wenn es optimal lief, war die Drohne an dem Rettungswagen! Die Chancen, dass alles erledigt war, bevor Titan eintraf, standen gut, waren von McGrue jetzt nicht mehr zu verbessern. „Geh in acht Minuten raus aus dem Zimmer, aus der Pension, steig in das Taxi vor der Tür und fahr nach Hause“, sagte McGrue zu sich selbst. Er tastete nach dem Lock-Off-Schalter. Dies würde kein normaler Auswurf werden. Selbst im Ernstfall gab es keine Rückversicherung. Noch nicht einmal die so beruhigenden Routinen, die immer liefen, auch wenn McGrue nicht völlig in den Strom eintauchte, würden eingreifen. Der Strom würde einfach an ihm vorbeilaufen …

Mit zittrigen Fingern legte er den Schalter um. McGrue stand in einer hohlen Stille ohne Echo. Wie ein Lamm, das die Herde verloren hatte und nicht einmal mehr die entfernten Glocken hörte. Er schaute auf die Wand vor ihm. Sie war weiß. Nichts weiter. Kein Lageplan der dahinterliegenden Straße, keine Informationen über die dazugehörige Pension, die Zimmerpreise, die Zahl der Gäste, die technische Ausstattung oder die Art des Putzes, auf den er schaute. Die Wand blieb weiß. Sie wurde durch nichts gefüllt. Kein Delphin schwamm hindurch und kein Kastenwagen donnerte heraus. Nichts, das ihm konkret sagen konnte, was zu tun war. Die Wand schaute, so wie sie war, auf McGrue zurück.

Dieser Zustand war unerträglich. McGrue legte den Schalter zurück, doch anstelle der bekannten Systeme schaltete sich lediglich ein isolierter Audio-Player ein. Seine eigene Stimme sprach zu ihm: „Geh in acht Minuten raus aus dem Zimmer, aus der Pension, steig in das Taxi vor der Tür und fahr nach Hause." Eine Stimme, die nicht sinnlos sein konnte. Ein vernünftiger Halt. McGrue betastete die Wand, drehte sich und sank mit dem Rücken an ihr hinunter bis in die Hocke. Er streckte die Beine aus und schaute auf seine Uhr, die er als Zierrat eines Status trug und lange nicht mehr ernsthaft als Informationsquelle wahrgenommen hatte. Der Sekundenzeiger tickte. Der große Zeiger sollte acht Strich wandern. Wieder betätigte McGrue den Schalter. Hörte seine Stimme. Schaute auf den Zeiger. Stimme. Zeiger … Endlich erschien ein Taxi auf dem dritten Strich hinter der Sieben. Zwei bis zur Acht. Eine erste Verstrebung, die zwei Punkte verband. Eine Linie. Nur einfache Zweidimensionalität, aber etwas, das eine Fläche werden konnte, auf der sich McGrue vielleicht werde bewegen können. Bisher eher ein Drahtseilakt, aber die Fläche könnte wachsen.

*

„Sag mal Phoenix, weißt du noch, wie der Kumpel von Shawn hieß? Der mit den Geschichten?" Charley hatte das Wohnzimmer verlassen, war über den zugestellten Flur an Tommys Computerraum vorbeigetorkelt und hatte die angelehnte Tür des letzten Zimmers auf der linken Seite gegenüber dem Badezimmer ein wenig weiter aufgestoßen.

„Weiß nicht, wieso? Möchtest du ihm irgendwelche von deinen verkifften Spinnereien andrehen?"

„Nein, ich glaube, er hat angerufen. Wollte Shawn sprechen." Bei dem letzten Satz steckte Charley den Kopf vorsichtig durch die Tür und schaute ins Zimmer. Phoenix lag mit hinter dem Kopf verschränkten Armen auf seinem Bett und starrte zur Decke.

„Ja, und warum ruft er ihn dann nicht direkt an? Die Nummer wird er doch wohl haben!", antwortete Phoenix, ohne seine Position auf dem Bett zu verändern oder auch nur in Richtung Tür zu sehen.

„Das hat er, aber Shawn meldet sich wohl nicht." Charley hatte mit leichter Sorge gesprochen, auch wenn er es vermied, die Stimme zu heben.

„Ach, wie furchtbar! Wenn er solche Sehnsucht hat, soll er's halt später wieder versuchen. Mir hat Shawn jedenfalls nicht erzählt, wo er hingeht oder ob er wiederkommt. Das scheint er wohl auch nicht für nötig zu halten. Hat der Typ denn gesagt, was er will?"

„Er wollte Shawn noch mal wegen seiner Geschichte sprechen." Charley war jetzt ganz in Phoenix' Zimmer getreten.

„Welcher?"

„Der letzten, glaube ich.“

„Die hat Shawn doch gerade weggeschickt!“

„Wahrscheinlich hat er noch ein paar Fragen …“

„Tja. Die können wir ihm wohl kaum beantworten.“ Jetzt drehte sich Phoenix doch zur Tür und sah Charley fragend und leicht genervt an.

„Hast du die Geschichte eigentlich schon gelesen?“, fragte Charley.

„Nein, du?“

„Nein, auch noch nicht. Vielleicht werde ich das aber gleich mal tun. Sie liegt ja noch auf dem Rechner. Vielleicht versteh ich dann, was er von Shawn will.“

„Wozu der Aufwand?“

„Ach, nur weil er gesagt hat, es sei wichtig …“

„Wichtig, und weiter? Soll er ’ne Nachricht hinterlassen oder ihn suchen gehen! Meint der, wir hätten nichts Besseres zu tun, als uns um Shawny-Baby zu kümmern! Tommy hat gesagt, Shawn würde ’ne Weile hier wohnen. Ich wusste nicht, dass wir ihn adoptieren würden. Vielleicht kann Papa-Tommy dir helfen, wenn er wieder ansprechbar ist. Der hat dann immer besonders gute Ideen!“

„Phoenix, du bist völlig matsche im Kopf! Ich hab bloß gefragt! Hast du eigentlich alles aufgefressen, was wir noch an Vorräten hatten? Du könntest deinen Arsch aus dem Bett erheben und einkaufen gehen. Wegen dir schmeiß ich nicht wieder Geld für den Expressboten raus!“

Phoenix schien sich nicht so einfach in die Rolle des Befehlsempfängers drängen zu lassen: „Frag doch Tommy! Schließlich war sein Freund Shawn auch nicht gerade ein Hungerkünstler. Oder vielleicht bringt sein roter Freund ja was von der Bisonjagd mit …“

Phoenix dozierte immer noch auf dem Bett liegend gen

Decke und schien zunehmend Gefallen an dieser neuen Deutung ihres Zusammenlebens in der Wohnung zu finden. Charley wusste, dass er von Phoenix in diesem Zustand keine brauchbaren Antworten erhalten würde. Also zog er sich, nicht ohne die Tür donnernd hinter sich zuzuschlagen, ins Wohnzimmer zurück. Vielleicht wäre mit Tommy mehr anzufangen, wenn er aus seinem Zimmer kam. Vorerst beschloss Charley, seinen Hunger mit Dope und dem letzten Rest Bier zu betäuben. Keine Frage! Der Hunger würde umso wütender zurückkehren, aber bis dahin hatte vielleicht jemand anders schon nachgegeben.

*

Shawn richtete sich auf und stupste mit der Fußspitze den Arm des Trolls. Nochmal etwas fester mit der Innenseite. Der Arm fiel schlaff zurück, ohne dass der Körper dahinter auch nur Notiz genommen hätte. Shawn blickte hinüber zur anderen Straßenseite. Dort gab es kein Licht, keine Bewegung und keine Antwort. Die Fassaden waren dunkel und trutzig und nicht gewillt, sich für Fremde zu öffnen. Seine Wut wandte sich zurück in Richtung des Orks hinter der Tür, von dem allerdings nichts mehr zu sehen war. Sollte Shawn hineingehen und an der Rezeption oder auf einem der Zimmer nach einer Verbindung fragen? Er war sich nicht sicher, ob die Tür sich einfach von außen öffnen ließ. Er würde den Troll mit hineinnehmen müssen. Hier auf der Straße war er wehrlos; und wenn Shawn verschwunden war, würde viele der jetzt unsichtbaren Nachbarn die Neugier überkommen.

Shawn zerrte am Kragen des Trolls, grabbelte sich langsam tiefer unter die Schultern und fand unter den schweißnassen Armbeugen Halt. Er konnte den Kopf und die Schultern vom Boden trennen und zog langsam in Richtung Bordstein. Unter ihm ein kurzes Röcheln. Von weitem eine Sirene. Kein Zweifel, ein Rettungswagen! Shawn versuchte, das Geräusch zu orten. Es kam von links. Vielleicht war es sinnvoll, in diese Richtung auf sich aufmerksam zu machen. Bis zur nächsten Kreuzung waren es knapp 200 Meter. Die Sirene war schon so nah, dass der Wagen dort gleich vorbeikommen musste. Ein Strahler, eine Lampe, etwas, womit er auf sich aufmerksam machen konnte. Rote und blaue Lichtintervalle flogen um die Straßenecke und hinterher warf sich der Wagen. Shawn ließ die Schultern los, lief zur Mitte der Straße und reckte die Arme in die Höhe. Hinter den Scheinwerfern blieb der Wagen stehen. Er verteilte sein Licht über die Fronten der abweisenden Zeugen links und rechts der Straße. Die Sirene verstummte und die Wagentür öffnete sich.

„Sind Sie der Notfall?"

„Ich weiß nicht, welchen Sie suchen, aber wir können Sie brauchen", antwortete Shawn und blinzelte ins Licht.

„Also, die Adresse stimmt zumindest. Wenn Sie nicht selbst angerufen haben, muss Sie ein Unbekannter bedacht haben. So was soll's ja geben." Aus dem Scheinwerferlicht zeichneten sich die Umrisse einer Gestalt langsam schärfer werdend ab. Nur einige reflektierende Applikationen an Armen und Beinen der Gestalt machten deutlich, dass es sich nicht bloß um ein Loch im Licht handelte. Erst als der Mann unmittelbar vor Shawn stand und ihm die Hand entgegenstreckte, wurde sein Bild farbig. In der rotgelben Uniform des Rettungsassistenten steckte ein kleingewachsener junger Mann mit dunklem Teint und einer auffällig dicken und platten Nase.

„Gut, dann wollen wir mal probieren, den Großen in den Wagen zu schaffen. Wir sollten sehen, dass wir hier wegkommen und dass nichts liegen bleibt! Was ist mit der Knarre?

Ist das deine? Auch wenn nicht, wir sollten sie mitnehmen. Mach dir keine Sorgen! Im Krankenhaus, in das ich euch bringe, wird sich niemand dafür interessieren. Du hast keinen Ärger zu befürchten."

Shawn überlegte kurz, ob er mitfahren sollte. Er fühlte sich zwar noch flau im Magen, war sich aber sicher, dass er sehr bald wieder auf dem Damm sein würde, abgesehen davon, dass ihm zurzeit sein eigenes Leben durch die Finger zu gleiten schien. Als der Troll auf die Liege gehievt war und in den Rettungswagen gerollt wurde, schienen es alle für selbstverständlich zu halten, dass er mit zustieg. Warum, fragte er sich, wollte er sich unbedingt zusätzlich in ein weiteres Problem verstricken lassen? Anscheinend hatte er ein Talent, sich in Probleme anderer mit hineinziehen zu lassen. Aber es konnte ebenso gefährlich sein, sich aus einer einmal entstandenen Verstrickung freistrampeln zu wollen. Einmal hatte er versucht, sich vor einem Problem zu verstecken. Doch es hatte ihn wieder eingeholt …

Damals wurden die Ermittlungen bezüglich des Anschlags auf Burnes unmittelbar aufgenommen. Nach der Nachricht seines Vaters war Shawn trotz seines Katers unmittelbar hellwach gewesen. Die Hayeks gingen gemeinsam hinunter ins Wohnzimmer. Der Alte im Morgenmantel, Shawn noch in T-Shirt und Shorts. Hayek Senior schaltete die Konsole ein und ließ das Bild offen auf den Schirm projizieren. Es war lange her, dass man sich bei den Hayeks den Empfang in dieser Form geteilt hatte. Herr Hayek hatte die Auswahl der Informationen auf den Anschlag in Titan City eingestellt, aber auch ohne diese Suchschleifen wäre in den lokalen Medien wohl ein ähnlich einseitig von diesem Thema dominiertes Ergebnis dargestellt worden. Shawn hatte sich in der Küche eine Saftflasche aus dem Kühlschrank genommen, um den Pelz in seinem Mund loszuwerden. Die Bilder in allen Teilen der Projektion unterschieden sich nur in den Gesichtern der zwischengeschalteten Reporter, so dass man mit den Ermittlungen wohl noch auf der Stelle trat. Shawn ließ sich über die Lehne auf das Sofa neben seinen Vater fallen.

„Saft?“

„Nein, ich brauche gleich Kaffee.“

„Soll ich welchen machen?“

„Als ob du vernünftigen Kaffee machen könntest!“

„Ich kann's versuchen.“

Herr Hayek lächelte zum ersten Mal an diesem Morgen. „Sollten meine Erziehungsversuche doch nicht völlig vergebens gewesen sein?“

„Warte lieber, bis ich zurück bin.“ Während Shawn am Automaten rüttelte, änderten sich alle Projektionssplitter fast gleichzeitig in einen einheitlichen Farbton. Ohne Zweifel neue Informationen, auf die alle gewartet hatten.

„Shawn!“ Der Gerufene kam eilig mit einer Tasse zurück. „Hier.“

Der Pressesprecher von Titan verkündete über das in der Haupthalle der Zentrale aufgebaute Pult hinweg, dass der Zustand von CEO Burnes stabiler, aber weiterhin kritisch sei. Auf die Nachfragen der Reporter gab er bekannt, dass die Polizei den Täter noch nicht gefasst habe und es noch keine konkreten Verdächtigen gäbe. Allerdings habe sich die Konzernführung entschlossen, mit einer Nachricht an die Öffentlichkeit zu gehen, die man bisher diskret habe behandeln wollen, die allerdings im Zuge der Ermittlungen von Bedeutung sein könnte. Man wolle diese Vorgänge jetzt transparent machen, um nicht später wegen etwaiger Versäumnisse zur Rechenschaft gezogen zu werden.

Schon seit längerer Zeit habe es einen Konflikt zwischen dem Konzern und einer Gruppe urstämmiger Indianer über das Nutzungsrecht verschiedener Symbole und im weitesten Sinne traditioneller Riten gegeben. Man sei bisher sicher gewesen, diesen Konflikt diskret einvernehmlich lösen zu können. Schließlich habe man ein langes gemeinsames Erbe und sei durch dieses vermutlich enger verbunden, als dies neu zugezogene Landnehmer wahrhaben wollen. Es sei in gewisser Weise tragisch, dass sich die edlen Mitglieder des Stammes in die Gefangenschaft einer Instrumentalisierung von Verbrechern begeben hätten. Man wolle zu diesem Zeitpunkt keinesfalls verfrühte Verdächtigungen aussprechen, aber die Korrespondenz mit den Verantwortlichen der Gegenseite sei in den letzten Tagen leider unmissverständlich in einen bedrohlichen Ton umgeschlagen. Es bestehe natürlich weiterhin die Möglichkeit, dass die beiden Vorgänge in keinem Verhältnis zueinanderstehen. Man wolle jedoch, dass die Öffentlichkeit die gesamte Faktenlage kennt.

„Worum geht es in diesem Streit, Dad?"

„Vermutlich einmal mehr um unser Kalifornien, unsere Geschichte. Titan war immer ein sehr traditionsbewusstes Unternehmen – viel mehr aus seinem Selbstverständnis heraus lokal verwurzelt als andere hier mehr zufällig angesiedelte Unternehmen. Das galt immer auch für einen gewissen Teil der indianischen Tradition. Vor der Teilung gab es sogar enge Verbindungen zwischen dem Konzern und indianischen Kulturvertretern, bis diese sich über die Jahre hinweg selbst wieder ins Abseits gestellt haben. Die dieser Kultur zugewandte Traditionslinie geht auf zwei der Firmengründer zurück. Lange Firmentradition also! Was hätten diese Schwachköpfe heute davon, wenn wir alles, was heute noch von dieser Tradition zeugt, aus dem Konzern entfernen würden? Titan ist heute ein weltweit bekanntes und agierendes Unternehmen. Unsere Marken sind ein bedeutender Wert und die Tradition gelebte Firmenkultur. Denk nur an den „Geistertanz"! Wieso sind die nicht froh, dass sich Menschen für ihre Tradition interessieren und sie bekannt gemacht haben?"

„Vielleicht wollen sie ja nur Geld!", warf Shawn ein.

„Natürlich wollen sie das! Letztendlich wollen alle Indianer doch nur Geld, das angeblich ihnen gehört, obwohl sie nie einen Handschlag dafür getan haben!"

Es folgte eine Aussprache über Shawns Erfahrungen und Erlebnisse mit Takanga, die er selbst im ungefähren Wortlaut nicht mehr hätte wiedergeben können, da er zu angespannt war. Shawn musste zu diesem Zeitpunkt zum ersten Mal seine eigenen Erinnerungen unter diesem neuen Aspekt beleuchtet haben. Es kam bei jedem Gedanken die Frage auf: Was war verdächtig? Bevor er seine Gedanken aussprach, prüfte er sie automatisch auf eine Relevanz hin, die er allerdings noch nicht genau einordnen konnte, da er selbst nichts Genaues über die Ereignisse wusste. Er wusste nichts über den Hergang des Anschlags und wusste damit auch nicht, was Verdacht erwecken oder etwas verraten könnte. Er baute selbst Filter ein, verschwieg manches oder tauchte es bewusst sprachlich in eine andere Färbung als in die, die in ihm als Verdacht aufgestiegen war, die allerdings wahrscheinlich auch nur unter dem Eindruck des Anschlags diesen Ton angenommen hatten. Sein Vater hörte aufmerksam zu und stellte kaum Fragen.

Ergebnis und Grundtenor der Unterredung war, dass er seinen Vater mehr oder weniger beruhigt hatte, dass dieser Takanga nicht mehr als einen der möglichen unmittelbar Beteiligten betrachtete oder zumindest sein Sohn davon nichts hätte wissen können.

„Gut, Junge!" In diesem Sinne brach Herr Hayek, nachdem

er seinen Morgenmantel gegen den Anzug getauscht hatte, auf ins Büro und ließ den Sohn allein mit seinen Ferien zurück …

Im Vorbeifahren sah Shawn den Ork mit der Schiffermütze auf dem Bürgersteig, der sich seinerseits nach dem Rettungswagen umdrehte. „Vielleicht hatte der Stinkstiefel sich doch noch erbarmt, Hilfe zu rufen!“ Der Wagen rollte zügig die Straße hinunter, allerdings nur noch mit Blaulicht, ohne Sirene. Die Anzeigen der Scanner bewegten sich ruhig in einem grünen Bereich, was Shawn zusammen mit dem unaufgeregten Gesicht des Sanitäters neben sich auf dem Sperrsitz als stabil interpretierte. Hätte jetzt jemand eine Presseerklärung für den Patienten abgeben müssen, hätte er dessen Zustand wohl als weiterhin kritisch, aber stabil bezeichnet. Aber für diesen Troll würde sich wohl im Gegensatz zu einem Titan CEO keine große Öffentlichkeit interessieren.

*

Über den Zeiger hatte McGrue Raum und Zeit überbrückt. Das Taxi vor der Tür bestätigte, dass sein Vorgehen bisher keine Sackgasse war und der Rat der Stimme genützt hatte. Da er keine konkreteren Angaben hatte, stieg er in das erste Taxi in der Reihe.

„Haben Sie mich bestellt?“

„Nein.“

„Na gut. Wohin soll's denn gehen?

„Nach Hause.“

„Na, Sie sind gut! Können froh sein, dass der Typ, der das Taxi bestellt hat, weiß, wo das ist – und dass Sie so einen Schrott erzählen würden. Oh Mann! Ihr Techjunkies seid mir echt 'ne Nummer zu hart! … Sind die Ohren reingezüchtet oder wurde da noch nachgeschnibbelt? Hey, Computer-Fee, nicht schlappmachen, ja? Sonst pack ich dich direkt in den Rettungswagen da. Steht eh nur rum. Daumen hoch! Brav! Hoffentlich hast du 'nen Schlüssel, sonst setz ich dich einfach vor der Wohnungstür ab. Ich bin Taxifahrer, kein Kindermädchen!"

Der Elf sank tiefer in den Sitz, und obwohl der Wollkopf, der vor ihm über die Rückenlehne des Fahrersitzes wackelte, unentwegt weiterredete, erreichte der Inhalt der Worte sein Bewusstsein nicht. Sie bildeten nur ein gurgelndes Geräusch hinter einer Wattewand. Andere Gedanken hatten sich in seinem Bewusstsein breitgemacht. „Eine Ästhetik schlägt durch"– „Was einmal nur Stein und Luft war, wird Fleisch", so waren einige der Artikel überschrieben, die McGrue gesammelt hatte.

Ein internes Archivprogramm hatte sich eingeschaltet und versorgte McGrue scheinbar zufällig mit gesammelten Informationen aus unterschiedlichen Themengebieten: Kopffeuilleton. Die Artikel analysierten und prognostizierten die unterschiedlichen Folgen des Humangenomgesetzes mit scharfem Blick. Den Sehgewohnheiten der Mehrzahl der Menschen war diese neu entstandene Ästhetik nicht fremd, vielleicht manchem vertrauter als die ein oder andere konventionelle Körperästhetik, die zudem selbst einem ständigen Wandel ausgesetzt war. Der Bedeutungshintergrund verschiedener Formen dieser neuen Ästhetik war immens, aber durchaus auch ambivalent. Unbestritten gab es jedoch eine deutlich vorgeprägte Erwartungshaltung, also einen Bedeutungshintergrund, der bei den Repräsentanten dieser Ästhetik mitschwang. Dies konnte problematisch, aber auch erfüllend sein. Wer die neue ästhetische Repräsentanz selbst wählte, konnte sich meist zuvor schon gut mit einem Großteil dieses Bedeutungshintergrundes identifizieren. Diese Wahl folgte allerdings nicht immer gefestigten, langfristigen Grundeinstellungen, sondern wurde leider auch von vorübergehenden Stimmungen initiiert.

Es hatte sich eine neue Form der Freakshow entwickelt, die über die bisher bekannten Formen hinausging. Schrecklich, wenn die Menschen ihre Psyche für „Five minutes of fame" ramponierten! Viele der gewählten Gestaltungsformen waren so unumkehrbar wie in früheren Zeiten eine Ganzkörpertätowierung. Aber wer konnte letztlich schon sein Leben lang mit seiner eigenen Erscheinung oder einer Rolle im Reinen sein? Schwieriger wurden die Fälle beurteilt, in denen eine Repräsentanz nicht selbst gewählt wurde. Oder einfacher, weil man natürlich in Erwartungen hineinwuchs! Wie auch immer sich die Ästhetik in der nassen und trockenen Welt veränderte, für das Individuum blieb der Übergang in die luftige Welt die einzige Form der vollkommenen, freien Gestaltungsmöglichkeit, die alles bereithielt: Flucht – Heimat – Entfremdung – Erlösung …

Das Archivprogramm wechselte zu einem neuen Themenkomplex, der sich mit der Wirkung von VR-Erfahrungen auf das Verhalten von Hauskatzen beschäftigte.

*

Im Rettungswagen herrschte Ruhe. Der Sanitäter neben Shawn veränderte die Einstellung der Fusionssteuerung leicht. Shawn meinte zu erkennen, dass eine der Flüssigkeiten nun schneller aus dem Schlauch in die Kanüle tropfte. Im Übrigen war er in sich gekehrt und hing seinen eigenen Gedanken nach. Warum kehrte er immer wieder in eine Vergangenheit zurück, die er für mehr als ein Jahr erfolgreich hinter sich gelassen hatte? So sehr er sich auch bemühte in der

Gegenwart zu verharren, waren alle Ereignisse in den letzten Tagen nur ein Anstoß, ihn in alte Bilder zu versetzen. Diese Bilder mussten sortiert und in Reihenfolge gebracht werden – so hoffte er, Struktur zu gewinnen und mit der zeitlichen Trennung eine Abgrenzung zwischen dem Vergangenen und dem Jetzt zu gewinnen …

Damals, nachdem sein Vater gegangen war, brauchte Shawn Klarheit. Er wollte zu Takanga fahren, aber er hatte Angst vor dem Gespräch. Er schaute auf den Schirm, sah die gemischten Aufnahmen vom Krankenhaus, von der Titanzentrale und den Archivbildern über indianische Siedlungen und frühere Kundgebungen. Bei der unfokussierten Betrachtung der Collage erkannte er an vielen Stellen bekannte Gesichter. Dreimal war er sicher, Takanga für einen Augenblick durchs Bild huschen gesehen zu haben. Er verwarf diesen Eindruck jedes Mal aufs Neue, nur um ihn danach wieder neu zu denken. Er wollte mit Takanga reden, aber er fürchtete sich nicht nur davor, ein unglaubliches Geständnis zu hören, sondern mehr noch davor, dass er ihm nicht vorbehaltlos werde glauben können.

Schon hier auf dem Sofa spürte er die Saat des Misstrauens aufgehen. Wie sollte er ein solches Gespräch überhaupt beginnen? Er konnte Takanga nicht mit Vorwürfen konfrontieren, die er selbst eigentlich doch noch für aus der Luft gegriffen und unverschämt hielt. Aber um sich Klarheit zu verschaffen, musste das Thema auf den Tisch! Sich vollkommen aufgeräumt mit ihm auf einen Plausch zu treffen und dann beiläufig durch Andeutungen das Gespräch in eine Richtung zu lenken, musste wie Zweifel oder gar Verdächtigung klingen und vielleicht sogar mehr verletzen als eine direkte Bitte an Takanga, ihm zu sagen, dass er nichts mit all dem zu tun habe. Aber auch wenn sein väterlicher Freund so reagieren würde, wie er es sich wünschte – selbst überrascht und entsetzt –, könnte er mit dieser Reaktion allein nicht zufrieden sein. Er würde nachfragen müssen, so wie sein Vater bei ihm nachgehakt hatte. Nur, je weniger der Indianer mit der Sache zu tun hatte oder auch nur von ihr wusste, umso weniger Informationen würde er zu einer möglichen Auflösung beisteuern können; und wenn er doch etwas wüsste – selbst wenn es ihn entlastete –, würde sich Shawn fragen müssen, woher Takanga diese Informationen hatte, ob sie vollständig waren oder vielleicht nur Schutzbehauptungen.

Das Gespräch mit Takanga war von Anfang an sinnlos. Wütend rührte er in seinem Kaffee. Er konnte nur verlieren. Gewissheit würde er nur bei einem plausibel belegten Geständnis erlangen, was zugleich die Antwort war, die er am wenigsten wahrhaben wollte. Die Zeit verstrich über Shawn auf dem Sofa. Seine Gedanken kreisten um einen Punkt, der immer unsicherer wurde. Shawn stand auf, ging hoch in sein Zimmer und legte sich auf sein Bett. In seinem Kopf liefen die Bilder weiter durcheinander. Erinnerungen, Nachrichtenbilder und Phantasien sprangen und mischten sich. Auch wenn er sich wehrte, so hatte doch ein Handlungsstrang in seinem Kopf die größte Überzeugungskraft. Ein Plot legte sich über alles, was vorher ohne Zusammenhang war oder in unterschiedlichen Kontexten stand. Er hatte den unwiderstehlichen Vorteil an Überzeugungskraft dadurch, dass er aufging.

In den Stunden auf dem Bett verloren die Einwände gegen den Sog des zuvor Unvorstellbaren. Shawn fuhr nicht zu Takanga. Er blieb zu Hause. Die Eindeutigkeit hatte über das nicht zu ertragene Zwielicht des Für und Wider gesiegt. Am späten Nachmittag konnte Shawn den Nachrichten wieder in erträglichem Einklang folgen. Als sein Vater nach Hause kam, sprach Shawn nicht über seine neue Überzeugung. Er wollte nicht auch nach außen zum Verräter werden. Dies war sein letztes Zugeständnis an sein Gewissen …

Shawn betrachtete Frank auf der Rollliege des Rettungswagens. Dieser Mann oder Troll hätte ihn vor wenigen Minuten ohne ersichtlichen Grund mit Sicherheit erschossen. Shawn wollte aber, dass es einen Grund gab und diesen erfahren. Er wollte keinen zweiten uneindeutigen Geist mit sich schleppen. Kein Zwielicht, kein Rätsel, sondern handfeste Eindeutigkeit. Der Wagen sprang über eine Bodenwelle.

„Noch ganz schön geschockt, was?", der neben ihm sitzende Rettungsassistent wandte sich ihm nun das erste Mal zu und legte ihm die Hand auf die Schulter. „Hat der Typ auf dich geschossen?"

„Nein, es war mehr ein unglücklicher Zusammenstoß", antwortete Shawn.

„Ich frag mich, von wo sich der Troll abgesetzt hat. Sein Gear ist heiß. Vieles davon hab ich noch nie gesehen, und mir kommt bei Einsätzen in dieser Gegend viel unter die Scanner!"

„Ich weiß nicht", antwortete Shawn. „Es war wirklich nur eine zufällige Begegnung mit einem Fremden."

„Es ist jedenfalls vernünftig, dass du auch mitfährst und dich ordentlich durchchecken lässt. Schließlich ist ja alles schon bezahlt."

Shawn dachte noch einmal an den Ork mit der Schiffermütze. Selbst wenn dieser einen Rettungswagen gerufen hätte! Es war doch eigentlich unvorstellbar, dass er sofort im Voraus alle Kosten erstattet hätte.

*

Das Einsatzteam hatte wenig zu berichten. Jakob Johnson konnte nur vage spekulieren, was vorgefallen oder schiefgelaufen war. Unzufrieden schloss er die Aufzeichnungen der gesammelten Berichte von der letzten Nacht. Er hielt es für überflüssig, selbst weitere Fragen zu stellen. Er war nach Hause gefahren, als deutlich wurde, dass man vor Ort keine weiteren Ansatzpunkte finden würde. Eigentlich waren alle Fragen über die Ereignisse nach dem Verbindungsabbruch offen: Waren Frank und McGrue zusammen verschwunden, bevor oder nachdem McGrues Interface abschaltete? Hatten sie gewusst, dass man unterwegs zu ihnen war? Zumindest war der vollständige Auswurf von McGrue ein so einmaliger Vorgang, dass es unwahrscheinlich war, dass er dafür keinen besonderen Anlass hatte.

Jakob zog seinen Sessel nah an den wuchtigen Edelholzschreibtisch heran. Er betastete die beiden ordentlichen Stapel Unterlagen vor sich und bürstete mit dem Daumen über das Register der Unterschriftenmappe. Er verschob die edlen Insignien seiner Macht kindlich, planlos auf der großen, blank polierten Fläche. Sein Blick blieb an dem silbern umrahmten Bild seiner Hoffnungen, einer naiven Idee von Glück, hängen, der er sich als junger Mann hingegeben hatte. Er beschwor die Zeit herauf, die ihn mit dem reinigenden Schmerz des Verlustes beseelte. Dieses Gefühls wegen war für ihn Liebe ein Hinterzimmer geblieben, in das er sich bei Zeiten zurückziehen konnte. So fraglich die Echtheit seiner Liebe ihm heute vorkam, so wunderbar wirklich war das Seufzen, das sie in ihm aufsteigen ließ. Eigentlich war es ihm erschreckend leichtgefallen, aus dem gemeinsamen Leben und den gemeinsamen Träumen auszusteigen.

Er überlegte, ob er Linda hereinrufen sollte. Oft hatte er sie, über den Schreibtisch gebeugt, unter ihrem Rock geliebt.

Zunächst war es nur Linda gewesen, die bei diesen Pausenritualen das Bild betrachten wollte, während sie mit abwechselnd seitlich ausgestreckten Armen über die Arbeitsfläche fuhr und alles, was sich dort befand, wie eine Erntemaschine mitnahm. Er hatte Linda vom ersten Moment an begehrt, als er das Mittagslokal betreten hatte. Wie sie mit ihrem hochgesteckten Haar, leicht wiegend zwischen den Bankreihen, mit dem Bestellzettel in der Hand und an ihrem Bleistift leckend den Raum kontrolliert hatte. Unschuldiges Lächeln und unbedarfte Bewegungen, die das Lokal Tag für Tag füllten und unkontrollierte Trinkgelder einbrachten. Während er sich in eine der Bänke gesetzt hatte, beobachtete er, wie sie, ihm abgewandt über den Tresen gebeugt, die offenen hochhackigen Schuhe gegen ihre verletzliche Ferse trommeln ließ. Dabei bewegte sie ihre Beine sanft unter dem Arbeitskleid. Über die Schulter ortete sie den neu eingetroffenen Gast und senkte verschämt ihren Blick, als seine Augen die ihren trafen. Sie gab sich wieder ihrem Bestellzettel hin, als müsse sie sich sammeln und drehte dabei verspielt mit dem Bleistift in dem aufgerichteten Haarzipfel.

Wie oft hatte er sie später diese Bewegungen vollführen sehen. Unschuldig, erschrocken zum rechten Zeitpunkt. Es hatte in ihm Eifersucht aufsteigen lassen oder mehr die Schmach seiner eigenen Dummheit. Doch er war ein Mann mit sicherem Gefühl für Qualität und Trends. Er wusste, wenn etwas funktionierte, war es nicht falsch. Also hatte er gelernt, nicht auf ihre Leidenschaft, sondern auf ihren Ehrgeiz zu vertrauen. Im Rückblick war er überzeugt, dass seine kurze Tollheit eigentlich den unschätzbaren Verwendungsmöglichkeiten gegolten hatte, die in Linda schlummerten, und nicht ihrem Herzen. Sie konnte Verhandlungen und Personal dort führen, wo er nicht weiterkam. Wegen Linda hätte er seine Frau nicht verlassen müssen. Es war das Gefühl, dass er selbst die Reinheit seines Zuhauses durch seine Anwesenheit beschmutzte. Sein verborgenes Refugium konnte er sich nur bewahren, indem er es selbst nicht mehr betrat. Dieses selbst auferlegte Opfer der Verbannung war er auch seiner Tochter schuldig. Moralisch gestärkt, drückte er den Knopf seiner Sprechanlage.

… Zu der Zeit, als Linda noch den Empfang der Zentrale leitete und er sein Blut schon mehr oder weniger im Griff hatte, war ein Mann zum Vorstellungstermin erschienen. Jakob Johnson, der damals noch für die Rekrutierung neuer Mitarbeiter zuständig war, hatte ihn bestellt. Der Mann hatte sein Interesse geweckt, weil er eine zweifelhafte Vergangenheit hatte, sein Lebensweg allerdings zweifellos von Ehrgeiz zeugte. Als Jakob Johnson die Glastür von der Lobby mit gewinnendem Lächeln öffnete, saß dort ein steifer, schüchterner, hochgeschlossener Mann, dem die Schamesröte ins Gesicht geschossen war. Linda kam Jakob Johnson strahlend mit einem leer geräumten, spiegelnden Silbertablett entgegen. Der arme Mann war ein weiteres Opfer der Unschuld geworden.

Nach dem Gespräch war sich Jakob Johnson sicher, dass er sich in Elias McGrue nicht getäuscht hatte. Allerdings war er sich nicht sicher, wie er diesen am besten einfangen konnte.

„Und was hältst du von unserem geheimnisvollen Melonenmann?", fragte er über das langgezogene, ovale Empfangsdesk.

„Ich glaube, er ist ein hoffnungsloser Romantiker", antwortete Linda in schwärmender Verzückung. Jakob Johnson spürte einen leichten Stich. „Er hat sich von mir so behutsam verabschiedet, als gelte es, eine kostbare jungfräuliche Blüte nicht zu zerdrücken."

„Dann ist er vermutlich an die am meisten benutzte Jungfrau in der gesamten Firma geraten", antwortete Jakob Johnson und versuchte seine Bissigkeit hinter einem entgleisenden, verschwörerischen Lächeln zu verstecken.

„Feststeht, dass bisher noch jeder mit dieser Jungfrau zufrieden war. Hör mal, Jacky! Du weißt, dass du mich jeder Zeit vögeln und für meine Unartigkeiten bestrafen kannst. Wenn du festentschlossen genug vorgehst, werde ich bestimmt in zarter Unschuld zerfließen."

Jakob Johnson spürte, wie sich seine Strafe für Linda aufbäumte. Dennoch wollte er jetzt keine Nachgiebigkeit zeigen. „Hast du mal daran gedacht, dass die verzweifelte innere Zerrissenheit dieses Bastards vielleicht nur genauso eine Nummer ist wie deine Unschuld?"

„Aber Jacky, das ist doch egal! Letztendlich geht es doch nur um eine gute Nummer. Jedenfalls wird er wiederkommen. Ob er sich in der Zwischenzeit nun tatsächlich in quälender Sehnsucht nach mir verzehrt hat oder nicht. Und das wolltest du doch wissen, oder?"

Mit dieser Prognose hatte Linda Recht behalten. Aber alle weiteren Versuche, eine für Jakob Johnson zufriedenstellend kontrollierbare Zusammenarbeit aufzubauen, hatten sich als äußerst schwierig erwiesen …

Auf Jakob Johnsons Rufen hin steuerte Linda in ihrem Nadelstreifenkostüm, strengem Dutt und einer schwarz umrandeten Brille, die ihre Attraktivität ebenso wie die darunterliegenden Krähenfüßchen in den Augen von Jakob nur noch steigerten, durch das weitläufige Büro auf den Schreibtisch zu.

„Was ist los, Häuptling?", fragte sie und legte eine Hand leicht mit aufgestellten Fingern auf der edlen Arbeitsplatte ab.

„Ich wollte nur sichergehen, dass du dich nicht wieder den

ganzen Tag zwischen den Indianern herumtreibst … Ich brauche den Melonenmann – schnell und diskret, mein Engel! Wenn ich ihn nicht mehr steuern kann, schaffst du es vielleicht!"

*

Elias McGrue lag in dem nur schwach beleuchteten Raum. Die Geräusche um ihn herum waren vertraut und die in verschiedenen Farben blinkenden Leuchtdioden waren ihm Leuchtfeuer, die ihn in seiner Erinnerung schon häufig nach Hause geleitet hatten. McGrue blickte seit einer nicht zu bestimmenden Zeitspanne auf einen fruchttragenden Kaktus, dessen Grün langsam aus dem schwachen künstlichen Licht in ein sattes Grün vor den einzeln durch die Jalousie fallenden Goldstrahlen der aufgehenden Sonne getaucht wurde. Nachdem er über den Zeiger gelaufen war, hatte die wollköpfige Quasselstrippe ihn hier abgeladen. Während McGrue mit offenen Augen auf dem Sofa lag, hatte der andere offensichtlich sehr ausgiebig den gesamten Raum durchsucht. Dabei hatte er weiter mit McGrue gesprochen, ohne dass etwas von seinen im Raum verteilten Worten bis zu ihm durchgedrungen wäre.

Der Wollkopf pfiff und wollte gerade in ein Kästchen greifen, als eine Alarmsirene ertönte und an verschiedenen Punkten im Raum sich die Leuchtdioden einschalteten. „Was ist das, du Penner? Wohin wird der Alarm übertragen?", fuhr ihn der Wollkopf an und kam direkt vor seine Augen. Ein großer, grimmiger Wollkopf mit skurril anmutender Wut in dem vorher so leutseligen Gesicht. McGrue musste kichern, weil es ihm vollkommen absurd vorkam, dass ihm diese Frage gestellt wurde. „Schalt den Scheiß sofort aus! Sonst wirst du aus deinem Trip nicht mehr aufwachen. Verstanden!" Die Drohung wirkte eher verzweifelt als zielführend und auch Wollkopf musste klar sein, dass er Unmögliches verlangte. „Verdammt! Du Hurensohn! Wenn du nicht begreifst, dass du jetzt besser zu dir kommen solltest, kann ich dich nicht mehr brauchen. Ich schick dich tiefer zurück in den Scheiß, aus dem du kommst!" Wollkopf zog eine Dose aus der Jacke und sprühte den Hilflosen in eine Wolke aus schwerem traumlosem Schlaf.

Der Elf beobachtete weiter die Lichtstrahlen durch die Früchte des Kaktus. Seit Stunden lief in seinem Kopf das Archivprogramm. Einige der Dateien waren wiederholt abgespielt worden. Seine Erinnerungen bezogen sich zum größten Teil aus diesem Archiv. Dazwischen nur wenige Auftritte vom Wollkopf hinter einem großen Wandschirm. Er war sich instinktiv sicher, dass das, was seinen Kopf füllte, nur eine pergamentdünne Schablone von einem Leben war.

Die nächste Datei erklärte die Funktion eines benutzerdefinierten Sicherheitssystems und die Bedeutung verschiedener Leuchtdioden. Ein kurzer Abriss über die Pflege von Kakteen. Mehr und mehr der Dinge hinter dem Wandschirm wurden Teil seiner Schablone. Beide Seiten vor und hinter dem Wandschirm schoben sich übereinander und fanden eine Entsprechung. Als die Jalousie hochfuhr, rutschten die Konterstücke noch einmal aneinander vorbei und rasteten dann ein.

McGrue rieb sich die Augen und setzte sich auf. Er war zu Hause und Wollkopf war offensichtlich nicht mehr hier. Er griff zum Schalter und erinnerte sich an seine Audiokopplung. Ohne Rückzugsmöglichkeit in den Schoß des Stroms fühlte er sich hilflos, aber die vertraute Umgebung tat ihm gut. Sie erinnerte ihn an seine eigene Geschichte und Entwicklung.

Kein Ersatz für die fehlende unmittelbare Verbindung, aber sie ummantelte und verschloss den Schmerz des Verlustes. Er würde zunächst nur extern einige Veränderungen durchführen können, bevor er neu startete und zurückkehrte.

War es unvorsichtig gewesen, sich in seinem hilflosen Zustand einem Unbekannten anzuvertrauen? McGrue überlegte, was der Wollkopf in seinem Allerheiligsten hätte finden und welchen Schaden er unbewusst hätte anrichten können. Aber grundsätzlich war er der Ansicht, dass man sich im Falle eines Kontrollverlustes am besten dem Zufall anvertraute, weil dieser auch denen, die weiter Kontrolle hatten, die geringste Möglichkeit gab, aus der eigenen Schwäche Kapital zu schlagen. Wenn es einmal so weit war, musste man ganz loslassen und sich treiben lassen. Wollkopf hatte schließlich eine einfache Simulation in die Flucht schlagen können. Was auch immer für diesen von Interesse sein konnte, war für McGrue kein besonders schmerzlicher Verlust. Schlimmstenfalls ein paar nicht namensgezogene Kreditchips. Nützliches Spielgeld, das aber auch für McGrue den Vorteil hatte, dass man Buchungen nicht zu ihm zurückverfolgen konnte.

Er setzte sich hinüber an seine offizielle Netzkonsole, das einzige von den übrigen Geräten getrennte Kommunikationsmittel in diesem Raum, das mit der Außenwelt verbunden war – sozusagen sein sauberer bürgerlicher Anschluss, der im Normalfall nur dazu diente, Netzbewegungen zu simulieren. Sein offizieller Beruf bedurfte eines glaubhaften Netzprofils, das sogar hier und dort einige geringe Gesetzesverstöße einbaute. Eine vollkommen weiße Netzweste wäre ungefähr so glaubwürdig gewesen, wie wenn er gar keine Spuren im Netz hinterlassen hätte. Er überlegte kurz, ob er einen flüchtigen Blick auf diesem unsicheren Weg riskieren sollte. Eigentlich konnte nichts Ungewöhnliches daran sein, dass er einige Suchroutinen nach sich selbst laufen ließ. Ein Vorgang, der zu den üblichen Ritualen aller Netzbürger gehörte, zumal wenn sie geschäftlich tätig waren. Das Netzprofil war schließlich wichtiger als der eigene Hauseingang und dessen Pflege ein absolutes Muss, gerade im Verkehr mit Klienten. Wenn er seine Suchroutine auf die legalen Datenverbindungen und den in seiner Branche üblichen Graubereich beschränkte, konnte nicht mehr dabei herauskommen, als sowieso schon öffentliches Datengemeingut war.

Dr. Elias McGrue … Die Routine lief. Der Abgleich verlief schnell, weil keine ungewöhnlichen Abweichungen auftraten. Alles, was die Routinen verfolgten, führte wieder zu ihrem Ausgangspunkt oder zu einer bekannten anderen Adresse zurück. Nicht die Spur von einem Wirbel auf der Datenautobahn. Ob auf kleineren Nebenstraßen etwas hängen geblieben war, musste er später untersuchen, wenn er wieder ein sicheres System zur Verfügung hatte.

Er drehte sich wieder in Richtung der Glastür. Was hatte der Titan-Eingriff in seine Operation wohl zu bedeuten gehabt? Dem alten Johnson musste klar sein, dass seinem Mitarbeiter eine solche Verletzung ihrer Vereinbarung hinter seinem Rücken und ohne vorherige Warnung nicht gefallen konnte! Hatte man ihn abgeschrieben und wollte ihn abservieren? Eine unangenehme Vorstellung, da er in etwa wusste, wozu Titan imstande war. Andererseits musste auch Johnson wissen, dass auch er sich abgesichert hatte. Ein offener Konflikt konnte nicht im Interesse des Konzerns sein, dafür war er definitiv zu sehr involviert gewesen. Vielleicht ging Johnson einfach davon aus, dass man ihn schon wieder rumkriegen würde. „Ich bin gespannt, was er sich diesmal einfallen lässt", murmelte er.

Dann fiel ihm ein, dass er noch einen Agenten im Spiel hatte. Einen kleinen Helfer. Er versuchte abzuschätzen, ob der Konzern, wenn er denn Frank haben wollte, mittlerweile erfolgreich war. Bisher wusste allerdings auch McGrue nicht, was aus Frank geworden war. Selbst wenn dieser von einem der beiden Rettungsteams eingesammelt wurde, wusste er nicht, zu welcher Klinik der Wagen gehörte. Er überlegte, wie groß das Interesse von Titan tatsächlich an dem Troll war. Ihm kam das gespeicherte Angebot von Titan an Frank Rock wieder in den Sinn. Es war noch im internen Speicher, so dass er es zur Auffrischung seines noch etwas brüchigen Gedächtnisses aufrufen konnte … Eigentlich nichts Ungewöhnliches, das eine Erklärung des plötzlichen Eingreifens des Sicherheitsteams erklären würde. Auch die übrigen Umstände seines Auftrags ließen keine überragende Priorität des Vorfalls erkennen. Allerdings wollte man McGrue offensichtlich nicht in die Operation einweihen, so dass es nahelag, dass der unverfängliche Inhalt des Angebots eher für McGrue als für Frank verfasst war. Eine Frage blieb offen: Hatte man die Aktion von Anfang geplant oder war etwas eingetreten, das Titan dazu veranlasst hatte, spontan einzugreifen? Das Angebot ließ beide Schlüsse zu …

Hier in seiner Wohnung hatte McGrue zumindest keinen materiellen Zugriff auf sich zu befürchten. Titan war auch in Chicago einflussreich und seine Wohnung nicht in einer Gegend mit allerhöchster Sicherheitsstufe gelegen; aber zumindest war es öffentlichen und privaten Wachdiensten nicht gleichgültig, was mit den Bewohnern passierte. Wenn man so will, sammelten sich in dieser Gegend zu viele gleichsam einflussreiche Interessen, die unabhängig von Titan oder vielleicht sogar konträr waren, um einen illegalen oder gar gewaltsamen Zugriff vertuschen zu können.

So oder so stand fest, dass McGrue möglichst bald an seinem System arbeiten musste. Dafür brauchte er Ruhe. Für einen anschließenden erneuten Eintritt in den Strom brauchte er einen neuen Einwahlpunkt und vor allem eine neue Verschlüsselung, die lang genug auch bei internen Untersuchungen im Titannetz halten würde: ein neuer Code und eine neue Quelle! McGrue stand auf und schob die Glastür auf. Von dem gestrigen Regenguss war nichts übriggeblieben. Alles fand er so, wie es sich für einen Spätsommervormittag gehörte.

*

Linda fuhr mit dem Fahrstuhl direkt bis in die Tiefgarage hinunter. Die Lichter schalteten sich ein und sie erreichte ihren Wagen schnell bei den Stellplätzen für die weiblichen Angestellten. Als sie den Wagen öffnete, zuckte sie bei dem gelben Blinken der Lichter und dem Schnappen der Schlösser zusammen. Sie wollte keine Aufmerksamkeit erregen und nicht erwischt werden. Dabei war es vollkommen normal, wenn sie jetzt das Büro verließ. Außerdem hatte sie ja auch einen klaren Auftrag erhalten. Auch im Wagen schaltete sie sofort das Radio wieder aus, das sich automatisch mit der Zündung eingestellt hatte. Sie flüsterte zu ihrem Navigationssystem, so dass dieses zunächst ein falsches Ziel auswählte. Auch nach der Ausfahrt wollte sich keine Sicherheit einstellen. „Du bist ängstlich wie ein Schulmädchen, das bei einer lächerlichen Sünde den lieben Gott fürchtet", hielt sie sich vor. Aber auch wenn niemand sehen konnte, was sie vorhatte, fühlte sie sich gläsern, schutzlos aller Betrachtung ausgeliefert.

Linda ordnete sich in den Verkehr ein und ließ sich über die vollgepresste Straße treiben. Sie vermied es, bei den häufigen Ampelrückstauungen seitlich in die Fenster der Wagen neben sich zu schauen. Sie fühlte sich nicht in der Lage, einem zufällig zurückgeworfenen Blick standzuhalten. Ihr Navigationssystem führte sie ab von der Hauptstraße und erklärte, dass sich um diese Tageszeit über die erarbeitete Nebenstrecke ein klarer Zeitvorteil erzielen ließe. Linda war diese Entscheidung ihres Bordcomputers nur recht, da ihr die einspurigen Straßenverläufe intimer erschienen …

Welche Erklärung sollte sie für ihr Erscheinen geben, damit sie überhaupt eingelassen wurde? Letztlich konnte sie sich nur auf ihre Erfahrung verlassen, die ihr sagte, dass Männer zumeist keine besondere Erklärung von ihr forderten, um sie in ihre Wohnung zu lassen.

*

Shawn hatte sich auf einem Plastikschalensitz auf dem Flur vor der Notaufnahme neben dem Getränkeautomaten niedergelassen. Er wusste nicht, wo sich dieser Raum und das Krankenhaus befanden. Der Rettungswagen hatte das Stadtgebiet von Chicago verlassen – das hatte Shawn mitbekommen –, wobei der Übergang von dem Außenbezirk, in dem sich das HONEYMOON befunden hatte, in den angrenzenden Verwaltungsbezirk nur durch das vorbeifahrende Schild erkennbar gewesen war, das durch Zufall beleuchtet wurde. Unmittelbar aus dem Tunnel einer Unterführung hatte der Wagen eine Abzweigung gewählt, die ohne weitere Ausfahrten zu ermöglichen, auf das Rolltor der Notaufnahme zuführte. In der Notaufnahme hatte man Frank aus dem Rettungswagen gerollt und sofort in einen Intensivbereich überführt, in den Shawn nicht folgen konnte. Er selbst war in einem der offenen Behandlungszimmer untersucht worden.

Man hatte ihm eine aufbauende und beruhigende Infusion gegeben und ihn mit dem Hinweis, dass sein Begleiter in der nächsten Zeit keinesfalls ansprechbar sein werde und der Zutritt in den Intensivbereich für Nichtkrankenhausangestellte strengstens untersagt sei, auf den Flur zwischen Notaufnahme und Cafeteria entlassen. Shawn hatte versucht, anhand der vorbeigehenden Patienten und Angestellten abzuschätzen, in welcher Art von Krankenhaus er sich befand, allerdings sein Ergebnis bisher nicht genauer als mit „ungewöhnlich" kategorisieren können.

Die Tür zur Notaufnahme öffnete sich und spuckte ein Mädchen aus, das verloren in eine neue Umlaufbahn geraten schien, sich noch einmal zur Tür drehte, durch die Glasscheiben der wieder zugefallenen Flügel zurückschaute, so als erwarte sie noch ein Geleit, sich dann wieder nach vorne wandte, orientierte, drei Schritte machte und erneut innehielt. Das Mädchen war bei näherer Betrachtung wohl eher eine junge Frau, die allerdings außer ihrer noch jugendlichen und zierlichen Statur auch durch ihre Kleidung den Eindruck der noch nicht abgeschlossenen Mädchenjahre verstärkte. Zu ihrem leichten Sommerkleid trug sie schlichte weiße Turnschuhe und hatte darum eine bunte, mit Blumendekor verzierte Strickjacke gezurrt, die mehr ein Zugeständnis an die Tages- als an die Jahreszeit war. Ihre dunklen Locken waren an einer Seite eilig mit einer Spange aus dem Gesicht geklammert, wallten auf der anderen Seite jedoch trotzig über Stirn und Ohr. Ihre Haut, die den Eindruck machte, als würde sie sehr wohl zur schnellen Teintbildung neigen, war auch jetzt zum Ende des Sommers eher in einem sandigen Ocker verharrt. Die dunklen Augen, die von Natur aus nicht groß waren, waren weit geöffnet, jedoch nicht starr, sondern eher kraftlos und passiv. Ihre Handtasche aus Jeansstoff baumelte unentschlossen an der rechten Hand. Die Frau schaute in Richtung des Getränkeautomaten, ohne dass Shawn sicher war, dass sie von ihm als einzige auf dem Flur anwesende weitere Person Notiz genommen hätte. Die waghalsig pendelnde Tasche schien nur noch an einer unsichtbaren Achse zu hängen.

„Ist Ihnen nicht gut? Vielleicht setzen Sie sich besser.“

„Mein Bruder …“

„Oh …“

Es war eines jener vielsagenden, verschworenen Krankenhaus- oder Friedhofs-Ohs, das eigentlich nichts verstand, aber Ausdruck hatte. Sie setzte sich auf einen der Schalensitze in der Reihe gegenüber dem Getränkeautomaten, stellte ihre Beine gerade aneinander und platzierte die sich stauende Tasche auf ihrem Schoß. Mit der freien Hand begann sie, ihre Strähnen wiederholt streichend hinter ihr Ohr zu legen, so dass Shawn der Grund für ihre asymmetrische Haartracht augenblicklich verständlich wurde. Unter dem Streichen konnte ihr Blick auftauchen und Shawn ein kurzes entschuldigendes Lächeln widmen, um sich danach wieder in der Leere zu verlieren. Shawns Blick wandte sich langsam ehrerbietend ab und begann sich unscheinbar zu machen, wie es guter Krankenhaus- und Friedhofsmanier entsprach, wenn es keinen Anlass gab, sich im Schicksal gemein zu machen. Shawn merkte, wie er sich zu der noch kleiner werdenden Person hingezogen fühlte, erlaubte seinen Augen jedoch nicht nachzugeben, da er wusste, dass es nicht gut war, wenn er sich hingezogen fühlte. Ein Kaffee wäre abgedroschen gewesen, und eine Jacke zu reichen, überflüssig und dazu beides der Situation nicht angemessen. Shawns natürlicher Fluchttrieb setzte ein und hätte ihn beinahe zu einem Toilettengang veranlasst, von dem er nicht wiedergekehrt wäre, als ihm einer plötzlichen Eingabe folgend der Ratschlag aus einer Netzseite in den Sinn kam, dass nicht ein überfrachteter Inhalt, sondern eine einfache Floskel häufig der beste Weg war, ins Gespräch zu kommen. Also ließ er seine Augen mit betont gleichmäßigem Tempo über die gegenüberliegende Flurwand gleiten und fragte, als er sein zufälliges Ziel erreicht hatte: „Bist du öfter hier?"

Sandra schaute zu ihm hinüber und sagte nichts. Sie hatte keine Antwort auf diese Frage in dem Wartebereich einer Notaufnahme parat. Kurz darauf machte Shawn sich auf den Weg zu den Toiletten. Das angenehm Unangenehme an der nun folgenden Waschung war, dass er sich vollkommen gegenwärtig und an seinem Platz fühlte. Man sollte einen Mann in solchen Momenten allein lassen.

*

McGrue kraulte Linda zärtlich das Kinn. Sie begann wohlig zu schnurren und schloss verträumt ihre Augen. Er hatte sich in den Halbschatten seiner Laube in der geschützten Ecke seiner Terrasse zurückgezogen. Ein guter Ort, um sein System wieder auf Vordermann zu bringen. Linda hatte sich an ihn geschmiegt und genoss sichtlich die friedliche Abgeschiedenheit. Das Rascheln von Flügelschlägen in den Rosenranken der Laube ließ Linda unvermittelt aufschrecken. Ihre Augen wurden hellwach und sie suchte in ihrer Aufregung Halt auf McGrues Beinen. „Miststück!", zischte er, packte Linda am Rücken und versuchte vorsichtig ihre Krallen aus dem Stoff seiner Hose zu lösen. Linda fauchte, ließ sich dann aber doch auf den Boden setzen. Da der Vogel längst davon geflattert war, lief sie mit noch leicht erregt kreisendem Schwanz durch den Spalt der Glastür ins Innere der

Wohnung.

In der Abgeschiedenheit seines heimischen Systems hatte McGrue seine inneren Programme wieder aus der Reanimationsredundanz gelöst, den einen oder anderen Zwischenspeicher auf eine externe Platte übertragen und danach sorgfältig gereinigt. Er hatte verschiedene Analyseprogramme laufen lassen, um die Einbruchstelle zu ermitteln, allerdings keine Spuren eines unmittelbaren Zugriffs auf sein System gefunden. Es schien alles unverletzt, so als sei nichts verändert worden, keine Daten abgeflossen. Schließlich kam er zu der beruhigenden Feststellung, dass Titan nicht bis in sein System eingedrungen war. Vermutlich hatten sie nur seine Kennung entschlüsselt und damit seine Einwahlknoten ermittelt. Damit war er wohl lokalisierbar geworden. Die entschlüsselte Kennung könnte überall erkannt und zurückverfolgt werden, egal, wie oft er sie zwischendurch veränderte oder umleitete.

McGrue betrachtete Linda, die halb in der Küchentür verschwunden aus ihrem Napf zu fressen oder trinken schien. Eigentlich konnte er jetzt einen Systemneustart wagen. Er würde seine Kennung für die Einwahl ins Netz nicht noch einmal von einem einzigen Programm verschlüsseln lassen. Ihm war der Gedanke gekommen, Code und Quelle der Wahl dem vollkommenen Zufall zu überlassen! Er würde alle Programmoberflächen gleichzeitig starten, sich ziellos treiben und auf seinem Weg durchs Nichts die notwendigen Daten einsammeln lassen. Von seinem Flug würde er außer der verschlüsselten Kennung nichts aufzeichnen und alle Zwischenspeicher ununterbrochen löschen. Selbst er würde nicht mehr wissen, woher er die Informationen aufgesammelt hatte. Somit war er auch vor seinem eigenen nassen Gedächtnis sicher. Ein vollkommenes Vergessen.

McGrue legte den Finger an den Hauptschalter. Er beobachtete, wie Linda sich mit graziöser Nonchalance auf einem Sack Blumenerde in der Sonne niederließ, wusste, warum Linda zu Recht den Namen ihrer Namenspatin trug und startete sein System. Es wurde ein schneller und sicherer Abflug …

*

„Nein, ist das erste Mal. Die sanitären Einrichtungen sind großzügig bemessen, aber die Musik und die Cocktails lassen zu wünschen übrig …“ Sie schwenkte einen Plastikbecher aus dem Getränkeautomaten in der Hand, wobei die Tasche jetzt fest über der Schulter hing.

„Schön, dass dich mein Scherz wieder aufgebaut hat …“ Endlich hatte Shawn mal jemanden gefunden, der mitspielte. In letzter Zeit schienen all seine Gesprächspartner ja zu machen, was sie wollten.

„Ich glaube, ich war einfach froh, jemanden zu treffen, der noch verwirrter zu sein scheint als ich … Entschuldige, eigentlich verfolge ich Männer nicht zur Toilette. Darf ich dich was fragen? Warum bist du in dieser Klinik?“

„Ein Unfall.“

„Ein Unfall, den es besser nicht gegeben hätte?“

„Welcher Unfall ist das nicht!“

„Ja klar, aber wenn du gerade hierhergekommen bist, muss es dir doch wichtig sein, dass keiner etwas über diesen Unfall erfährt …“

„Und wenn es so wäre, wieso sollte ich dir dann darüber erzählen?“ Shawns eingebildete Menschenkenntnis geriet deutlich ins Wanken. Das Mädchen schien mehr Talent zur Nervensäge zu haben als zur Mauerblume. „Wieso erzählst du nicht, was mit deinem Bruder los ist? Oder hast du dir die

Geschichte nur ausgedacht und arbeitest eigentlich für eine Schülerzeitung?"

„Also gut … Ich bin Sandra und es geht mich nichts an, warum du hier bist. Übrigens siehst du ganz gesund aus für ein Unfallopfer."

„Das täuscht, schwere innere Verletzungen. Jede Aufregung könnte zu viel sein."

„Gut, dann lass ich dich mal in Ruhe! Wenn du später einen Blasentee oder so was brauchst, bin ich vielleicht noch in der Cafeteria. Bis ich zu meinem Bruder kann, wird's wohl noch dauern … "

Eine afroamerikanische Frau in grüner Krankenhauskleidung und weißem Arztkittel kam auf Shawn zu: „Herr Hayek?" Die mutmaßliche Ärztin wirkte geschäftig, aber nicht angespannt. Sie trug eine randlose Brille, über die hinweg sie ihr Gegenüber musterte. Shawn war erstaunt über die Augengläser, da sie entweder ein Zeichen von finanzieller Not, Nostalgie oder eine Form von Fortschrittsverweigerung waren, die er bei einer Ärztin für fehl am Platze hielt.

„Ja", antwortete er zurückhaltend, abwartend.

„Dr. Martin", stellte sie sich vor, ohne ihm die Hand zur Begrüßung entgegenzuhalten. „Würden Sie vielleicht kurz mitkommen? Ich würde Ihnen gerne unter vier Augen ein paar Fragen stellen." Die Ärztin versuchte, dabei noch stärker ihre Sachlichkeit zu betonen, was ihrer Stimme eine gewisse übertriebene Unterkühltheit gab.

Shawn hatte keine Lust, sich auf das nüchterne, um Diskretion bemühte Spiel einzulassen. „Wieso … Gibt es etwas Neues? Ist er aufgewacht?", fragte er daher geradeheraus.

„Kommen Sie bitte! Wir sprechen woanders", insistierte die Frau weiter.

„Hören Sie! Sie müssen mir schon sagen, worum es geht.

Darf ich zu dem Patienten?“

„Ja, von mir aus“, gab sie schließlich nach. „Wir haben ihn allerdings nicht aufgeweckt, da wir noch zu wenig über seinen Zustand wissen. Vielleicht können Sie uns ein paar Fragen beantworten …“

„Gut, ich komme mit. Aber ich schätze, ich kann Ihnen nichts sagen, was Ihnen weiterhelfen würde.“

Shawn folgte der Ärztin zu den Aufzügen in die Abteilung für Intensivmedizin. Sie blieb vor einer großen Glasscheibe stehen, die einen guten Blick auf Franks Krankenzimmer ermöglichte. Das Bett war drei Meter lang und bot damit ausreichend Platz. Um das Bett herum waren eine Reihe Geräte aufgebaut, die teilweise mit dem Patienten verbunden waren.

„Ich will nicht lange drum herumreden. Ich denke, man kann sagen, Sie sehen einen Erlkönig …“ Sie schaute Shawn direkt und tief in die Augen, als wolle sie ergründen, ob diese Worte in ihm eine Reaktion auslösen. Er kannte diesen Blick von seinen psychologischen Betreuern.

„Was soll das heißen? Wollen Sie andeuten, dass ich Fieber habe? Ich habe tatsächlich einige bewegte Stunden hinter mir, aber dementsprechend auch nur noch wenig Lust, mir von Ärzten weitere Krankheiten einreden zu lassen. Ich sehe klar genug und bin im Übrigen auch nicht derjenige, der Vermutungen über irgendwelche großen Geheimnisse angestellt hat.“

„Nein! Meine Güte! Wie kommen Sie denn auf Fieber?“ Dr. Martins Blick zog sich erschrocken aus seiner forschenden Position in eine sanfte Beschwichtigung zurück. Shawn fragte sich, ob es Lehrgänge für diese Blicke gab. „Sind Sie immer so empfindlich? Ich wollte überhaupt nichts über Sie sagen. Ich meine den Patienten! Ich glaube, er ist eine Art geheimer Prototyp …"

Shawn, der den Blick der Ärztin nunmehr dahingehend deutete, dass sie versuchte, seinen Kenntnisstand zu erraten, konnte sich ein leicht amüsiertes Lächeln nicht verkneifen. „Na ja! Mit dieser Feststellung, schätze ich, kommen Sie gut zwanzig Jahre zu spät. Zugegeben, es gibt immer noch nur wenige dieser grobschlächtigen Brummer, für die der Sammelbegriff vom Troll wohl mittlerweile mehrheitsfähig ist, aber geheim – wirklich nicht!"

„Ich mein nicht das Chassis! Insofern war mein Vergleich mit Erlkönigen wohl nicht nur geschmacklos, sondern auch falsch. Wenn ich trotzdem bei Autos bleiben darf: Das Neue in diesem Fall ist eher das Getriebe! Die Daten und Aufnahmen, die wir gemacht haben, sind in jedem Fall bisher noch nicht bekannt. Sie können von diesem Krankenhaus halten, was Sie wollen, aber wir haben gerade mit den Ergebnissen aus – sagen wir – Graubereichen der Forschung eine gewisse Erfahrung. Diese Erfahrung sagt mir auch, dass die Dateien, die sich jetzt in meinem Rechner befinden, mit den richtigen Kontakten zu Betriebsspionagequellen eine Menge Geld einbringen könnten. Ich weiß aber auch, dass ich keine solchen Geschäfte eingehen werde und die Daten möglichst schnell löschen will, da ich an meinem Job und an meinem Leben hänge und keins von beiden verlieren möchte … So, jetzt wissen Sie, wie ich zu der Sache stehe! Falls Sie also doch mehr wissen, als Sie bisher zugegeben haben, müssen Sie von mir keine Konkurrenz befürchten."

„Ich habe nichts zu sagen und – genau genommen – verstehe ich auch Ihre Autovergleiche nicht. Ich habe den Troll nur ungefähr zwanzig Sekunden bei Bewusstsein erlebt und das einzige, was ich sagen kann, ist: Ja, er war verdammt schnell und ich habe vermutet, dass er irgendeine Form von verstärkenden Transmittern verwendet. Ob die nun besonders gut und neu sind, weiß ich nicht, da ich mich nämlich nicht gerade gut mit Neurobiologietechnik auskenne … Glauben Sie, Sie könnten mir die Technik ein wenig genauer erklären, ohne mich deshalb anschließend gleich terminieren zu müssen?“

„Wenn man so will, hat man einzelne Körperfunktionen von ihrer neuronalen Schaltzentrale vollständig abgekoppelt und in ein neues prozessorgesteuertes Rechenzentrum übergeleitet.“

„Und wozu soll das gut sein?“

„Ich denke, seine Reaktionszeiten für Impulse und Bewegungen dürften gegen null gehen. Natürlich hat man seinen Metabolismus entsprechend angepasst. Dabei wurde auch auf herkömmliche Techniken zurückgegriffen.“

„Sie wollen also damit sagen, dass er prozessorgesteuert schneller reagiert?“

„Ich habe es im Gegensatz zu Ihnen noch nicht gesehen; aber das Ziel scheint mir eindeutig zu sein, in bestimmten Abläufen umständliches Zögern durch Entscheidungsmöglichkeiten, Nachdenken und widerstrebende Instinkte auszuschalten. Die Handlungsoptionen können bei Bedarf auf eine autonom entscheidende und lernfähige Software übertragen werden.“

„Und wer braucht so was?“

„Eigentlich kann ich mir nur eine Verwendung für Kampfeinsätze – also militärische Zwecke – vorstellen.“

Shawn hatte diese Antwort vermutet und selbst, bevor er mit Dr. Martin gesprochen hatte, Frank bereits als Deserteur eingestuft. „Wissen Sie etwas darüber, woher er kommen könnte, oder zumindest woher die Technik stammt?“

„Nicht mit Sicherheit. Alles scheint wirklich noch aus einer internen Erprobungsphase zu stammen, so dass außer bei älteren Bestandteilen sich keinerlei Signaturen oder Wasserzeichen finden lassen. Allerdings erinnert mich vieles an das ‚Geistertanz'-Verfahren. Natürlich in eine andere, – wenn man so will – in eine körperbezogene Richtung fortentwickelt …"

„Sie vermuten also, dass hinter der Entwicklung Titan steht. Das wäre allerdings seltsam. Es gibt bei Titan keine Militär- oder Kampftechnikabteilung."

„Vielleicht eine Kooperation – oder jemand, der nur die alten Titansysteme verwendet."

Shawn sah ein, dass er an diesem Punkt nicht weiter nachhaken konnte, ohne sein Verhältnis zu dem Konzern offenzulegen. Auch wenn Dr. Martin in einigen Punkten offen gesprochen hatte, erschien es ihm ratsam, nicht zu viel Vertrauen zu schenken. „Und was wollen Sie jetzt machen?"

„Wie gesagt, ich bin nicht glücklich, dass er hier gelandet ist, auch wenn es interessante Einblicke waren, die ich nehmen durfte. Ich werde versuchen, mich und das Krankenhaus, soweit wie es noch geht, aus dieser Angelegenheit herauszuhalten und die Daten, die wir haben, ohne Rückstände vernichten. Was mich zurzeit am meisten beschäftigt, ist die Frage, wer die Krankenhauskosten verauslagt hat. Der Verrechnungs-Account ist hoch belastbar, aber nicht nominal authentifiziert. Wenn Sie mir sagen könnten, dass es Ihrer ist, wäre ich schon erleichtert."

„Nein, ich habe den Rettungseinsatz auch nicht veranlasst."

„Dann wird es wohl jemand gewesen sein, der sich des Wertes dieser Entwicklung bewusst ist. Womöglich Titan selbst. Ich denke, dass sich sehr bald jemand melden wird, der seine Investitionen zurückverlangt. Ich werde mich niemandem in den Weg stellen und, da ich keine bessere Idee habe, ihn einfach an den Ersten übergeben, der ihn herausverlangt. Wenn dann jemand anders Ansprüche stellt, kann ich mich nur dumm stellen – und das sollten Sie auch tun. Ich werde Sie nicht erwähnen und kann veranlassen, dass Sie auch in den Akten nicht auftauchen."

„Sehr freundlich. Eine Bitte habe ich allerdings noch: Wenn es möglich ist, würde ich gerne mit ihm sprechen. Es wäre sehr wichtig für mich – sagen wir – persönlich."

„Ich dachte, Sie kennen ihn nicht ... Ich weiß nicht, wann er aufwacht und was dann mit ihm passiert. Wenn sich eine Möglichkeit ohne Risiko ergibt, kann ich Sie rufen. Vielleicht warten Sie in der Cafeteria."

Shawn hatte den Aufzug gerufen und war schon fast in Vorfreude auf ein angeordnetes Wiedersehen mit Sandra eingestiegen, als sich ihm wieder die Gedanken für sein eigenes Geschick und Schicksal öffneten. Eine Zeitlang war er abgelenkt gewesen und hatte sich im ruhigen Wasser der Probleme anderer aufhalten dürfen. Nun aber fiel ihm ein, weshalb er sich auf den Weg gemacht hatte, der letztlich zu dieser Verwicklung geführt hatte. Er hatte nicht mehr daran gedacht, dass sein ursprünglicher Plan es gewesen war, feststellen zu lassen, wie es Elias McGrue gelungen war, ihn aufzuspüren oder – besser gesagt – ob diese Möglichkeit auch weiterhin noch bestand. Wenn es Titan weiterhin möglich war, seine Position zu bestimmen und sie den Troll selbst in diese Klinik hatten liefern lassen, bestand die Möglichkeit, dass jemand im Konzern die Daten abglich und einen Zusammenhang herstellte, der nicht bestand oder zumindest nicht so bestand ...

Die Aufzugtür öffnete sich mit einem Klingeln. Da er sich nun mal in einer Klinik befand, die zu einer solchen Untersuchung fähig war, beschloss er, sich in diesem Punkt Klarheit zu verschaffen. Zumindest gefiel ihm der Gedanke, dass möglicherweise Titan selbst für diese Untersuchung aufkommen würde. Das einzige Problem, das er sah, war, wie er Dr. Martin den Wunsch nach der Untersuchung erklären sollte. Außerdem musste er sich überlegen, ob er die Ärztin über seine Titan-Vergangenheit aufklären sollte, bevor sie die Verbindung über ein mögliches Untersuchungsergebnis selbst herstellte. Wie würde sie dann reagieren, wenn sie erfuhr, dass er sie zwar nicht direkt angelogen hatte, aber ein Detail über sich doch bewusst zurückgehalten hatte, als es nahegelegen hätte, dies zu erwähnen. Er hatte das Risiko auch für Dr. Martin und das Krankenhaus vielleicht erhöht, ohne es ihr mitzuteilen … Egal. Besser spät als nie! Also drehte Shawn um, verschob den Besuch in der Cafeteria und hastete Dr. Martin hinterher, die er gerade, als er um die Ecke gebogen war, in einem Zimmer verschwinden sah.

*

Titan war ein Unternehmen mit langer Tradition, seit jeher im Silicon Valley angesiedelt und schon in der Zeit verwurzelt, bevor der große Umbruch für alle Schaffenden in der luftigen Welt stattfand – damals so archaisch wie das Silicon als Grundlage zur Speicherung und zum Transport der Inhalte, das dem Tal seinen Namen gegeben hatte. Titan war lange Zeit ein eher unauffälliges Unternehmen gewesen, das seinen Umsatz hauptsächlich aus betriebswirtschaftlichen und technischen Anwendungen generierte und einen bescheidenen Erfolg mit einer eigenen Plattform für die einzelnen Module erzielte. In der Anfangszeit spielte die Unterhaltungselektronik keine große Rolle, und so wurden diese ersten Jahrzehnte des Unternehmens auch heute nur noch ob der historischen Genauigkeit in die Firmengeschichte aufgenommen.

Eigentlich begann die wahre Geschichte des Unternehmens erst mit dem Projekt „Geistertanz". Die Entstehung des Projektes und die damit verbundenen Namen sind längst zu einer jener Legenden geworden, die sich um jeden wirtschaftlichen Erfolg ranken. Gerne wird jenes Treffen kolportiert, das sowohl die notwendige Launenhaftigkeit und belanglose Grundstimmung als auch die dort hineintreffende Spannung des Einzigartigen einfängt, die für jeden bahnbrechenden Geistesblitz unbedingt in der Luft liegen muss. Die drei Gründer – wie sie heute nur noch genannt werden – saßen an einem Winterabend in einer gemütlichen Blockhütte unweit von Truckee in der Nähe des Sees, aber noch nicht im Stadtgebiet von Tahoe City, bei Grog am Kamin und wärmten sich nach einer wilden Wanderung durch die tief verschneiten Wälder, deren Länge sich auch nicht mehr bestimmen lässt und die selbst längst mit in den Bereich der Legende übergetreten war, die taub gefrorenen Finger.

Feststeht, da es Ausgangspunkt für alle weiteren Versionen der Geschichte ist und damit wohl zumindest von allen drei Gründern so wiedergegeben wurde, dass sie im Schnee von ihrer ursprünglichen Route abgekommen waren, die Länge der zuvor zurückgelegten Wegstrecke nicht mehr abschätzen konnten und zumindest für eine gewisse Zeit die Orientierung verloren hatten. Ob man in der Beschreibung so weit gehen muss, dass sie sich verirrt hatten, ist vermutlich dem Geschmack des jeweiligen Erzählers überlassen, schadet jedoch keinesfalls der Entwicklung der weiteren Ereignisse. Der Wagen auf dem Wanderparkplatz hätte nach ihrem Empfinden in jede Richtung hinter dem weißen Schleier verborgen sein können. Es musste zumindest für eine gewisse Zeit ein

Zustand der Hilflosigkeit eingesetzt haben, der ein ungutes Gefühl, Angst oder Panik hervorrief. Vielleicht bei jedem anders. Man war abgeschnitten von der Welt, für die die Natur schon längst keine Bedrohung mehr war, und fühlte sich von einem Moment auf den nächsten um Jahrhunderte zurückgeworfen in einen Zustand, in dem der Mensch nicht seine Umwelt beherrschte, sondern ihr ausgeliefert war. Diese Erfahrung, so wurde es später aufgeschrieben, machte auf sie einen großen Eindruck, und jeder von ihnen bestätigte, dass sie sich auf eine gewisse Art wieder an den Anfang zurückgesetzt fühlten, an den Nullpunkt, dort wo alles begann und noch nichts feststand.

Ob sie vor dieser Erfahrung das örtliche Museum besuchten oder ihnen die Geschichte bei der Rückbesinnung auf ihre eigenen Erlebnisse einfiel, ist nicht überliefert, wohl aber, dass sie an jenem Abend nach ihrer glücklichen Rettung am warmen Feuer alle an das Schicksal der Siedler aus dem Jahre 1846 denken mussten, die unter Führung von George Donner im Schnee mit Planwagen umkamen, obwohl andern Orts bereits Eisenbahnen Menschen über das Land transportierten. Zwischen den Gründern entstand die Idee, das Erlebnis des Zurückgeworfenseins auf eine vollkommen ursprüngliche Form der Existenz zu perfektionieren und für alle Menschen erlebbar zu machen. Jeder Mensch sollte die Möglichkeit erhalten, die ersten Schritte auf dem Weg zur höheren Zivilisation selbst zu gehen, ohne dass ihm von dem, was er unweigerlich bereits in seinem Leben an Erfahrungen und Erkenntnissen erlangt hatte, der Weg für diese Reise an den Ursprung versperrt wurde.

So kam es, dass man sich bei der Frage der Nutzung der neuen neuronalen Interfaces – wozu das Treffen eigentlich gedient hatte – nicht an den bisherigen Anwendungen orientierte. Mit Verbreitung der neuen Technologie wurden zunächst die alten Kino- und Videospielformate verbunden und intensiviert, indem die vermittelten Reize schneller geleitet und um weitere ergänzt wurden. Für die Titan-Gründer stand fest, dass sich die einmalige Chance eröffnete, bewusst und unbewusst gespeichertes Wissen durch Übersteuerung zu deaktivieren und damit abstrakt Vermitteltes und Erlerntes selbst entdeckbar zu machen.

Ihre erste Simulationswelt beschäftigte sich denn – eingedenk ihres Treffens an geschichtsträchtigem Ort – mit der Entdeckung und Besiedlung Nordamerikas durch Europäer, erlebt aus der Sicht der Indianer, die an der Gebirgsscheide noch unbehelligt geblieben waren. Fremde waren bisher vom Meer oder aus dem Süden gekommen. Nun stiegen sie von beiden Seiten ins Hochland. Man hätte mit der Ankunft von Spaniern beginnen können, entschied sich dann aber doch für den entscheidenderen Zeitpunkt, also die Ankunft der Siedler aus dem Osten.

Die Einstiegsoberfläche, die gleichzeitig dazu diente, die Einstellung der Neuroadapter zu konfigurieren und bestimmte Erinnerungen der Teilnehmer durch fiktive Lebensgeschichten zu überlagern, bildete ein ritueller Geistertanz. Während sich der Benutzer in einem simulierten Tanz in Trance versetzte, konnten sämtliche Einstellungen vorgenommen werden – und das Erwachen aus dem traumgleichen Zustand erfolgte in einem authentischen neuen Bewusstsein, das der simulierten Umgebung entsprach.

Drei Jahre dauerte das Projekt von der Hütte im Schnee über die Planung und Entwicklung, bis die erste stabile Version lief und vorgestellt werden konnte. Es war eine Sensation! Das erste vollständig extern generierte Bewusstsein, das über lange Zeiträume aufrechterhalten, weiterentwickelt und sogar gespeichert werden konnte! Der „Geistertanz" war der Grundstein für den heutigen Konzern und damit zu Recht die eigentliche Stunde Null in der Titan-Zeitrechnung.

*

Peter Grosbaum konnte Shawn nicht erreichen, und das gerade jetzt! Wie sollte er denn Antworten geben, wenn dieser nicht aufzufinden war? Shawns Erzählung „Geistertanz" war ein interessantes Projekt. Es beschäftigte sich mit der gleichen Problematik, die zurzeit von der Cybergruppe „Native Liberators" hochgekocht wurde. Das Thema brodelte! Es ging um Nutzungsrechte von Symbolen und Riten und um Aufstände und Proteste indianischer Gastarbeiter. Shawn hatte in seiner Erzählung über Takanga bisher ein ausgewogenes Bild gezeichnet. Nur das neue Ende passte nicht in den bisherigen Ton. Peter wollte Shawn noch einmal an die ursprüngliche Fassung erinnern und ihn zu einer schnellen Überarbeitung drängen, damit die Erzählung noch zu diesem günstigen Zeitpunkt veröffentlicht werden konnte. Für die Veröffentlichung war ein Pseudonym vorgesehen – aber wenn sich Shawn an die ursprüngliche Version hielt, konnte auch Titan nichts dagegen einwenden. Außerdem hatte er ja ohnehin seine Konzernkarriere in den Wind geschossen … So oder so, mit Shawns neuem Ende wollte der Verlag die Erzählung nicht veröffentlichen, da man keine Auseinandersetzung mit Wirtschaftsbossen riskieren wollte.

Peter hatte mittlerweile dreimal bei Shawns Mitbewohnern angerufen und kam mehr und mehr zu dem Schluss, dass die sich nur noch einen Jux aus ihm machten. Er überlegte, ob Shawn irgendetwas gesagt hatte, das ihm zumindest einen Hinweis gab … Er hatte noch einige Gespräche mit ihm in seiner Mailbox. Er war sie durchgegangen, ohne ihnen etwas Brauchbares entnehmen zu können. Er drückte noch einmal auf Wiedergabe:

„Peter, darf ich dich um einen fachlichen Rat bitten? Ich meine, in gewisser Weise bist du doch durchaus ein Fachmann. Auch wenn du kein zertifizierter Fachmann bist, halte ich dich für einen solchen. Du weißt – da bin ich mir sicher –, was Menschen hören oder was sie lesen wollen. Man könnte doch wirklich sagen, dass du fast ein Lektor bist oder einer sein könntest. Sag mir also, ob ich richtigliege: Wir leben in einer Welt, so scheint es mir, in der die Menschen wenig hören und sehen oder überhaupt erfahren, was wirklich wahr ist. Ich meine echt, im Sinne von real! Aber wie müsste man es anstellen, um in einer Geschichte etwas wirklich Reales aufzuschreiben?…Wie schreibt man eine wahre Geschichte?“

„Aber Shawn, dann müsstest du doch einfach alles nur so aufschreiben, wie es wirklich ist oder war. Du müsstest einen Tatsachenbericht oder eine Reportage schreiben …“

„Nein, ich möchte eine wahre Geschichte schreiben! In diesem Fall ist es mir unbedingt wichtig, dass jeder auch erkennt, dass ich in dieser Geschichte die Wahrheit schreibe. Ich glaube, wenn der Leser dies erkennt, dann wird es ihn ohne Zweifel weitaus mehr interessieren, als wenn eine Geschichte nur einfach so geschrieben ist.“

„Shawn, es gibt viele wahre Geschichten, die geschrieben wurden …“

„Es gibt viele, die behauptet haben, eine wahre Geschichte zu schreiben – aber hat man es ihnen bis ins Letzte geglaubt?“

„Shawn, ich sag dir etwas zu wirklich wahren Geschichten: Kein Mensch will sie lesen! Nimm zum Beispiel einfach nur Tom B.! Ich meine, ich kenne niemanden, der wirklich von ihm lesen wollte …“

„Wer ist Tom B.?“

„Siehst du! Kein Mensch! Er taugt einfach nicht für eine echte Erzählung! Ich meine, vielleicht könnte man mit einigen Aufnahmen, Fotos oder Filmen eine kurze Netzreportage über ihn bringen. Aber für eine ganze Geschichte reicht es nicht. So viel will niemand von ihm wissen. Tom Bombadil nervt dann nur noch …“

„Wieso kommst du denn jetzt ausgerechnet mit Tom Bomba-dings?“

„Weil niemand von dem Kerl hören wollte! Niemand hat sich für ihn interessiert, zumindest im Vergleich zu den anderen. Ich glaube, selbst der Autor wollte irgendwann nichts mehr von dem hören! Niemand will so sein wie Tom B., der alle nur nervt. ‚Ein alter Mann im Wald‘ … Was soll das? Ich glaube daher, dass Tom B. eine wirklich wahre Figur ist.“

„Peter, du bist mir zu abstrakt. So kannst du mir nicht helfen. Es ist mir einfach wichtig, über jemanden zu schreiben – und ich möchte über ihn die Wahrheit schreiben! Ich werde es tun, egal, ob es jemand hören will, oder nicht …“

„Na gut! Das ist deine Entscheidung – und du wirst eh nicht tun, was ich dir rate. Aber denk an Tom B.! Was ich eigentlich sagen wollte, ist, dass der Unterschied darin besteht, dass in einer Reportage Tom B. erklären würde, was sein Geschäft ist und wie er dazu gekommen ist, Eichhörnchen zu jagen. In einer Erzählung würde dieser in seiner Hütte sitzen und abstreiten, Tom Bombadil zu sein – auch wenn natürlich alle Beweise gegen ihn sprächen – und er würde einem Hobbit vielleicht sogar eine Ohrfeige geben, wenn der ihn am Ärmel zieht … Verstehst du? Es macht keinen Unterschied. Es hat keinen Einfluss darauf, ob es wahr ist oder nicht! Wenn du von Authentizität sprichst, lass dir gesagt sein, dass Bilder niemandem etwas vormachen. Es gibt Programme, die ein

Bild oder ganze Sequenzen in Texte umrechnen können. Vollkommen, unmittelbar authentisch, objektiv … Auch von Menschen verfasste Texte können umgerechnet werden. Ich will dich nicht entmutigen, aber eine wahre Geschichte …“

Noch einer von diesen belanglosen Wortwechseln! Peter wünschte sich, sie hätten zwischendurch häufiger auch ernsthaft gesprochen. – Was soll's, auch wenn er sich völlig zum Affen machte! Er war gespannt, wer diesmal ans Telefon gehen würde und wie er sich melden würde. Vielleicht hatten sie sich schon zu dritt ums Telefon versammelt und sich eine neue Rolle zurechtgelegt. So was wie: „Ho, Ho, Ho! Old Tom Bombadil is a merry fellow! …“ Besten Dank. Hoffentlich fällt mir schnell ein Stabreim ein, sonst legen die Jungs noch auf. Verdammt noch mal, ich treibe Handel mit Geschichten! Niemand hat gesagt, dass ich sie mag.

*

Jakob Johnson zog sich in seinem Schreibtischstuhl wieder in eine aufrechte Position. Er mochte es nicht, wenn er einfach wegdämmerte. Er erkannte darin ein Zeichen von Schwäche des Alters. Er brauchte kurz, um sich wieder zu besinnen und zu vergewissern, welche Verwicklungen real waren und er nicht nur träumte. Seine beste Waffe gegen diese Bedeutungslosigkeit war Tätigkeit, auch eine profane im einfachsten Sinne. Er sollte rudern, ein paar Meilen nur. Jakob drückte sich schwungvoll aus dem Stuhl und stand auf. Er ging zu der Tür hinter seinem Schreibtisch und öffnete sie. Dort stand ihm ein weiterer Raum zur Verfügung, in dem sich einige Fitnessgeräte und eine Dusche befanden. Jakob nahm ein Handtuch vom Haken und hängte es sich um den Hals. Jetzt konnte er so oder so nichts unternehmen. Bis Linda sich wieder meldete, war er zum Warten verdammt.

*

„Also, Herr Hayek. Es fällt mir einfach schwer, Ihnen zu glauben. Sie befürchten, dass Sie eine Art Überwachungschip in sich tragen könnten – was für sich genommen noch gut möglich ist, wenn es zutrifft, dass Sie quasi seit Ihrer Geburt im Titan-Konzern oder gar als ein Teil von ihm gelebt haben –, ich kann dann allerdings nicht mehr nachvollziehen, warum Sie sich vor einigen Tagen, am Tag Ihrer Abschlussprüfung, nur aus einem unbestimmten Gefühl heraus dazu entschlossen haben sollten, diesem Konzern endgültig den Rücken zu kehren. Wenn Sie dann auch noch behaupten, dass Sie in dieser Klinik mit einem kollabierten Troll, der vermutlich den Prototyp einer Fortentwicklung des „Titan Geistertanz" in sich trägt, aus reinem Zufall auftauchen, klingt das für mich nicht nach der naheliegendsten Erklärung."

„Aber ich sagte doch, es war reiner Zufall!"

„Ein sehr großer Zufall für meinen Geschmack."

„Dr. Martin, bitte glauben Sie mir! Ich wusste nichts über diesen Troll oder von dem System. Es ist mir gänzlich unbekannt, dass Titan an Derartigem gearbeitet hat. Dass ich in einem MBA-Studiengang bei diesem Konzern war, hat doch nun wirklich nichts zu bedeuten. Ich habe nichts mit der Forschungsabteilung zu tun gehabt. Meine Schwerpunkte waren Marketing und Vertrieb. Glauben Sie, die hätten jeden einfachen Studenten über geheime Forschungsprojekte informiert? Die einzigen Produkte, die ich von Titan kenne, sind die, die Sie vermutlich auch kaufen könnten. Zumindest fast."

„Wie auch immer! Mir bleibt in meinem eigenen Interesse

wahrscheinlich nichts Anderes übrig, als Ihrem Wunsch nach einem Scan zu entsprechen. Falls Sie allerdings vorhaben, weiterhin Titan zu hintergehen, erwarten Sie bitte keine Hilfe von mir! Da ich vermute, dass Sie keine Zeit verlieren wollen, können wir gleich mit der Untersuchung beginnen.“

„Von mir aus sofort. Ich will nur, dass Sie mir glauben, dass ich die Wahrheit sage.“

„Ist schon gut. Ich bekomme hier so viele Wahrheiten von meinen Patienten erzählt, dass ich aufgehört habe, mir darüber länger den Kopf zu zerbrechen. Es kann so sein, wie Sie sagen. Es ist aber auch egal. Gehen Sie schon einmal rüber ins Untersuchungszimmer und legen Sie bitte die Kleider ab.“

*

Jakob Johnson hoffte, dass Linda erfolgreich sein würde. Sie hatten Wochen gebraucht, um McGrues Kennung aufzuspüren. Dieser würde alles ändern und vermutlich sicherer machen, bevor er sich wieder ins Netz traute. Dazu war er in seiner Wohnung ohne weiteres in der Lage. Linda musste einen Weg finden, dessen Vertrauen zu behalten oder im Zweifel zurückzugewinnen. Natürlich war der Zeitpunkt ihres Erscheinens bei McGrue verdächtig. Aber vielleicht war auch er neugierig genug, sie in seine Wohnung zu lassen. Wenn sie erst einmal bei ihm war, konnte Linda alles schaffen, zumindest ein paar Aufzeichnungen machen. Selbst wenn sie wohl kaum unmittelbar den Code finden würde, konnte jede Information die Suche beschleunigen ...

Das Display von Jakobs altertümlichem Rudergerät hatte die vier Meilen übersprungen. Er liebte diese einfache Anzeige. Für ihn ging es nur um die nackten Zahlen. Eine virtuelle Ruderstrecke war für ihn eine überflüssige Übertreibung, der sich nur übermotivierte Jungmanager aus dem Konzern hingaben.

… Wie hatten diese kleinen Aasgeier nur Wind von Frank Rock bekommen? Soweit Jakob informiert war, handelte es sich bei dieser ganzen Gruppe doch zum größten Teil noch um Kinder! Hatte Frank sich mit ihnen in Verbindung gesetzt? Er hatte zwar definitiv nichts mit der hochgekochten Indianerfrage zu tun; aber vielleicht hatte sich hier eine Verbindung aus dem Gedanken heraus entwickelt, dass die Feinde meines Feindes meine Freunde sind. Mit ihren kindlichen Protestaktionen gegen Titan hatten es die Liberators immerhin in kürzester Zeit zu einer großen medialen Aufmerksamkeit gebracht. Sie wirbelten viel Staub auf. Alles war unkontrolliert und gewiss keine ernsthafte Bedrohung gewesen, so dass man die Angelegenheit zunächst gut hatte aussitzen können. Aber eine Verbindung zu Frank konnte unangenehm werden! Die Forschung war weit, obwohl das Genehmigungsverfahren noch nicht abgeschlossen war. Eigentlich nur noch reine Formsache! Jakob wusste, dass Titans Kongressabgeordnete gute Arbeit geleistet hatten und man auch im Verteidigungsausschuss von dem Nutzen der Forschung überzeugt war. Es wäre jedoch schädlich, zu diesem Zeitpunkt einer verfrühten öffentlichen Diskussion ausgesetzt zu werden. Man würde in Erklärungsnot geraten, warum die Forschung schon stattfand, bevor eine offizielle Genehmigung vorlag.

Wenn die Liberators bisher eins beherrschten, dann war es, unkoordiniert überraschend quer zu schießen. Längst ging es nicht mehr nur um ethnische Fragen. Die Bewegung hatte sich verselbstständigt – und im dauernden Zentrum der Angriffe stand Titan. Dazu kamen angebliche Berichte von unbotmäßigen Vorgängen an der Westküste. Mit solchen Gerüchten wurde die Sache am Laufen gehalten. Aber Jakob hatte sich zweimal vergewissert, dass aus dieser Richtung keine Gefahr drohte. Gerüchte waren unangenehm, konnten aber alleine auf Dauer keinen Schaden verursachen, wenn man ruhig blieb.

Anders war die Sache mit Frank Rock. Die musste man aus der öffentlichen Diskussion heraushalten. Aber wie konnte man mit Leuten verhandeln, bei denen es keine zuverlässigen Ansprechpartner gab? Es ging nicht mehr bloß um den alten „Geistertanz" und um einen alten, längst überstandenen Konflikt! Jakob musste Frank aufspüren! Aber nachdem der Kontakt zu McGrue abgebrochen war, konnte dieser sich überall aufhalten.

*

„Ich glaube, wir können ziemlich sicher sein, dass Ihr Körper jungfräulich ist wie der eines Neugeborenen, wenn man von einem gewissen biologischen Verschleiß absieht. Keine Anzeichen von technischen oder chemischen Veränderungen. Ein gewisser Rest von THC."

„Ich habe viel passiv rauchen müssen."

„Das war es auch nicht, was wir gesucht haben. Hier bei uns habe ich lange Zeit niemanden mehr in Ihrem Alter angetroffen, der so frei von technischer Chirurgie war. Ein so blütenweißer Scan macht Sie für einen angeblichen Angehörigen eines Technikkonzerns schon wieder verdächtig."

„Sie wollen mir einfach nicht glauben!"

„Was ich will oder nicht, spielt wohl keine Rolle. Ich hoffe, für Sie ist das negative Testergebnis eine gute Nachricht."

„Wenn ich noch wüsste, was gut oder schlecht für mich ist! Glauben Sie mir, wenn ich Ihnen sage, dass ich keine Ahnung habe, wohin ich gehen soll, wenn ich dieses Zimmer verlassen habe?“

„Vielleicht einfach nach Hause und schlafen.“

„Diese Möglichkeit ist für mich schon absolut unvorstellbar geworden.“

„Aber wenn ich Ihrer eigenen Geschichte folge, dass die Begegnung mit dem Troll reiner Zufall war, wieso belassen Sie es nicht einfach dabei?“

„Ich weiß nicht. Ich glaube, es könnte mir helfen, mit ihm zu sprechen. Zumindest scheint es für mich der einzige Anhaltspunkt zu sein.“

„Herr Hayek, ich versteh Sie nicht.“

„Da sind Sie bei weitem nicht die Einzige.“

„Sie wollen weiter warten, bis er aufwacht?“

„Wenn es möglich wäre?“

„Ich verbiete es Ihnen nicht.“

Shawn saß in Unterhose auf der Untersuchungsliege und betrachtete noch einmal die Ausdrucke von seinen Untersuchungsergebnissen.

„Die können Sie mitnehmen. An denen ist nun wirklich nichts Verfängliches.“

„Danke. Vielleicht hänge ich sie mir an die Wand.“ Shawn nahm sein T-Shirt und streifte es über.

„Dann lass ich Sie sich mal in Ruhe anziehen. Ich werde Sie benachrichtigen, wenn es eine Veränderung gibt.“

„Ich habe kein Telefon bei mir.“

„Natürlich nicht! Dürfen Sie mir einen Ort sagen, wo man Sie finden kann?“ Dr. Martin schmunzelte.

„Ich denke, die Cafeteria werd ich finden …“

„Gut! Dann vielleicht bis später; ich muss mich auch noch um andere Patienten kümmern. Auf mich wartet ein junger Musiker mit einer Hornwurzelentzündung. Ich glaube, man könnte sagen, er gehört irgendwie zu der Gruppe, für die die

Bezeichnung „Ork" mehrheitsfähig ist – obwohl man ihn dann wohl eher als „Halb- oder „Monoork" bezeichnen müsste. Das Horn war für ihn notwendig, um in einer gewissen Strömung des „Speed-Death-Metal", die er spielt oder performt, genügend Glaubwürdigkeit zu haben … Wie das so läuft, hat er einen Antrag bei der Gesundheitsbehörde gestellt. Die haben keine Genehmigung für die Berufs-bezeichnung „Speed-Daeth-Metal-Rocker" gefunden – also ist er in eine illegale Praxis gegangen. Da er bisher noch nicht erfolgreich genug ist, kann er seine Entzündung folglich nur bei uns behandeln lassen. Sein schlechtes illegales Implantat ist der Beanspruchung durch allabendliches illegales Verstär-keraufspießen nicht gewachsen gewesen. Sollte er irgend-wann mit seiner Musik oder Performance genug Geld ver-dienen, wird für andere, die das auch wollen, von der Gesundheitsbehörde in dem Katalog für berufsnotwendige Implantate vermutlich auch ein Eintrag für „Speed-Death-Metal-Rocker" gefunden werden – und damit eine Geneh-migung problemlos möglich sein. Allerdings ist fraglich, wie lange sie dann damit noch Geld verdienen können … Sie sehen, für unsere Klinik wird es immer genug Patienten geben."

*

In Lindas Wagen ging ein Anruf ein. Der Signalton ließ sie zusammenzucken. Sie musste unwillkürlich auf das Display sehen und vergaß die Welt um sich herum. Nur die Anzeige vermochte ihre Aufmerksamkeit auf sich zu ziehen. Als sie das Gesicht erkannt hatte oder als sie wahrhaben wollte, was sie erkannte, trat sie auf die Bremse. Von dem dröhnenden Hupen hinter ihr nahm sie keine Notiz. Auch wenn es den

Signalton um ein Vielfaches an Lautstärke übertraf, konnte ihr Ohr nur dem leisen Klingeln folgen.

„Xavier, bist du wahnsinnig, mich mitten am Tag einfach anzurufen!" Sie wartete kurz, hatte die Leitung allerdings bisher noch nicht geöffnet. Sie atmete durch, aber das Klingeln ließ sich nicht beruhigen. Sie begann noch einmal mit offener Leitung.

„Xavier, was fällt dir ein!"

„Wie bitte? Kannst du sprechen?"

„Wie kannst du mich während der Bürozeiten anrufen?"

„Ich dachte, du wärst vielleicht kurz in der Mittagspause." Als das Gesicht sich unschuldig stellte, schaltete Linda es ab und ließ nur den Tonkanal offen.

„Das ist absolut unverantwortlich und gegen unsere Vereinbarung! Ich will, dass du das nie wieder tust!"

„Gut, gut! Kannst du sprechen oder soll ich später wieder anrufen?"

„Vermutlich kann ich sprechen. Ich weiß nur nicht, ob ich will! Ich glaube, ihr seid alle durchgeknallt. Wohin soll das führen?"

„Na, ich dachte, wir beide hätten ein Ziel, Baby …"

„Lass das! Sag mir lieber, ob ihr ihn wirklich habt!"

„Wen haben?"

„Na wen wohl? Stell dich nicht dumm, Xavier! Du weißt, von wem ich rede … Frank!"

„Frank? Ich weiß gar nichts." Eine kurze Pause in der Leitung. „Ach so, *der* Frank!"

Die Stimme aus dem Lautsprecher lachte, was sowohl Hohn als auch Überraschung zum Ausdruck hätte bringen können. Vielleicht hätte das dazugehörige Gesicht mehr Aufschluss geben können, aber Linda wollte die Bildübertragung nicht wieder einschalten. Ihr war es lieber, wenn auch sie ihn nicht sah.

„Also mal ehrlich, woher sollte ich denn wissen, wo dieser Frank ist?“

„Ich weiß nicht. Sag du es mir!“

„Ich habe keine Ahnung. Ich suche diesen Frank ja auch nicht! Das ist doch wohl eher das Problem von deinem Boss …“

„Du weißt gar nichts von dessen Problemen! Aber vielleicht ist es auch nicht mehr ausschließlich sein Problem. Könnte ja sein, dass Frank jemanden von euch angerufen hat.“

„Euch? Ihr? Von wem redest du immer? Ich kenne nicht jeden Spinner aus dieser Kinder-Community, und erst recht nicht aus allen Foren.

„Nein? Aber vielleicht solltest du besser zuhören, was dort besprochen wird! Einer von denen oder euch hat sich nämlich bei Titan gemeldet und behauptet, er habe Kontakt zu Frank. Seitdem ist diese Kinder-Community richtig wichtig geworden. Nicht mehr nur lästig …“

„Na prima! Das wollten wir doch! Bisher schien die Sache Titan noch nicht wirklich zu beunruhigen. Die hätten alles im Sande verlaufen lassen. Du selbst hast gesagt, an den Aktionen und den Vorwürfen der Liberators sei wohl nichts dran. Niemand im Büro würde sich ernsthaft Sorgen machen. Ich zitiere dich mal wörtlich: Niemand würde sich zurzeit mit den Kindern beschäftigen, sondern alle seien mehr darauf aus, irgendeinen Frank zu finden!“

„Das habe ich gesagt und es war auch richtig. Aber jetzt werden sie wohl bald anfangen, bei diesen Kindern nach Frank zu suchen …“

„Ach, und wenn schon! Die können doch nichts über Frank wissen!“

„Nein? Wieso behaupten sie dann, dass sie mit Frank gesprochen hätten?"

„Ja, Ja! Sie haben mit einem Frank gesprochen oder besser gemailt – aber das war nur ich! Die wissen nichts von eurem Frank. Sei unbesorgt!"

„Wie … du warst das?"

„Na klar! Ich habe mich in einem der Foren als Frank angemeldet und gesagt, Titan wäre hinter mir her. Ich habe ihnen ein bisschen Honig um den Bart geschmiert. Ihnen gesagt, dass es super wäre, dass sich endlich jemand wehren würde, dass es Leute gäbe, die öffentlich nicht kuschen. Halt so Zeug wie ‚Ihr seid meine einzige Rettung' …"

„Aber du weißt nichts über Frank?"

„Ich weiß, dass alle bei Titan einen Frank, wie auch immer, suchen. Das hast du mir gesagt. Mehr habe ich letztendlich auch im Forum nicht geschrieben, nur ein wenig ausgeschmückt vielleicht. Ich dachte, das könnte dem Ganzen etwas Schwung geben."

„Ich habe dir nichts über Frank gesagt!"

„Du hast den Namen gesagt …"

„Mein Gott! Zieh mich da nicht mit rein! Du musst denen sagen, dass es ein Missverständnis war, eine Verwechslung! Sie sollen sich bei Titan melden und sagen, dass sie mit einem ganz anderen Frank gesprochen hätten!"

„Wie soll das denn gehen? … Außerdem kann ich keine Befehle erteilen. Ich bin als einfaches Mitglied in der Community angemeldet, und in den Foren kann schreiben, wer will."

„Aber, wenn Titan die Nachrichten durchgeht, werden sie auch auf Frank stoßen und den Eintrag zurückverfolgen!"

„Ach, mach dir keine Sorgen! Ich habe die dramatische Nachricht als Frank von einem Terminal aus einem Büro einer Wäscherei geschrieben. Mich hat keiner gesehen. Später habe ich in der Community nur dafür gesorgt, dass man auf die Nachricht aufmerksam wird."

„Willst du die Kinder ans Messer liefern?"

„Die wissen nichts. Denen wird keiner was tun. Außerdem sind es verdammt viele geworden, die Spaß daran haben, sich aufzuregen. Nicht nur Kinder! Auf der Straße siehst du halt nur die, die sich darin gefallen, Indianer zu spielen, aber mitreden wollen viel mehr. Der Bericht von der Westküste hat alles explodieren lassen. Die Community hat jetzt fünfzig Mal so viele Mitglieder innerhalb von einer Woche, obwohl die Registrierten weiterhin einen Antrag stellen und sich überprüfen lassen müssen. Von wegen endogene Glaubwürdigkeit! Wie es dann in den Foren aussieht, wo jeder schreiben kann, brauch ich dir nicht zu sagen!"

„An den Gerüchten aus Titan City ist nichts dran! Ich bin mir sicher, sonst würden nicht alle so ruhig bleiben im Konzern. Die wissen, dass von dieser Seite keine Gefahr droht."

„Ob richtig oder falsch. Die Leute brauchen halt was, worüber sie sich aufregen können. Jetzt ist es gerade Titan. Übrigens, was ist das jetzt eigentlich für einer, dieser Frank?"

„Ich erzähl dir bestimmt nichts."

„Ich mein ja nur! Wie sieht er aus? Damit ich weiß, wo ich nicht bleiben sollte, wenn ich ihn erkenne … Ist das dieser sabbernde, notgeile Elf?"

„Vergiss es!"

Linda trennte die Leitung. Hinter ihrem Fahrerfenster zwängten sich Autos auf der schmalen Straße am Gegenverkehr vorbei, von einem konstanten, mehrstimmigen Hupen begleitet. Linda schaute in das zornige Gesicht einer Frau, die ihr vom Beifahrersitz aus einen Vogel zeigte und durch das heruntergelassene Fenster unverständliche Worte an Lindas Fahrertür klatschte.

*

Shawn fuhr zurück ins halb unterirdisch gelegene Erdgeschoss mit der Notaufnahme. Er ging über den Flur vorbei am Getränkeautomaten zur Cafeteria, suchte und fand mit seinem Blick Sandra als eine der wenigen Gäste allein an einem Tisch am Fenster Richtung Klinikhof, in dem es unmerklich fast Mittag geworden war. Im gleichen Moment fragte er sich, was er hier wollte, wusste es, wusste aber auch, dass er anders denken sollte. Sandra schaute abwesend aus dem Fenster und wirkte ebenso in sich gekehrt, wie zu dem Zeitpunkt, als Shawn sie das erste Mal getroffen hatte. Auf gerader Linie ging er durch die automatische Schiebetür durch den Raum auf den Tisch zu.

„Wie geht es deinem Bruder?“

„Soll ich eine rührselige Geschichte erzählen, um dich weiter auszuhorchen?“

„Weiß nicht.“

„Ich denke, es geht ihm gut. Ich bin nicht das erste Mal hier. Er hält mich halt immer auf Trapp. Ich bin wahrscheinlich die Einzige, mit der er redet und zu der er kommt, wenn er nicht weiterweiß.“

„Also kümmerst du dich um ihn?“

„Nein, ich werd ihn nur nicht los, wenn er einmal da ist. Er bleibt auf einem Trip hängen oder braucht Geld, jemanden, der für ihn lügt oder für ihn kocht. Eigentlich bin ich ihm egal, und das versuche ich auch für ihn zu empfinden … Nein, beides ist falsch! Aber du verstehst jetzt vielleicht, warum ich hier bin.“

„Die Geschichte klingt zumindest plausibel. Also, nichts

für ungut. Vergiss den Spaß mit der Schülerzeitung. Ich rede manchmal zu schnell. So ein Tick, glaub ich."

„Und deshalb bist du hier in Behandlung … Ist deine Behandlung jetzt abgeschlossen und sie können nichts weiter für dich tun?"

„Du hättest mich früher erleben sollen! Ach, das mit dem Unfall war schon richtig. Ich bin hier, weil mein Unfallgegner von diesem Krankenhaus abgeholt wurde. Es war bezahlt und ich bin mit, weil ich nichts Besseres zu tun habe."

„Und jetzt bleibst du einfach den Tag über im Krankenhaus? Was machst du denn? Musst du nicht arbeiten?"

„Ich habe bis vor ein paar Tagen studiert."

„Und bist jetzt fertig und genießt noch ein wenig die Zeit?"

„Nein, ich bin nicht fertig. Ich hab es hingeschmissen!"

„Und genießt jetzt einfach so die Zeit … Klingt nach einem tollen Plan. Was machst du denn jetzt so den ganzen Tag?"

„Na ja. Bis gestern habe ich noch geschrieben."

„Bis zum Unfall also … Was schreibst du denn?"

„Ach! Halt Geschichten und so."

„Echt? Das ist aber süß!" Shawn merkte, wie ihm das Blut in den Kopf schoss und sein Gesicht warm wurde.

„Cool! Du bist ja richtig rot", neckte Sandra weiter, nahm den Blick nicht von Shawns Gesicht und legte ihr Kinn gemütlich auf ihren Händen ab, die Ellenbogen auf den Tisch nach vorn gebeugt, als beobachte sie das bunte Treiben in einer vorbeiziehenden Ameisenstraße. Shawn antwortete erst, als das Kribbeln ihn wieder einen Gedanken fassen ließ: „Nur zur Hälfte. Die Familie meines Vaters stammt aus Europa."

Sandra spreizte einen Zeigefinger ab, ohne dabei den Kopf von seinem Ruhekissen zu heben und deutete kreisend auf Shawn, der seinerseits sichtlich erleichtert schien, dass er seine Replik noch aus Kinderzeiten schnell genug wiedergefunden hatte und sie guten Anklang fand.

„Du willst es nicht zugeben! Hast du was dabei, was du geschrieben hast? Darf ich es sehen?“, fragte Sandra und nahm sich von ihrer vorgerückten Haltung zurück auf den Stuhl, wobei sie sich mit durchgestreckten Armen vom Rand der Sitzfläche in die Rückenlehne schob, was ihrer Haltung eine katzengleiche, sanft abgerundete Erscheinung verschaffte.

„Nein, ich habe überhaupt nichts bei mir“, antwortete Shawn, der dieser Äußerung, im Moment als er sie entlassen hatte, eine weitreichendere Bedeutung gab, als er es ursprünglich beabsichtigt hatte – und begann über seine eigene Äußerung nachzudenken.

„Worüber schreibst du denn gerade?“, hakte Sandra nach, die Shawns abschweifendes Gesicht nicht entgleiten lassen wollte.

„Gerade? Gar nichts“, antwortete Shawn und kehrte wieder zum Gegenstand der Unterhaltung zurück.

„Jetzt zier dich nicht so! Worum ging es in deiner letzten Geschichte?“

„Darüber will ich eigentlich nicht reden.“

„Na komm schon! Sag mir nur wenigstens ungefähr, worum es geht.“

„Also gut! So direkt kann ich das nicht beantworten. Es geht vermutlich darum, etwas wiedergutzumachen oder richtigzustellen. Mit der Geschichte eine alte Rechnung zu begleichen. Wie soll ich das erklären?“

„Versuch es!“

„Ich habe die Geschichte in der Erinnerung an jemanden geschrieben, dem ich vielleicht Unrecht getan habe … Aber sicher weiß ich es halt auch nicht.“

„Shawn, mit so einer Inhaltsangabe wird niemand deine Geschichte haben wollen. Daran musst du echt noch arbeiten!“

„Ich weiß. Besser geht es zurzeit nicht. Tut mir leid.“

„Na gut! Darf ich dich dann was Anderes fragen? Welche Geschichte würdest du gern als Nächstes schreiben?“

„Gute Frage! Sagt man nicht, das sei das Schwierigste an der Sache, eine neue Idee zu haben?“

„Nein, ich meine das allgemeiner. Wie sollte die Geschichte sein?“

„Bis gestern hätte ich dir vermutlich noch gesagt, dass ich möchte, dass sie wahr ist, aber der Ansatz ist falsch. Er führt zu nichts. Ich glaube, das Wichtigste wäre, dass sie vollständig ist!“

„Ja. Das wäre nicht schlecht. Eine halbe Geschichte, die irgendwo einfach aufhört, taugt wohl nicht viel.“

„Aber genau da ist das Problem! Geschichten sind nie auch nur annähernd vollständig! Immer schneiden sie irgendwo ab, blenden aus … Guck mal! Du erzählst eine Geschichte und lässt einen Mann eine belebte Straße entlanggehen. Du erzählst, was er sieht: die Menschen, die an ihm vorbeigehen. Du wählst verschiedene aus, die ihm auffallen. Es ist rein zufällig: Der Mann mit dem Hut, die Frau mit der Brille und den schnellen Schritten … Das ist nicht vollständig! Es gibt so viele, die ihm nicht auffallen! Was würde wohl dem Mann mit dem Hut auffallen oder der Frau mit der Brille? Was würden sie von dem Mann denken, den man die Straße entlanggehen lässt, oder würde er ihnen überhaupt auffallen? Und wie wäre es bei den Menschen, die ihm nicht aufgefallen sind? … Wir leben in einer Zeit, in der jeder das Recht hat und die Möglichkeit haben sollte, seine Geschichte zu erzählen. Jeder kann sie auch verbreiten. Gleichwertig mit den anderen. Aber wer eine Geschichte schreibt, schneidet einfach die meisten Geschichten ab. Er nimmt einfach nur einen furchtbar kleinen Teil. Kann man so unvollständig schreiben?"

„Aber Shawn, deshalb ist es doch eine Geschichte! So funktionieren doch Geschichten! Man wählt nur einen kleinen Teil aus. Irgendwo schneidet man ab. Man muss irgendwo aufhören. So funktioniert das. So funktionieren Menschen!"

„Ich meine ja nur, wenn man möglichst vollständig sein möchte, wie viele Geschichten und Perspektiven müsste man verbinden?"

„Je nachdem. Manchmal vielleicht eine Million. Aber wenn du erst bei einer Million bist, kommst du sofort zu einer Milliarde, auf die diese Einfluss haben. Irgendwann hängt dann halt alles mit allem zusammen."

„Ja, so ist es ... Das ist verrückt, oder?"

„Nein, das ist normal. Aber du könntest verrückt werden, wenn du eine vollständige Geschichte schreiben wolltest!" Sandra lächelte. Ihr schien der Verlauf der Unterhaltung sichtlich Freude zu bereiten. Wie zum Beleg stemmte sie noch einmal ihre Ellenbogen durch, so dass der Rest ihres Körpers fast über dem Stuhl schwebte. Wäre sie zu Hause gewesen, hätte sie sich am liebsten in ihrer Sofaecke mit Tee und Keksen neben ihrer Kommunikationseinheit zusammengerollt und hätte sich tief einer telefonischen Analyse der Verwicklungen ihres Gesprächspartners hingegeben.

„Keine Sorge, zurzeit habe ich genug reale Probleme! Ich schlage die Zeit hier im Krankenhaus tot, weil ich keinen Ort habe, wo ich sonst hingehen könnte. Ich habe nichts bei mir, außer einem lausigen Kreditchip ... " Shawn hatte damit seine eigenen Gedanken auch im Gespräch eingeholt. Er zog zum Beweis seine Brieftasche aus der Jacke, öffnete sie und kehrte ihr Innerstes nach außen. Er schüttelte sie, als wolle er auch den letzten Tropfen vom Grund lösen. Dabei fiel ein Stück dicker Karton, der nur lose zwischen den Fächern hing, auf den Tisch.

„Ist das deine Karte?“

„Nein.“

„Dacht ich mir. Sieht irgendwie zu professionell aus … ich meine, irgendwie auch zu protzig.“

„Vielleicht sollte ich mich dort melden. – Ich komm nicht mehr weiter.“

„Wenn der Typ eine gute Adresse ist, solltest du es jetzt sofort machen! Schieb es nicht weiter vor dir her! Ich glaube, du bist einfach irgendwie an einer Stelle deines Lebens hängen geblieben. Je länger du jetzt wartest, umso schwieriger wird es, wieder in die Spur zu kommen. Geh auf die Dinge zu, die um dich herum stattfinden! Greif die Fäden auf! Ich spreche aus Erfahrung, auch wenn du mich vielleicht immer noch für ein unreifes, kleines Mädchen hältst. Manche Dinge kann man nicht einfach ignorieren. Ich habe versucht, mit meinem Bruder nichts mehr zu tun zu haben. Aber es geht nicht. Dieses Problem kommt immer wieder auf mich zu. Auch wenn ich es nicht einfach lösen kann, muss ich mich damit auseinandersetzen. Das bedeutet, dass ich dann zwar Vormittage, wie diese, in der Klinik verbringen muss; aber ich habe insoweit wenigstens so viel Kontrolle über die Situation, dass ich danach – wenn auch nur für kurze Zeit – wieder Sicherheit habe und mein Leben gestalten kann … Also überleg dir, ob dein Leben wieder in die Spur kommt, wenn du vor dem ausweichst, das dich aus der Bahn geworfen hat …“

„Jetzt sofort?“ Shawn hatte die Visitenkarte aufgehoben und klopfte mit der Kante auf den Tisch.

„Wenn ich nicht hier sitze und zusehe, wirst du es später nicht tun! … Da vorne ist ein Terminal.“

„Aber müsste ich nicht vorher eine Entscheidung getroffen

haben?“

„Ich dachte, das hättest du schon vor einigen Tagen …“

„Ja, aber nicht bewusst … Ich habe nicht drüber nachgedacht. Es hat sich einfach ergeben!“

„Gut! Aber seither denkst du doch nur noch drüber nach! Wenn du weiter grübelst, ohne zu handeln, wirst du wahrscheinlich nie aufhören zu überlegen … Wenn du ehrlich bist, ist doch eigentlich schon alles gelaufen. Das, worüber du nachdenkst, ist Vergangenheit! Schließ damit ab. Nimm die Karte und stell den Kontakt her … Wenn die Verbindung zu diesem Typen nicht mehr von Bedeutung wäre, würdest du beim Anblick der Karte nicht anfangen zu grübeln. Also, entweder du entsorgst sie jetzt sofort oder du liest sie in den Terminal ein …“

„Das klingt ein wenig, als wolltest du einer Freundin bei der Entscheidung helfen, ob sie sich bei einem Typen melden soll, der ihr in irgendeiner Bar die Nummer zugesteckt hat …“

„Nicht nur ein bisschen. Es ist genau das Gleiche!“ Sandra war begeistert, wie Recht sie wieder hatte.

Shawn schnippte die Karte zwischen Zeige- und Mittelfinger und fällte die Entscheidung aus dem Handgelenk: „Also gut, wo ist der Terminal?“

*

„Jakob, wir sind jetzt in der Konferenz. Du solltest dich einschalten. Die wollen das Gesetzgebungsverfahren aussetzen. Es sei zu viel Wirbel entstanden. Wir hätten unsere Hausaufgaben nicht gemacht.“

„Ich komm rüber zu euch in den Konferenzraum. Hier wird niemand den Schwanz einziehen.“

Jakob Johnson ging über den Flur zum Konferenzraum I,

in dem bereits ein ungefähres Dutzend von mehr oder weniger leitenden Projektmanagern versammelt war. Öffentlichkeitsarbeit und Lizenzrecht hatten sich gerade von dem großen ovalen Schreibtisch zurückgezogen und waren damit wohl auch aus dem Wahrnehmungsbereich der Konferenz herausgetreten. Jakob ging kurzerhand hinein und setzte sich auf einen der freien Stühle. Er sah auf der anderen Seite nur einen Teilnehmer, der projiziert wurde, war sich allerdings sicher, dass man nur optisch auf einen Ausschnitt einer größeren Gruppe gezoomt hatte. Ohne dass jemand Jakob Johnson das Wort erteilte, nutzte er die nächste Redepause des etwas irritiert wirkenden Protagonisten der Gegenseite, um sich in das Gespräch einzuschalten.

„Hochverehrter Herr Volksvertreter! Ich werde Ihnen sagen, warum wir so weitermachen werden, wie geplant, und warum wir keine Alternative haben. Sie können das Rennen nicht mitten auf der Strecke abbrechen. Niemand kann einfach so die Zeit anhalten. Wenn Sie ein Bauernopfer suchen, werden Sie bei Titan keinen Erfolg haben. Nicht nach so langer Zeit! Wir waren uns einig, dass wir den Weg in geordneten Bahnen halten wollen. Das alles ist noch möglich. Wenn Sie jetzt die Reißleine ziehen, werden Sie nichts erreichen. Es wird nicht einfach aufhören! Nur wir verlieren dann endgültig die Kontrolle. Sie geben den weiteren Verlauf in Hände von Leuten, die sich einen Dreck um Genehmigungsverfahren scheren und in deren Denken noch nicht einmal das Gespür für einen Anschein von Legalität vorhanden ist. Sie überlassen eine der wichtigsten politischen Fragen der Anarchie. Sie zwingen einen entscheidenden Teil der Zukunft in die Schattenwirtschaft oder in andere Staaten, die weniger Kontrollen haben oder klüger sind. Machen Sie sich Ihre Verantwortung für unser Land bewusst! Ich versichere Ihnen, dass wir unsere

Hausaufgaben machen. Sie sind zu sehr Politiker. Sie geben zu viel auf Gerüchte und haben Angst vor dummem Geschwätz. Titan hat die Lage im Griff, und Sie sollten sich jetzt auch am Riemen reißen. Rückzieher und Inkonsequenz werden Sie sonst Ihren Posten kosten, nicht dieser unbedeutende Haufen aufgeschreckter Hühner!"

Jakob Johnson sprach langsam und für seine Verhältnisse fast leise, aber dennoch deutlich mit Bestimmtheit wie jemand, der sich seiner Position sicher war. Es war unzweifelhaft zu erspüren, dass durch die gewählte Inszenierung seines Tons, die jeder von ihm kannte, auch eine tiefe innere Überzeugung mitschwang. Auch für diese Wirkung war er bekannt. Er hatte sich an den Tisch gesetzt und ohne die üblichen gestischen und mimischen Unterstreichungen – wie sie sein holographisch projiziertes Gegenüber benutzte – zur Mitte des Konferenztisches gesprochen, so als sei er sich nicht gewahr, dass seine Gestalt ebenfalls Echos warf, die hätten überzeugen können. Die ältesten Teilnehmer der Runde schienen sich in eine Telefonkonferenz zurückversetzt, die sie selbst auch zu Beginn ihrer Karriere nur noch selten mit damals ihrerseits alten Nostalgikern abhalten mussten.

Nach einigen Vertröstungen und der Bitte um Bedenkzeit war die Verbindung zu dem anderen Büro getrennt worden. Die Konferenzteilnehmer blieben auf ihren Stühlen sitzen oder standen auf und gingen durch den Raum. Es war ratlose Stille. Öffentlichkeitsarbeit kam zurück an den Tisch und sprach als Erstes zu dem einzig anwesenden und zuständigen Vorstandsmitglied der betroffenen Titan-Tochter.

„Jakob, ich hoffe, du weißt, dass du mit deinen Zusagen hoch gepokert hast. Ganz so harmlos scheinen diese Liberators ja doch nicht zu sein! – Und was passiert, wenn Frank tatsächlich an die Öffentlichkeit gedrungen ist? Ich meine, es könnte möglich sein, dass er zu gewissen Aktivisten im Netz Kontakt aufgenommen hat. Wir hätten uns absichern müssen!"

„Die Sicherheit, die dir vorschwebt, kann uns keiner geben. Noch ist nichts öffentlich – so lange müssen wir durchziehen. Ich glaube, wir haben noch eine Chance weiterzumachen. Wir gewinnen nichts, wenn wir jetzt schon versuchen, den Unfall zu beheben, bevor er geschehen ist."

„Aber, wenn das Gesetzgebungsverfahren ausgesetzt wird und wir keine Genehmigung bekommen, ist das Projekt gestorben! Was meinst du, was dann passiert, wenn unsere bisherigen Tätigkeiten auffliegen? Das ist dann nämlich nur noch eine Frage der Zeit. Unsere einzige Chance war von Anfang an der Erfolg! Danach hätten wir so viele Fürsprecher gehabt, dass Zweifel an der Rechtmäßigkeit des Projektbeginns in der öffentlichen Meinung einfach im Sande verlaufen wären. Jetzt sitzen wir hier auf einer Zeitbombe und können nicht vor und nicht zurück. Selbst wenn wir ein stabiles Ergebnis erzielen, kommen wir nicht weiter, wenn es keine Genehmigung gibt."

„Wie gesagt – wir sind dabei, diesem Liberator-Wirbel auf den Grund zu gehen. Wenn wir durch diesen ganzen Wust erst die Wurzel erreicht haben, können wir aufklären und die Aufregung bricht in sich zusammen."

„Woher willst du wissen, dass es tatsächlich einen einzigen Grund für diesen Wellenschlag gibt?"

„Das weiß ich nicht. Ich halte es sogar für sehr unwahrscheinlich! Es ist aber ausreichend, wenn wir etwas finden, das wir als Auslöser verkaufen können. Unser einziges Problem ist zurzeit, dass die Gerüchte und Vorwürfe diffus aufgebläht sind. Wenn wir eine halbwegs glaubwürdige Erklärung finden, können wir auch handeln. Zur Not erfinden wir eine

Ursache.“

„Bleibt das Problem Frank.“

„Den müssen wir finden! Ich werde mich sofort wieder an die Arbeit begeben. Wir werden ihm keine Zeit lassen, an die Öffentlichkeit durchzudringen. Selbst wenn er in Kontakt zu den Liberators getreten ist, kann die Brisanz außer uns wohl noch keiner einordnen. Wir finden ihn jetzt schnell, und der Name Frank wird zusammen mit den übrigen offensichtlich falschen Meldungen zusammen untergehen.“

*

Shawn stand vor dem Bildschirm des Terminals, der den Eingangsbereich einer großen Häuserfront darstellte. Wäre er verdrahtet gewesen, hätte er wohl nicht vor dem Bild, sondern auf der Treppe des Eingangs gestanden. Grundsätzlich gab es bei der Darstellung einer virtuellen Präsenz zwei unterschiedliche mehr oder weniger gleich verbreitete Modetrends. Der eine war realistisch und versuchte, dem materiellen Bild der Quelle möglichst nah zu kommen. Für Puristen, die dieser Design-Schule folgten, galt jede Form von Retusche als Verrat. Viele Auftraggeber waren daher zunächst skeptisch gewesen und hatten sich erst durch die großen Erfolge dieser Schule überzeugen lassen. Der größte Vorwurf, den Spötter den Realisten machten, war, dass von den zahlungskräftigen Kunden die Retuschen nun also zuerst in der materiellen Welt vorgenommen wurden, bevor das virtuelle Ebenbild gegossen wurde.

Die zweite Schule war schwieriger zusammenzufassen. Häufig wurden ihre Vertreter als Symbolisten bezeichnet, da ein prägendes Merkmal eine metaphorische Entwicklung der Präsenz war, die nach Ansicht der Jünger dieser Schule dem eigentlichen, hinter der Präsenz stehenden Inhalt deutlich näherkam als das bloße Nachahmen einer materiellen Hülle. Es kann jedoch nicht bestritten werden, dass es bei dem Symbolismus häufig genug auch nur um einfaches Aufschneidertum ging. Der Übergang vom Symbolismus zum Realismus war bei ausreichenden Mitteln übrigens häufig leicht zu bewerkstelligen, da man eigentlich nur die Präsenz in der luftigen Welt in die trockene Welt übertragen musste. Auch bei der Übertragung von der luftigen in die nasse Welt waren die Möglichkeiten in den letzten Jahren enorm angestiegen.

Das Portal zu McGrues Personalberatung hätte beiden Stilrichtungen angehören können. Shawn meldete sich an. Er betätigte den wuchtigen Klopfer, der sich jedoch ohne eine dazugehörige virtuelle Hand etwas geisterhaft ausnahm. Er empfing kein Tonsignal, da er die akustische Untermalung unterdrückt hatte. Mit einem schnellen Klick übersprang er die Empfangsszene und hatte einige Mühe, in eine mehr oder weniger textbasierte Oberfläche zu gelangen. Dort erreichte ihn schnell eine Mitteilung, dass sich Dr. Elias McGrue gerade bei einem auswärtigen Termin befände und daher im Büro zurzeit nicht zu sprechen sei, man ihm jedoch gerne eine Nachricht hinterlassen könne. Shawn überlegte kurz und stellte fest, dass er eigentlich keine Nachricht hatte, die er hätte hinterlassen können. Er schaute zurück zum Tisch, an dem er mit Sandra gesessen hatte. Diese beobachtete ihn jedoch keineswegs streng bei der Umsetzung seiner Entscheidung, sondern blickte anscheinend zufrieden und in der Sicherheit, dass ihre Problemanalyse und ihre Impulsgebung ihr Ziel erreichten, aus dem Fenster in den Hof.

Shawn kam zu dem Schluss, dass er unmöglich sein Anliegen, wenn er überhaupt eins hatte, in einer einfachen Nachricht hinterlegen könne. Schließlich war doch McGrue der Berater! Wenn er schon wüsste, was er wollte, müsste er sich ja nicht an diesen wenden. Wieso sollte er sich vorher seinen Kopf zerbrechen? Shawn drückte auf sofortigen Abbruch, um sich weitere Fragen und das Verabschiedungszeremoniell zu ersparen, und entnahm McGrues Visitenkarte. So viel zu Sandras universeller Küchen- oder Kuscheleckenpsychologie. Obwohl! Shawn zerriss die Visitenkarte, zerquetschte sorgfältig das Hologramm mit dem eingearbeiteten Chip, warf die Reste in den Mülleimer neben der Kasse der Essensausgabe und strich sich diese Frage energisch von den Handflächen. Er ging zurück zu Sandras Tisch, die sich ihm lächelnd zuwandte, als müsse sie ihn in seiner Entscheidung noch einmal bestätigen. Offensichtlich hatte sie seinen entschlossenen Akt der Tat nicht gesehen. „Erledigt", sagte Shawn, setzte sich wieder auf seinen Platz – und sein souveränes Lächeln stellte klar, dass von dieser Seite keine Gefahr mehr drohe und man daher kein weiteres Wort mehr darüber verlieren müsse.

*

Jakob war in sein Büro an seinen Terminal zurückgekehrt. „Ich sollte meine Manschettenknöpfe zu Silberkugeln einschmelzen. Unglaublich, wo diese Idioten alle immer wieder herkommen …"

Wie erwartet, konnte er nicht bis an McGrues Zentrum vordringen; und obwohl er sicher sein konnte, wo McGrue sich befand, war dieser über den gewohnten Weg unsichtbar geworden. Jakob beschloss also, auch wenn er auf diesem Weg keine konkreten Ergebnisse erwartete, ein wenig an der Peripherie entlangzustreichen, um sich so annähern zu können oder auch nur ein Gefühl für seinen Gegenspieler zu bekommen.

Er betrat die Personalagentur durch ein gewöhnliches, nur leicht personalisiertes Normportal und wurde sich zum ersten Mal bewusst, dass er dabei – entgegen dem vermittelten Eindruck – nirgendwo hineingelangte. McGrue, der ja tatsächlich irgendwo in der Nähe des sendenden Systems sitzen musste, konnte hinter dieser Wand oder unter den realistisch stumpfen Holzdielen sein, die Jakob am liebsten herausgerissen hätte, so deutlich war das Gefühl, seinen Gegenspieler greifen zu können!

Jakob ging um das Empfangspult herum, nachdem er die Sekretärin mit einem Standardtool auf einen überflüssigen Gang ins Badezimmer geschickt hatte, und schaute in die Mappe mit den Posteingängen. Sie enthielt erschreckend viele Werbezuschriften, was zeigte, dass tatsächliche Korrespondenz nur in geringem Umfang stattfand, so dass die wertlosen Broschüren und Prospekte zur Aufpolsterung der Mappe herhalten mussten. Hinter den Kulissen für die Besucher hatte McGrue sich noch weniger Mühe gegeben, aber auch diese Nachlässigkeit machte sein Portal vermutlich wiederum unauffälliger.

Ein Anruf von einem Klienten aus einer Klinik mit unterdrücktem Sender war notiert, allerdings ohne Betreff. Wenn dieser Anruf in der Personalagentur eingegangen war, war er entweder nur simuliert oder unwichtig. Der Name Shawn Hayek war Jakob dunkel ein Begriff – er musste jedoch kurz nachdenken, um ihn einzuordnen. Es war der Student, den McGrue zwar offiziell für Titan suchen sollte, ihn jedoch eigenmächtig gegenüber Frank zu einem Zeitpunkt vorgezogen hatte, als er diesen schon hätte finden können. Damit hatte er vermutlich Titans Zugriff verhindert, oder auch nicht … Wer konnte das so genau jetzt noch sagen? In jedem Fall wusste Jakob wieder, warum ihm der Name unsympathisch war. Wenn Herr Hayek aus Titan City seinen armen vermissten Sohn jetzt mittels McGrues Unterstützung wieder zur Vernunft bringen sollte, hätte dies unter Umständen erheblich Firmeninteressen geschädigt!

Jakob schüttete den Kaffeesatz der Frau vom Empfang über den Kalender und ging aus dem Empfangszimmer zurück in den Flur. Während er sich den Mantel überzog, kam die Angestellte auf dem Rückweg vom Bad an ihm vorbei und wirkte weder erfrischt, noch erleichtert. In der von Jakob für sie festgelegten Routine reagierte sie nicht auf seine Gegenwart, so dass Jakob ihr noch ein „Und entschuldigen Sie meine Tollpatschigkeit" zuwerfen konnte, ohne dass sie es mitnahm.

Alles in allem befand Jakob, war dies ein nerviges Versteckspiel! Vielleicht hätte er noch schnell die Wände beschmieren sollen; aber nachdem er die Agentur verlassen hatte, würde der nächste Besucher sie wieder im gleichen Zustand vorfinden wie Jakob, als er sie betrat. Ein wenig Schabernack im Zwischenspeicher, nicht mehr.

Jakob verließ die Agentur und betrat durch den Ausgang unmittelbar das virtuelle Gegenstück zu seinem eigenen Büro. Er klinkte sich aus und musste wohl einfach weiter auf Antwort von Linda warten.

*

Lindas Wagen stand unverändert in der kleinen Nebenstraße. Ihre Angst und Unsicherheit waren durch Xaviers Anruf auf eine unmittelbare grobe Art real geworden. Ihre Befürchtungen hatten sich schneller erfüllt, als sie auf der Fahrt erwartet hatte. Sie konnte nicht weiter! Nicht weitermachen und nicht weiterfahren! In ihrem Wagen fühlte sie sich nur noch wie in einem gläsernen Sarg – ständig und immer wieder auf frischer Tat ertappt. Neben ihrem Fenster hielten weiter wechselnde Zaungäste. Man musterte sie durch die Scheibe, das konnte sie spüren. Kalt und ohne Mitleid waren die Blicke. Zumindest hätte sie es so verdient. Linda konnte den Stau in ihrem Wagen nicht lösen. Sie griff zur Mittelkonsole und ließ alle Scheiben ihres Wagens gleichzeitig herunterfahren, die nur unwirklichen Schutz vorgaukelten. Sie ließ den zuvor gedämpften und gefilterten Vorwurf aller Umwelt zu sich hereinströmen. Die bewegt aufgeladene Luft löste die noch bestehende epidermisdünne Hülle um Linda, ließ diese letzte Abgrenzung zur Umwelt reißen wie einen Ballon. Linda löste sich in entspannte, verzweifelte Kapitulation auf.

„Ja verdammt! All das ist allein meine Schuld!"

Die Beamten schauten vorsichtig in den Wagen und versuchten beruhigend auf Linda einzureden, während sie die Tür öffneten. Offensichtlich war die Frau schwer verwirrt zusammengebrochen. Nach den ersten unverständlichen, allgemeinen Selbstbezichtigungen war sie verstummt und ließ alles Weitere mit sich geschehen. Der Wagen musste von der Straße! Die Person würde man auf die Einnahme verbotener Substanzen hin überprüfen, die Personalien mit Vermisstenmeldungen und Fahndungslisten abgleichen und sie vorübergehend so lange festhalten, bis sie wieder verantwortlich mit sich selbst und ihrer Umwelt umgehen konnte. Selbstverständlich würde man sie befragen und ermitteln müssen, ob eine Straftat Ursache für ihre Verzweiflung sein könnte; aber nach dem ersten Eindruck handelte es sich um einen jener gewöhnlichen Nervenzusammenbrüche, die in der Regel eher Beziehungsprobleme, berufliche Misserfolge oder unspezifische allgemeine Überforderung zur Ursache hatten, also eher ein Fall für Therapeuten waren. Falls man aus der aufgefundenen Person den Namen eines bereits behandelnden Therapeuten in Erfahrung bringen konnte, ließ sich auf diesem Wege viel Verwaltungsarbeit ersparen und man konnte die Störung mit einem besseren Gewissen in einen anderen Zuständigkeitsbereich übertragen. Die Chancen für eine solch zivilisierte Lösung standen gut, da der Wagen der angetroffenen Person in gepflegtem Zustand war und gehobenen Ansprüchen gerecht wurde – was auch auf die nun eher sich in Obhut der Beamten befindliche Dame zutraf. Diese verströmte bei der Fahrt zum Revier zur angenehmen Abwechslung für die Schutzkräfte einen zurückhaltend wohltuenden Parfumduft.

Ein verhaltener, fürsorglicher Blick des Beifahrers durch den Spiegel ließ Linda wieder Selbstvertrauen finden, dass sie, wenn sie sich auf der Fahrt wieder ausreichend erholt hatte, auch diese Situation auf ihre gewohnte Art in den Griff bekommen würde.

*

McGrue hatte sich zerstreut, vervielfacht und der Schwarm dieser Teile hatte ausgestoben, vieler Kelche Nektar gesaugt, selbst bestäubt und weitergetragen. Die Richtungen dieser katalysierten Kreuzungen waren verworren, sogar verfahrener als es McGrue erhofft hatte. Ein Schwall, dessen Essenz nun langsam, schonend destilliert durch sich überschlagende Schaltkreise in den bereiteten Speicher tröpfelte. Ein Surrogat, das in seiner konzentrierten Form jedes Aroma gebunden halten konnte. Es war vollbracht! Der Kolben getrennt und verkorkt, die Apparatur – die nur einen Wimpernschlag Bestand gezeitigt hatte – ohne Rückstand erloschen …

Der Elf erwachte wie aus einem langen Traum, aus dem er sein Elixier gerettet hatte. Gebannt begutachtete er von außen

– ohne es zu öffnen – sein Produkt, das für ihn den sicheren Rückweg ins Leben bereithielt. Durch diese verrätselte Linse der Farblosigkeit betrachtet, wurde selbst die hoffnungsarme Umgebung seiner Terrasse erträglich und eine müde Katze verheißungsvoll. Mit dem Trunk würde er unsichtbar frei wandeln können. McGrue wollte die Vorfreude noch ein wenig hinauszögern, auch wenn er glaubte, dass die Zeit drängte. Er würde, nachdem er seine Fesseln gesprengt hatte, sich wieder mit Interesse dem instabilen Frank Rock zuwenden. Dieses Wesen hatte ohne Zweifel seine Zuwendung verdient; und in dem Hochgefühl seines Erfolges glaubte McGrue, dass er gerade an dieser verzweifelten Kreatur den unerschütterlichen Beweis für die Universalität seiner Forschung und Thesen würde aufstellen können. Eine Manifestation dessen, woran er glaubte und das Zweifler zerredet hatten. Er war mit der Scharfsicht durch einen einzigen Tropfen Unverwundbarkeit von Schmähungen geheilt, und sein durchbohrter Glaube fand Erlösung in der Erwartung später Genugtuung. Allein in seinem Kopf in einem winzigen Speicher, gebannt in wenige Bits, befand sich der Schlüssel zu seiner Rettung, den ihm niemand mehr nehmen konnte.

*

Auch wenn von McGrue noch nichts zu sehen oder zu hören war, so konnte er doch schon wieder da draußen sein. Die Vorstellung gefiel Jakob Johnson nicht besonders. Sein Mitarbeiter war ein umtriebiger Charakter und er hatte sicherlich mitbekommen, dass man ihn bei der „Operation Frank" nicht vollständig in den eigentlichen Hintergrund und Ablaufplan eingeweiht hatte. Selbst einem normalen Angestellten des Konzerns konnte dieses Gefühl des Missbrauchs übel aufstoßen – aber McGrue liebte seine Unabhängigkeit und war wie kein anderer immer darauf bedacht gewesen, seine freie Stellung außerhalb des Konzerns zu sichern. Er reagierte allergisch auf jede Form von gesteuerter Einflussnahme durch den Konzern auf seine Operationen. Er führte alle Aufträge in Eigenregie durch. Das war der Preis, den er forderte, wenn man seine – zugegeben – außergewöhnlichen Fähigkeiten in Anspruch nehmen wollte.

Die Situation hatte sich erst geändert, nachdem es gelungen war, McGrues Systemeinwahlpunkt zurückzuverfolgen und den Datenaustausch mitzuschneiden und zu verändern. So unanfechtbar McGrue sich fühlte und auftrat, genauso empfänglich war er zum Glück für Jakobs Lenkungen durch die Hintertür gewesen. Diese Tür war nun, nachdem McGrue offline war, jedoch verschlossen – und hinter dieser Tür konnte er zum ersten Mal seit langem unbeobachtet sein weiteres Vorgehen planen … Nein, dieser Gedanke gefiel Jakob ganz und gar nicht! Ein solcher Kontrollverlust war gefährlich und er konnte nur inständig hoffen, dass Linda ihn durchbrechen würde.

Aber Linda hatte sich noch nicht wieder gemeldet und reagierte nicht auf seine Anrufe. Es waren fast drei Stunden vergangen, ohne dass ein Beobachtungsposten ihm von der Ankunft ihres Wagens bei McGrue berichtet hätte. Man hatte sie an keinem der Eingänge den Wohnkomplex, in dem sich dessen Wohnung befand, betreten sehen. Aber sie hatte sich auch nicht gemeldet, dass sie aufgehalten worden wäre auf einem Weg, der eigentlich weniger als eine Stunde in Anspruch genommen hätte. Dass ihr Wagen nicht vor der Wohnung aufgetaucht war, konnte damit zusammenhängen, dass sie stecken oder liegen geblieben war. Insoweit hätte sie angerufen oder ihren Weg anders fortgesetzt. Letzteres war die wahrscheinlichste Variante. Wenn sie sich bis jetzt nicht gemeldet hatte, konnte es nur *eine* Erklärung dafür geben: Sie war längst bei ihm und konnte daher nicht ans Telefon gehen! Jakob vertraute mehr in Lindas Fähigkeiten als der Beobachtungsgabe der Angestellten vor der Tür. Sie mussten die Frau übersehen haben!

Aber jetzt verging wertvolle Zeit, in der Linda sich anscheinend nicht von McGrue losreißen konnte oder keine Möglichkeit fand, ungestört Meldung zu machen. Jakob fühlte sich unwohl, da ihm nicht nur die Zeit im Nacken saß, sondern weil er auch leise Vorwürfe verspürte, sie allein in dieser Situation auf McGrue gehetzt zu haben. In jedem Fall würde dieser misstrauisch auf Lindas Erscheinen reagieren und sich ausrechnen können, dass sie nicht ohne Grund vorbeikam. Vielleicht war sein Vorgehen zu durchsichtig gewesen und der Elf trotz aller Ergebenheit gegenüber Linda zu gereizt und alarmiert. Jakob war sich allerdings sicher, dass dieser auch neugierig war, zu erfahren, was Titan im Schilde führte. Er musste sie zu sich gelassen haben, um eine Möglichkeit zu bekommen, Informationen vom Konzern zu erhalten, auch wenn Linda von Titan geschickt war! In jedem Fall war McGrue gerade damit beschäftigt, sich mit Linda auseinanderzusetzen, so dass er abgelenkt war und so bei seiner neuen Verschlüsselung nicht ungestört fortschreiten konnte.

Jakob vergegenwärtigte sich noch einmal die Situation des Gejagten. Dieser war überstürzt offline gegangen und auf direktem Wege in seine Wohnung geflohen. Dort saß er nun vollkommen abgeschottet. Ein Zugriff auf ihn war nicht möglich, außer durch Linda, die in der gegenwärtigen Situation wohl die einzige war, die McGrue vermutlich zu sich gelassen hatte. Mit einem Wort: McGrue war sicher, saß dafür aber auch fest. Er konnte sich nicht mit externen Daten versorgen, wie er es sonst gewohnt war. Er hatte keine persönlichen Kontakte, denen er vertraute. Er war auf sich allein gestellt. Alles, was er für eine neue Verschlüsselung und Codierung zurzeit zur Verfügung hatte, war oben in seiner Wohnung oder in seinem Kopf. Zwar waren diese Daten ein großes Reservoir, aber eben begrenzt und zu einem großen Teil bekannt und bei Titan gelagert und archiviert. In den letzten drei Jahren waren sämtliche Daten, die McGrue aufgenommen hatte, gesammelt und geordnet worden. Dazu kamen die minutiösen Kenntnisse über sein Leben und seine daraus schon damals ermittelten wesentlichen Grundanlagen seiner Persönlichkeitsstruktur.

Jetzt, da McGrue festsaß, konnte er sich von keiner Quelle zusätzliche Sicherheitsprogramme besorgen. Er konnte nur auf das zurückgreifen, was er bereits hatte. Damit hatte aber auch Jakob grundsätzlich den gleichen Datensatz. Das Problem war aber, dass die Kombinationsmöglichkeiten eine gewisse Überfülle darstellten.

Durch das „Archiv McGrue" lief bereits ein automatisches Kombinatorikprogramm. Man hatte zwar sämtliche zur Verfügung stehende Rechenkapazitäten des Archivservers auf McGrues Akte gejagt, dennoch würden erst in fünf Wochen acht Prozent der Möglichkeiten untersucht worden sein. Die Chancen, die dieses Verfahren eröffneten, waren Jakob zu gering. Er musste den Prozess beschleunigen! Wenn er die Annahme, dass Linda sich bei McGrue befand, als gegeben setzte und seine übrigen Kenntnisse über McGrue einbrachte, könnte er viele Möglichkeiten von Anfang an ignorieren und vielleicht einen schnellen Zufallstreffer laden. Jakob hoffte, dass er bei der persönlichen Suche im Archiv intuitiv eine schnellere Lösung finden konnte.

Er begab sich ins „Archiv McGrue". Der Eingang war

dessen Wohnkomplex nachempfunden, hatte allerdings zugleich alle wesentlichen Merkmale des Portals der Personalagentur. Alles, was hinter dem Eingangsbereich lag, war schwieriger zu definieren. Es hätte sowohl eine Stadt, ein Land oder ein kleiner Kontinent sein können. Teilweise veränderte sich der Eindruck, nachdem man um eine Ecke gebogen war oder von einer Hügelkette ins nächste Tal hinabblicken wollte.

Jakob zog seinen Blick wieder auf und verschaffte sich einen lokal regionalen Überblick. In dem gesamten Teilbereich, den er nun überblickte, gab es erst zwei vereinzelte kleine schraffierte Bereiche. Sie wirkten so verloren, dass er sich bestätigt sah, dass man bei der Suche nicht allein auf die Rechenleistung hoffen konnte. Das Archiv über McGrue war das mit Abstand genaueste und gepflegteste, das je angelegt worden war. In einzelnen Bereichen hatte Jakob einige Stunden verbracht, obwohl es dort schon nichts mehr zu tun gab, oder sie wieder besucht, weil er sich an diesem Ort wohl gefühlt hatte. Ja, er musste sich eingestehen, dass er viele Teile des Archivs für sich entdeckt hatte und sie ihn auch erfreuen konnten, wenn er sich nicht mit dem Gesuchten beschäftigte. In diesem Phänomen bestand eine gewisse Gefahr, die daher rührte, dass, wenn man ein Archiv zu häufig benutzte und wohlfeile Teile sich einverleibte, diese schnell ihren Platz in eigenen Erinnerungswelten fanden und man daher bei erneuter Nutzung falsche Zusammenhänge sehen konnte, die lediglich auf einen selbst zurückführten.

Auf gewisse Weise dachte Jakob, dass dies McGrues Traumwelt oder Traumlandschaft sein könnte. Natürlich waren es nur viele zusammengesetzte mögliche Traumwelten; aber alles, was hier dargestellt wurde, war tatsächlich in McGrues trockenen oder nassen Speicher gelaufen. Jakob ließ sich wieder fallen und landete im feuchten Gras eines Hügels. Er erinnerte sich, aus welcher Phase von McGrues Leben dieses Bild stammte. Das Feuerwerk schien an einer anderen Stelle untergebracht zu sein, auch wenn Jakob hier eine nähere Verbindung erwartet hätte.

Was die Topografie anbelangte, vertraute Jakob der Analysefertigkeit des Archivprogramms. Auch wenn er hier durch vermutlich weit zurückliegende Erinnerungen ging, musste dies nicht gegen ihre aktuelle Bedeutung sprechen. Dieser Hügel war ein effektiver Trigger gewesen und befand sich in 257 Varianten und Zusammenhängen im Archiv. Der Fahnder ging in die Hocke und strich über die Halme. Sie waren feucht vom Tau und Morgennebel. Man musste die Orte unmittelbar begreifen. Dieser hatte augenscheinlich nichts mit dem sonst allgegenwärtigen Feuerwerk zu tun, das in den meisten Fällen mit den Hügeln verband. Ein selteneres Bild hatte er hier vor sich, ohne dass es für die Suche nach McGrues Codierungsmöglichkeiten unbedingt von weniger Bedeutung hätte sein müssen. Ein alter Fuchs wie McGrue würde sich vermutlich nicht an einem allgemein bekannten Ort versteckt haben. Also, diesen Winkel konnte Jakob abhaken, es gab nicht die leiseste Spur! Hier war schon seit langer Zeit niemand mehr vorbeigekommen. Vielleicht sollte Jakob tatsächlich mehr von Linda ausgehen! Wo würde diese sich hier aufhalten – oder besser – wo würde McGrue sie einordnen? In welchen Bereich gehörte ein Treffen mit Linda? Jakob nahm deutlich Zoom zurück und brachte sich wieder in eine Zwischenübersichtsebene.

Jakob hatte schon häufig gedacht, welch wunderbaren Geistertanzinhalt das Archiv von McGrue abgeben würde, aber vermutlich war es als realistischer Bewusstseinszustand für niemand außer McGrue zu bewältigen oder zu ertragen.

Er wechselte im Archiv ruckelnd über einen abkürzenden Pfad hinüber zum „Kapitel Stadt". Linda war eine Frau, die sich Jakob selbst nur schwer in der freien Natur vorstellen konnte; und auch wenn der Gesuchte einer seiner naturromantischen Tendenzen nachgegeben hätte, wäre ihm wohl auch in seiner Vorstellung Linda nur schwerlich in eine Umgebung gefolgt, in der Insekten nicht als Grund zur Beschwerde, sondern als Teil des Erlebnisses aufgefasst wurden. Jakob verweilte kurz über dem Kapitel und stürzte sich dann erst einmal in das Gewimmel einer Häuserschlucht.

Die Archivstadt erschien auch dem Fahnder an vielen Ecken bekannt oder vertraut. Es wäre jedoch nicht möglich gewesen, sie als einen konkreten Ort zu einer bestimmten Zeit zu beschreiben. Wenn man ein markantes Merkmal glaubte einordnen zu können, erkannte man im gleichen Augenblick so viele andere scheinbar eindeutige Marksteine, dass man den kurzen Orientierungsversuch sofort wieder verwarf.

In einem Archivprogramm wie diesem war es allerdings auch der falsche Ansatz, den Aufbau oder den Ursprung der Umweltgestaltung zu analysieren. Die Zusammensetzung hatte das Programm erledigt. Hätte man diese nun wieder hinterfragen wollen, hieße das, den Vorteil des Archivs zu konterkarieren. Man hätte genauso gut alle Orte, an denen McGrue sich aufgehalten oder über die er sich informiert hatte, nacheinander abarbeiten können. Der Vorteil des Archivs war es doch gerade, dass die Informationen hier bereits gewichtet und nach den für McGrue typischen Verknüpfungen zusammengesetzt waren. Wenn man das Archiv sinnvoll nutzen wollte, durfte man es nicht hinterfragen oder mit seinem Verstand dagegen an arbeiten, sondern musste die Vorgaben annehmen und mit diesen arbeiten, sich in diesen bewegen. Das Archiv folgte keinen objektiven Regeln oder den Kenntnissen oder Vorstellungen des Benutzers, sondern es richtete sich, so gut es ging, nach dem Archivgeber. Somit konnte sich Jakob mit der komplex zusammengestellten Erfahrungswelt seines Gegenübers auseinandersetzen. Wenn er die Struktur als Hilfestellung anerkannte, konnte Jakob versuchen, McGrues Entscheidungen nachzuvollziehen.

Er war auf dem Bürgersteig gelandet, schaute hinüber auf die andere Straßenseite, streifte dabei mit seinem Blick die Fahrbahn und verlor sich nicht in der Frage, den Belag genauer erkennen zu wollen, der sowohl Asphalt, Schotter als auch Kopfsteinpflaster hätte darstellen können. Seine Aufmerksamkeit blieb an einem blinden, weißen Fleck hängen, der gerade ein Fenster im zweiten Stock aufsog. Etwas seitlich daneben in der gleichen Etage befanden sich bereits zwei weitere Flecken, als sei an diesen Stellen ein Film punktuell überbelichtet worden. In der Reihe brachen drei, vier weitere Stellen fast gleichzeitig heraus, um dann die perforierte Gerade wie mit einem überdimensionalen Radiergummi aus dem Bild zu tilgen. Wohl ein erster kleiner binärer Sprung in der Berechnung der Suchprogramme.

Jakob ließ sich weiter mit dem Strom der Passanten über den Bürgersteig treiben. Hier war es belebt, offenbar eine geschäftige Zeit, die jedoch an unterschiedlichen Orten einen unterschiedlichen Tagesabschnitt einnehmen konnte. Es gab Uhren im Archivprogramm, in Schaufenstern oder auf Leuchttafeln – allerdings hatte man sie auf Durchlässigkeit programmiert, damit sich der Benutzer nicht zu einer überflüssigen faktischen Verfestigung verleiten ließ. Wenn jemand sich die Mühe machte, persönlich in ein Archiv hinabzusteigen, sollte er sich auch auf solche Überlegungen beschränken, die er überblicken konnte, und nicht nachmessen, wo vielleicht alles schon katalogisiert war. Die Uhr zeigte insoweit immer die Zeit, die der Betrachter erwartete, um ihn abstrakt mit dem Gegenstand der Betrachtung umgehen lassen zu können, ohne dass er im Übrigen versuchte nachzurechnen, wie er es wohl instinktiv gewohnt war, an diesem Ort aber nicht hätte nachvollziehen können. Auf seiner eigenen Armbanduhr hatte sich Jakob seine Bürozeit vorbehalten und wusste nach einem kurzen Blick, dass er schon über eine Stunde Recherche betrieb.

*

Zwei junge Männer – vielleicht Anfang zwanzig – kamen angeregt, aufgeräumt plaudernd in die Kantine und steuerten zielstrebig schlendernd auf den Tisch neben Shawn und Sandra zu. Der eine der beiden trug eine dunkelgrüne Schirmmütze mit dem Logo und Werbespruch einer bekannten Proteinfirma – wobei jedoch der Slogan auf die gekonnt spielerische Art verändert worden war, wie er auf alle Textilien gedruckt wurde, die am Campus der „Hochschule für virtuelle Künste" an den künstlerischen Nachwuchs verteilt wurden. Der andere steckte ebenfalls in betont nachlässiger, unangestrengter Garderobe und hatte sein Haar zu einem englischen Garten ungetrimmter Kreativkraft des Natürlichen wuchern lassen. Dabei trugen beide das breite Selbstbewusstsein von Geistesarbeitern vor sich her, das nur Menschen ohne hinreichenden intellektuellen Zugang zu dem Fehlurteil hätte verleiten können, dass diese beiden Gestalten nicht auf der Höhe der Zeit aller ästhetischen und gesellschaftlichen Themen waren oder vielleicht sogar schon ein Stück darüber hinaus.

Fröhlich plaudernd grüßten die beiden Shawn und Sandra und machten sich daran, die Stühle an ihrem und dem nächsten Tisch neu anzuordnen und sich dann niederzulassen.

Während der Schirmmützenträger einen seiner Turnschuhe des bekannt unbekannten russischen Herstellers auf den jetzt bereitstehenden Stuhl neben sich stemmte, legte der andere versonnen seine Hände in den Schoß und entspannte sein Gesicht so konfuzianisch, dass das Licht vom Hof durch ihn hindurch zu fallen schien. Shawn hätte es nicht verwundert, wenn die beiden sich – weit entfernt von der Hochschule und ihren Lofts – in der Kantine dieser zufällig ausgewählten Klinik getroffen hätten, um über ein neues Gestaltungskonzept zu beraten, ohne dass dieses Projekt in einem Zusammenhang mit dem gewählten Ort stand, aber gerade im Kontrast ermöglichte, den freien Blick zu gewinnen, der überall verborgene Zusammenhänge zu erkennen vermochte.

Shawn überlegte, ob er ihnen einige Ergebnisse von Studien über Kunststudenten, die er mit Kommilitonen seiner Fakultät empirisch ermittelt hatte, als Balkendiagramm auf ihre elektronischen Kladden zeichnen sollte, da forderte Sandra seinen Blick zurück an ihren Tisch – doch blieb Shawn mit verzögerter Aufmerksamkeit in der Nachbarschaft hängen, wie ihm dies so oft widerfuhr und ihm den Ruf einer gewissen Zerstreutheit eingebracht hatte.

„Elegisch, elliptisch, eruptiv“, blendete sich als nachhängender Untertitel aus der vorherigen Szene in sein neues Gesichtsfeld ein, indem Sandra langsam verärgert versuchte, seine Konzentration vom unteren Rand des Bildausschnitts wieder höher auf ihre Mimik zu lenken.

„Shawn! Hallo! Würde es dir beim Zuhören helfen, wenn ich den Mantel zumache?“

„Was? Nein“, antwortete Shawn. Vom Nachbartisch kam ein Kichern, das sich allerdings nicht in Untertitel festschrieb.

„Shawn, ich habe dich gerade gefragt, ob …“

Diese Collage, die sich in Shawns Kopf zusammensetzte!

Es war nicht das erste Mal!

„Der einzige Sinn, den man aus dem damaligen ‚Geistertanz' ziehen konnte …" schlängelte sich der intellektuelle Dialog in Sandras persönliches …

„nachdem du eine Entscheidung getroffen hast, dieser McGrue etwas für dich tun kann?"

„war, zu lernen, sich zu entscheiden! Es hat Tests gegeben, in denen es Simulationsteilnehmern gelungen ist, sich nach vollständigem, fehlerfreiem Eintritt an Dinge außerhalb dieser Welt zu erinnern! Vermutlich basiert der Text auf einer solchen Erfahrung. Wie heißt es …? Alle Bilder stürzten in sich zusammen. So verschwindet für den Betrachter die ganze heimische Siedlung. Seine gesamte Sippe ist nicht mehr real …

Wenige zufällige äußere Wortanregungen reichten aus, um Shawn erneut in die innere Tiefe seiner Erinnerung zu drücken. Er hatte damit aufhören wollen, bildete sich doch gerade noch ein, er habe einen Abschluss gefunden, sei an die Oberfläche zurückgekehrt, um – zwar noch umgeben von Wasser – den Blick zumindest darüber wandern zu lassen. Und jetzt! Er versuchte Sandra zu folgen oder sich genauer auf das Gespräch seiner Nachbarn einzulassen. Doch beides griff ineinander, verzahnte sich und schloss ihn aus. Er saß fest und musste widerwillig noch einmal ergründen und abwägen, was ihn verlassen haben sollte und fortgeschickt war …

Zurück nach Hause zu dem Punkt, wo er nicht unterscheiden konnte und wollte. Shawn hatte Zeit gehabt. Er hatte Ferien. Die Zeit nach dem Anschlag auf CEO Burnes war turbulent in Titan City. Shawn ging weiter zu seinen Sportkursen, traf sich mit Freunden und vermied es lediglich, allzu viel Zeit allein zu verbringen. Nachrichten und Berichte über Ermittlungen und Kundgebungen oder Diskussionsveranstaltungen nahm er zur Kenntnis, hielt sich allerdings im unmittelbaren Gespräch zurück und verließ alsbald eine Runde, in der das Thema aufkam, wenn es sich dort nicht wieder zurückzog.

Eigentlich wurden mögliche Zusammenhänge nie wirklich aufgeklärt – auch nachdem der Schütze, der Burnes beinahe getötet hätte, gefunden und festgenommen war. Trotzdem verschwand die Siedlung nur wenige Wochen später. Die Passierscheine und Aufenthaltsgenehmigungen wurden entzogen, und die Ausweisung der insgesamt 1.358 Personen erfolgte innerhalb weniger Tage. Eine politische Entscheidung, die – so betonte man von Seiten der Titan Stadtverwaltung – auch im Interesse und zur Sicherheit der in der Kritik stehenden Arbeitskräfte erfolgte, um sie so aus der Schusslinie eines verständlicherweise aufbrandenden Gefühls der Bedrohung für die Bürger zu nehmen. Die Kosten für die Rücksiedlung und Überbrückungsgelder übernahm selbstverständlich die Konzern-Stadtkasse. Außer der kurzen Nachricht, dass die Maßnahme ohne nennenswerte Zwischenfälle vollzogen werden konnte und auch die Zusammenarbeit mit den zuständigen Stellen der Autonomiebehörde reibungslos verlaufen sei, gab es keine Bilder oder Berichte von der Aktion.

Nachdem diese begrenzte Gruppe von Arbeitskräften heimgeschickt worden war und in den nächsten Wochen keine weiteren Gewalttaten verübt wurden, ja, sogar keine Forderungen bezüglich irgendwelcher Nutzungsrechte mehr gestellt wurden, beruhigte sich die Lage in Titan City. Mit der Zeit verloren die Bürger der Stadt sogar wieder einen Großteil der Angst vor den verbleibenden Arbeitskräften, bis auf den gesunden Rest an Misstrauen, der auch schon vor dem Anschlag bestanden hatte und angebracht war, da man niemanden in Versuchung führen sollte.

Kleinere Diebstähle hielt man allerdings in aufgeklärteren Kreisen für unvermeidlich, wenn nicht für folgerichtig; und Herr Hayek wies seinen Sohn zu Recht darauf hin, dass bei solch schlechten Lebensbedingungen, in denen viele der unzureichend ausgebildeten Arbeiter lebten, solches Verhalten aus einem verständlichen Frust heraus geschah, man sich daher hüten sollte, aus der eigenen sorgenfreien Lebenswirklichkeit andere vom hohen Ross herab zu verdammen. Zur Rechenschaft ziehen müsste man sie schon, aber es sei kein nennenswerter Schaden, der hier entstehe, und man müsse aufpassen, dass man nach der vergangenen Aufregung nun nicht das Augenmaß verliere. Das Wichtigste sei doch, dass keine weitere Gewalt verübt werde.

Shawn hatte sich, soweit es ging, von der Diskussion sowie von der Siedlung ferngehalten. Er fühlte sich schlecht, wenn er einen Arbeiter in einem Café oder an der Straße sah, der das Braun oder Kupferrot des Kontinents im Relief seiner Haut trug. Es war unwahrscheinlich, dass hier noch einer der Siedlungsbewohner seiner Tätigkeit nachging. Das Gesicht der Stadt hatte sich auch nach der Umsiedlung nicht grundlegend geändert, aber einige Gesichter schienen nun erleichtert zu sein.

Während des Uni-Vorbereitungskurses entschied sich Shawn kurzfristig, nicht wie geplant, auch den letzten Teil seiner Ausbildung direkt am Stammsitz von Titan abzuschließen, sondern die Gelegenheit zu ergreifen, seinen Studienplatz zu tauschen und in ein anderes Förderprogramm des Konzerns in Chicago zu rutschen. Seinem Umfeld konnte er diese spontane Entscheidung als einen nachvollziehbaren Drang verkaufen, endlich für längere Zeit an einem anderen Ort leben zu können. Auch Hayek Senior bestärkte ihn in diesem Entschluss, da er eine nahtlose Fortsetzung der Konzernkarriere bedeutete und der Vater zugleich froh war, dass er eine Erklärung für die ausweichende Laune seines Sohnes in den vorherigen Wochen gefunden hatte, die sonst angefangen hätte ihn zu beunruhigen.

„Es ist wichtig, dass du flügge wirst. So muss ich dir den Tritt aus dem Nest wenigstens nicht selbst verpassen."

Am späten Abend vor seiner Abreise saß der Halbblütige auf dem leer geräumten Siedlungsplatz. Nichts war mehr zu sehen von den Wohnwagen oder Containern. Abdrücke und Spuren im Sand. Müll und alte Gerätschaften waren abtransportiert worden. Ein Rest lag noch auf einem Haufen am Rande des Platzes neben der Einmündung der Schotterpiste. Takanga würde ihn nicht abholen.

Als Shawn sich im Staub sitzen sah, wusste er, dass er am Ende angekommen war und nicht weiterkommen würde. Hier zu verweilen, wollte er nicht mehr riskieren. An diesem Punkt hatte er in den letzten Wochen zu oft festgesessen. Es war eine Sackgasse und er musste sich davor hüten, in dieser nicht hängen zu bleiben. Der Ort zehrte ihn aus und raubte ihm seine Kraft. Es wurde Zeit, wieder Wasser zu treten.

Shawn kämpfte gegen das erdrückende Gefühl an. Instinktiv fasste er an seine Medizin … Über dem Platz sah er den Schatten eines Vogels huschen. Er sah zum Himmel und erkannte einen Falken, der in ausgedehnten Kreisen über ihm durch die Lüfte glitt. Es war, als wolle ihm der Vogel etwas zeigen, einen Weg weisen. Der Jüngling folgte mit den Blicken dem Flug des Falken. Durch seine Kreisbahn erkannte er das Gesicht Takangas. Er sah seinen alten Lehrer in seinem Wohnwagen sitzen, der nun nicht mehr auf dem Platz in Titan City, sondern tief in den Bergen stand …

Zum ersten Mal, seitdem er Titan City verlassen hatte, war er sicher, dass es Takanga gutging. Der alte Indianer lächelte ihm zu und Shawn fühlte, dass Takanga ihm vergeben hatte. Der Falke verschwand … und Shawn kehrte zurück ins Krankenhaus und zu Sandra an den Tisch.

*

McGrue hatte sich, nachdem er die Vorbereitungen zu seiner Zufriedenheit abgeschlossen hatte, eine kurze Pause zur Entspannung und Erholung gegönnt. Er hatte ein leichtes Mahl zubereitet und eine Flasche Wein geöffnet. Linda hatte ihren Tribut gefordert und erhalten – er hatte seinen Tisch und die Bank in der Laube freigeräumt und sich und der Katze einen guten Appetit gewünscht. Seine Konsole, Anschlüsse und übrigen Gerätschaften hatte er in die Wohnung getragen. Er würde später von dort aus arbeiten. Nachdem er im Glücksrausch seinen Schutzzauber destilliert hatte, war er zur Ruhe gekommen. Danach merkte er, wie erschöpft er war. Er musste sich sammeln und neue Kräfte tanken! Mit einem Stück Brot säuberte er den Teller von den Soßenresten, schob es versonnen in den Mund und schwenkte, während er kaute, sein Glas, das den Wein vom dunklen Rot zu hellem Rosa aufwühlte und nach Stillstand in Fensterbögen den Glasrand herablaufen ließ. Seine Panik hatte ihn bis an einen Punkt getrieben, der weit jenseits dessen gelegen hatte, was er eigentlich hätte leisten können. Ohne seinen abschließenden Erfolg wäre er vermutlich zusammengebrochen und hätte Tage gebraucht, um sich zu erholen; doch durch seinen Sieg hatte er den größten Teil der Verunsicherung und Zweifel überwunden und hinter sich gelassen, so dass er nur seine physischen Reserven auffüllen musste.

McGrue setzte das Glas an und nippte. Er war unschlüssig, ob er zunächst seine neu gewonnene Freiheit nutzen sollte,

150

um Nachforschungen über die Absichten von Titan anzustellen oder ob er sich voll auf Frank Rock konzentrieren sollte. Er war versucht, sich in einem ersten Schritt abzusichern und herauszufinden, ob und wie der Konzern an ihm interessiert war und was dieser tat, um ihn zu finden. War er nur hinter Frank her oder gab es noch andere Gründe, warum man ihm eine Falle gestellt hatte? Dieses defensive Verhalten wäre seiner vorsichtigen Natur entgegengekommen, gleichwohl hatten die gelungene Flucht und die schnelle Verschlüsselung in ihm Abenteuerlust geweckt. Es war ihm gelungen, Titan zu entwischen, obwohl man ihn hintergangen hatte! Fühlte er sich auch noch nicht unverwundbar, so war er doch von großer Zuversicht in seine Fähigkeiten erfüllt. Jetzt oder nie! McGrue wollte weiter vorangehen und seinen gegenwärtigen Vorteil nutzen.

Er legte das Besteck auf den Teller, klemmte die Schüssel unter den Arm und trug beides in die Küche. Danach trat er noch einmal ins Freie, griff sich die Flasche und das Glas und stürzte den restlichen Inhalt im Stehen hinunter. Dann begab er sich zu seinem Sofa, wo die Anschlüsse und seine Steuerungskonsole bereitlagen. Jetzt konnte ihn nichts mehr aufhalten. Er stöpselte sich ein und fuhr sein System hoch. McGrue fühlte sich sofort befreit, als er von seinen Programmen die Bestätigung eines erfolgreichen Starts vernahm.

*

Das Gespräch mit Linda hatte Xavier mehr amüsiert als überrascht. Sicher, für sie konnten sich aus der Geschichte wirklich Schwierigkeiten in ihrem Job ergeben. Aber was war das überhaupt für ein Job!? Nichts, worauf man nicht auch gut verzichten könnte! Xavier hatte andere Pläne, und auch Linda

– so war er überzeugt – glaubte an ihre Zukunft außerhalb des Räderwerks, in dem sie steckte. Sicher, sie war eine Frau, die sich arrangieren konnte, die vom Leben nicht viel mehr als Sicherheit und ausreichenden Status für ihr Ego und ihr Bedürfnis nach Luxus erwartete. Allerdings war doch wohl der Job nur Mittel zum Zweck! Natürlich würde sie auf diesen verzichten können, wenn Xavier und sie das erreichten, was beide sich vorgenommen hatten. Er wollte raus aus diesem Scheißloch! Zwar wären viele Menschen in Chicago glücklich gewesen, in einer solchen Wohnung leben zu dürfen; aber Xavier fühlte sich von dieser Umgebung erniedrigt.

Ja natürlich, für seine Verhältnisse hatte er es weit gebracht! Für seine Mutter war er der Vorzeigesohn. Was konnte er dafür, dass der Rest der Sippe aus Versagern bestand! Was bedeutete eigentlich „für seine Verhältnisse"? Hatte er sich seine Verhältnisse ausgesucht? War er schuld, dass es keine anderen gewesen waren? Er hatte immer gewusst, was er wollte! Sollte er nach dreißig Jahren aufhören, Ziele zu haben? Einen Scheiß würde er tun! In den letzten Monaten hatte er mehr Geld verdient als jemals zuvor und er hatte es niemandem weggenommen, der es vermisst hätte.

Jetzt war die Chance gekommen, alles auf einmal zu erreichen! Warum konnte Linda nicht einsehen, dass Titan ihm die Füße küssen würde, wenn er ihnen das Liberators-Problem vom Hals schaffte! Mehr oder weniger war es doch ihre Idee gewesen, dass er sich umhöre! … Es lief gut. Der Ärger war groß genug! Er würde abkassieren, alles Linda zuspielen, was sie brauchte, um den Erfinder dieser albernen Lügen ans Messer zu liefern … Diesen Schreiberling ausfindig zu machen, konnte nicht so schwer sein! Zur Not würde er die Liberators einfach weiter nach neuen Versionen von Frank suchen lassen. Er hatte da ein dickes Ding an der Angel. Er würde den Fang einholen, ob Linda nun kalte Füße bekam oder nicht! Sie würde schon wieder mitspielen, wenn er erst einmal den Fisch präsentiert hatte.

Xavier zündete sich eine Zigarette an. Die Glut blitzte durch das fast dunkle Zimmer und wurde vom abgeschalteten Monitor zurückgeworfen. Verdammt! Er schlug mit der Faust auf den Tisch. Was bildete diese Frau sich eigentlich ein, einfach aufzulegen!? Wer war er denn? Auch Linda schaute auf ihn herab und behandelte ihn, als sei er ein Niemand! Allein wenn sie anfing, von ihrer Arbeit zu erzählen, von Kollegen oder erst recht von ihrem tollen Chef Johnson. Nichts konnten sie, was er nicht auch schaffte! … Nur, ohne dass man ihn dafür allerseits loben würde. Nein, ihm wurde stetig misstraut. Wenn er sich etwas erarbeitet hatte, erntete er nur Misstrauen und wurde überprüft oder zumindest beschuldigt. Selbst zu Zeiten, als er noch versuchte einen normalen Weg zu gehen, den andere wohl legal genannt hätten! Die Dealerei hatte keine Zukunft, das wusste er. Aber sie hatte ihm die nötigen Kontakte verschafft, die er jetzt so gut brauchen konnte! Er wollte niemanden direkt in seinen Plan einbeziehen. …

Er stand auf und ging durch den Flur ins Badezimmer. Er sah gut aus. Sein Spiegelbild war attraktiv. Für Frauen exotisch aufregend, vielleicht ein wenig verrucht. Aber lange würde ihm diese Erscheinung des Abenteurers nicht mehr helfen, würde niemand mehr seinen dunklen, entschlossenen Blick bewundern. Das war nicht das Gesicht, das ab einem gewissen Alter einen Status oder einen Halt bieten konnte. Auf der Suche nach diesem Bedürfnis schied er auf den ersten Blick aus. Es wurde ihm nicht, wie er es so oft bei anderen Männern seines Alters erlebt hatte, die weniger Geld verdienten als er, als selbstverständliche Perspektive zugeschrieben. Er musste erst einen Beweis erbringen … Xavier zog mit Daumen und Zeigefinger die Unterlider herunter und schürzte die Lippen. Scheißschwerkraft! Wenn er einfach nur dagegen ankämpfte, würde sie ihn eines Tages einholen. Er musste sich jetzt davon befreien!

Wer also hatte diese seltsamen Gerüchte, die Titan schwerer Verbrechen bezichtigte, in Umlauf gebracht!? Aus Titan City hatte es in den letzten Wochen keine Meldungen, keine Schlagzeilen gegeben, aber das war auch nicht verwunderlich: ‚Wenn etwas vertuscht wird, gibt es keine Berichte! Nicht aus Titan City, nicht von offizieller Stelle …‘ Er hatte sich ein wenig umgehört und in dem Wust an Kommentaren im „Liberators Forum“ versucht, eine Chronik der Berichte zu erstellen. Etwas war seltsam: Es gab viel Aufregung, viele eindrucksvolle Berichte von Geschehnissen und Empfindungen, bis ins kleinste Detail nachvollziehbar und deutlich. Manches war sicherlich später hinzugefügt worden – dafür sprach die plumpe Sprache, wie sie sonst auch meist im Forum verwendet wurde. Jedoch gab es einige Episoden, die in allen Varianten auftauchten! Er hatte versucht, diesen Kernbestand an Episoden aus dem Geflecht zu lösen, konnte aus dem Gewonnenen jedoch keinen zusammenhängenden Bericht machen. Die Orts- und Zeitangaben, die in den Beiträgen am häufigsten auftauchten, schienen nicht zu diesen Berichten zu passen.

Xavier wollte den ersten Text finden, wenn es diesen gab! Wenn es ihn wirklich gab, wollte er herausfinden, wer ihn hochgeladen hatte – einen Text, der zusammen alle diese lebendigen Episoden beinhaltete. Es musste eine Urfassung geben, in der nur diese Sprache auftauchte, die im Gegensatz zu allem Übrigen ausgewogen und authentisch wirkte. Wenn er diesen Text finden könnte, wäre es vermutlich nicht

154

schwer, ihn zu dem Netzzugang zurückzuverfolgen, von dem er eingespielt wurde.

*

Die Suche nach McGrues Codierung im Archiv auf die Art, wie Jakob sie vornahm, war wohl doch nichts als ein Stochern im Nebel. Bisher kaum effektiver als das stumpfe Kombinieren aller Möglichkeiten durch die schiere Rechenleistung. Er hätte noch Stunden durch das Archiv laufen können. Wenn er keine konkrete Idee bei der Suche hervorbrachte, wonach er suchte, waren seine Bemühungen ebenso ziellos wie die der Suchschleifen, nur dass er weniger Informationen gleichzeitig abarbeiten konnte. Sein Vorgehen glich eher einer Verzweiflungstat, wie er selbst wusste. Da man ihm nun im Nacken saß, klammerte er sich an die vage Hoffnung, dass er im Archiv eine Eingebung haben könnte. Er musste den Einsatz steigern, wenn er jetzt überhaupt noch gewinnen wollte! Jakob musste im Archiv den Archivgeber selbst mit ins Spiel holen! Den Archivgeber mit in die Archivwelt einzusetzen, war eine paradoxe Form der Darstellung, die für den Menschen und sein Bewusstsein nicht unüblich war, eine Computersimulation allerdings an die Grenze des Darstellbaren brachte. Ein Mensch kann sich selbst in seiner Erinnerung sehen oder gar im Traum begegnen. In einem Archivprogramm führt eine solche Begegnung allerdings zu heftigen Verwerfungen. Ein Fremder, der sich in eine solche Darstellung eines fremden Bewusstseins begibt, läuft ohne Zweifel Gefahr, den Verstand zu verlieren. Jakob rief das Schaltelement für die Archivsteuerung auf. Die Auswahlfläche für die Option des Archivgebers war rot umrandet und führte zur Sicherheit der sich im Archiv befindlichen Personen zu einem sofortigen Auswurf aus dem System. Jakob registrierte sich daher auf der höchsten Administratorenebene neu und blockierte die Notauswurffunktion.

Kaum hatte Jakob McGrue einsetzen lassen, verdichtete sich um diesen die übrige Archivwelt wie um einen Kondensationskern. Und wenn die bisherige Form der Darstellung im Archiv für einen Besucher zumindest verwirrend und stark gewöhnungsbedürftig war, so geriet sie von dem Moment an, in dem McGrue platziert war, völlig aus den Fugen. Die Straße vor Jakob, auf der gerade McGrue sich strammen Schrittes entfernte, kippte zur Seite weg; und während der Bürgersteig neben ihm emporstieg wie eine Steilwand, stürzte die Fahrbahn in eine Schlucht hinab. Jakob balancierte auf dem Bordstein wie auf einem schmalen Grat über einer tiefen Klamm. McGrue entfernte sich hingegen unbeirrt auf dem Bürgersteig, zu dem er den üblichen Winkel hielt. Jakob überfiel ein Anfall von Schwindel. Doch gerade als seine Knie butterweich nachgeben wollten, wurde jede Perspektive wie von einer Titanfaust zerschlagen. Rund um Jakob herum entfernte sich nun die Straße in einem Vollpanorama ohne Unterbrechung in sämtliche Richtungen. Wohin er auch schaute, verlor sie sich in der Unendlichkeit. Als der Gesuchte in der Ferne nicht mehr zu sehen war, fiel die Straße zu allen Seiten schlaff ab, wie ein Luftsack, aus dem die Strömung weicht. Jakob fand sich auf einer riesigen Kugel stehend – und als er vor Schrecken einen Schritt nach vorne machte, setzte sich die Kugel in Bewegung und begann zu rollen. Er glich die Bewegung mit einem nächsten Schritt aus, verstärkte dabei jedoch den Schwung der Kugel und musste so die nächsten beiden Schritte erheblich schneller setzen. Langsam verfiel er in einen leichten Trab. Jakob lief vorwärts, während die Kugel rückwärts rollte. Die Straße vor ihm, die nun auf ihn zurollte, war nicht mehr nur leer, sondern ließ jetzt auch Objekte wachsen. Eine Straßenlaterne rollte nur knapp an ihm vorbei, und im nächsten Moment musste er zwischen einer Häuserecke und einem Zeitungsstand hindurchschlüpfen. Lange konnte diese Zirkusnummer nicht mehr gut gehen! Der Fahnder war tief ins Unterbewusstsein des Archivs abgerutscht. Er wusste auch nicht, wohin er rollte, aber bei der hohen Geschwindigkeit, die er nun erreicht hatte, und Hindernissen, die drohten, ihn von der Kugel zu wischen, wagte Jakob auch nicht sich umzudrehen …

*

„Shawn, vielleicht solltest du dich doch noch einmal untersuchen lassen. Du warst völlig weggetreten. Hast du Medikamente bekommen?“ Sandra war um den Tisch herumgekommen und hatte sich neben seinen Stuhl gekniet. Sie nahm seine Hand und drückte sie leicht, als wolle sie ihn wach zwicken. Shawn schaute Sandra mit fragendem Blick an und stammelte eine fast unverständlich leise Entschuldigung. Ihm waren seine Aussetzer selbst peinlich und er wollte sich nicht vor Sandra und den beiden aufgeblasenen Künstlern und Intellektuellen vom Nebentisch eine Blöße geben. Diese hatten jedoch schon mitbekommen, dass etwas mit ihm nicht stimmte und wandten sich Shawn neugierig zu.

„Ich sag dir, dein Freund ist einfach komplett zugedröhnt“, kommentierte der vermeintliche Kunststudent mit der Schirmmütze. „In dieser Klinik werden jede Menge Suchtpatienten behandelt. Jede Art von Sucht!“

„Es ist ein Ort für die Gestrandeten und Entwurzelten, die es ohne Betäubung nicht aushalten und dann an Orten wie diesen enden, weil sie sonst überall aus dem System gefallen sind. Und wenn sie hierherkommen, haben sie noch Glück gehabt! Es ist der Rand der Gesellschaft, von dem niemand mehr Notiz nimmt", fügte sein Freund dozierend hinzu.

„Es ist genau der Ort, den wir brauchen ... wie ich es dir gesagt habe. Das Auffangbecken!" Der Student hatte seine Arme vor der Brust verschränkt und hatte den letzten Satz nun wieder seinem Tischgenossen zugewandt gesprochen, so als wären Shawn und Sandra nicht anwesend oder könnten nicht hören, was er über sie sagte.

Sandra schaute ärgerlich zu den beiden, die die Szene so genau analysierten. Sie ertappte sich dabei, dass sie für Shawn Partei ergreifen wollte, obwohl sie ihn doch gerade erst kennen gelernt hatte und selbst nicht sicher war, ob dieser nicht wirklich ein Drogenproblem hatte. Eigentlich hätte sie misstrauisch sein sollen. Ihr eigener Bruder hatte seine Sucht über zwei Jahre vor ihr verheimlicht. War sie dabei, wieder denselben Fehler zu begehen? Sie wünschte sich, dass sie sich in Shawn nicht täuschte, dafür war er einfach zu nett!

„Hört zu! Der Mann hatte einen Unfall und steht wahrscheinlich noch unter Schock. Es wäre schön, wenn ihr ihn in Ruhe lassen würdet und euch um euren eigenen Kram kümmert!"

„Wie Sie wünschen, Lady!" Die beiden wandten sich demonstrativ von Shawn und Sandra ab, wechselten jedoch nicht das Thema, sondern verlagerten es lediglich wieder ins Abstrakte und in eine allgemeinere Betrachtung, wobei sie die Lautstärke ihres Gesprächs erhöhten, damit Sandra auch mitbekam, was sie weiter Wichtiges zu sagen hatten – und um ihr beiläufig Argumente dafür zu liefern, dass sie Recht hatten. Sandra ignorierte die beiden und schüttelte Shawn leicht an der Schulter. Die folgenden Bemerkungen bekam sie nicht mit, im Gegensatz zu Shawn, der auf alles reagierte, obwohl er wie abwesend auf seinem Stuhl hing.

„Es ist wichtig, dass man den Menschen jetzt auch Bilder und unmittelbare Sinneseindrücke gibt. Alles, was dort wabert und in der Luft hängt, muss endlich ein Gesicht bekommen. Natürlich kann man das nur in einem übertragenen Sinne bewerkstelligen. Wir müssen die Sinnbilder sichtbar machen. Die Nachricht ist schließlich hierher zu uns nach Chicago geschwappt. Deshalb ist es auch unsere Pflicht, diesen Weg künstlerisch umzusetzen. Das heißt, wir müssen das Thema an dem Ort behandeln, an dem es angekommen ist. Also an einem Ort wie diesem. Hier würde der Inhalt landen, wenn er sich materialisieren würde. Glaub mir, es ist perfekt!“

„Meinst du, wir werden für das Projekt ein Publikum finden?“

„Auf jeden Fall – es liegt was in der Luft. Die Spatzen pfeifen es von den Dächern. Es muss nur aufgehoben werden! Es sind schon einige mit dem Thema beschäftigt, das ist klar. Es ist wie ein sportlicher Wettkampf. Man muss den richtigen Moment abpassen und dann zuschlagen! Natürlich sollten wir auch eine gewisse Qualität abliefern, aber wir müssen vor allem jetzt das richtige Thema besetzen, bevor es andere tun!“

Bei dem letzten Satz war der Student mit der Mütze richtig in Fahrt gekommen und hatte seine Rede mit Gesten untermalt, als spreche er vor einem großen Publikum. Sandra allerdings hatte kein einziges Mal zu ihm hinübergesehen. Er geriet mit seinem Vortrag erst ins Stocken, als jemand schnell in die Kantine gelaufen kam und seinen Blick auf die imaginären Zuhörer durchdrang.

Ein älterer Arzt mit Schnauzbart und nicht voll bis in die Stirn hineinreichenden Locken, die noch dunkler waren als das Lippenhaar, kam mit langen Schritten in die Kantine gestürzt. Es dauerte nicht lange, bis er die Gesuchten in dem immer noch nur sporadisch besetzten Raum gefunden hatte. Er ging geradewegs auf die Gruppe der vier Personen zu, die zwar an zwei benachbarten Tischen saßen, allerdings zumindest durch einen gemeinsamen Gesprächsstoff verbunden schienen.

„Herr …", der Arzt zögerte kurz und stellte fest, dass er nicht mehr als den Vornamen „Paul" wusste, allerdings in diesem Moment die Angelegenheit wohl lieber über den vollen Namen geregelt hätte und sich schließlich nur mit leicht mürrischem Mundwinkelzucken ein „Paul" abrang, da er keine andere Möglichkeit hatte, die betroffene Person anzusprechen.

„Sie hatten mit der Krankenhausverwaltung abgesprochen, dass Sie im Hof und im alten Flügel arbeiten können, bis die Sanierungsarbeiten beginnen. Ich finde es, ehrlich gesagt, geschmacklos, aber es ist genehmigt, und damit werde ich es Ihnen nicht verbieten. Aber Sie sollten aufpassen, wohin Ihre Leute laufen. Zumindest der Intensivbereich sollte doch wohl Tabu sein!" Der Arzt sprach mit nasaler Stimme und die Nasenhaare bewegten sich beim Sprechen über dem Schnauzbart.

„Hören Sie, hm …" Paul mit der Schirmmütze schaute auf das Namensschild und wählte Titel und Nachnamen: „Ich weiß nicht, wovon Sie reden!" Paul hatte mit der Sturheit desjenigen gesprochen, der sich zu Unrecht angegriffen fühlt.

Pauls Tonlage brachte den Arzt noch mehr in Rage: „Von Ihrer Crew!" Das letzte Wort sprach er mit einem kurzen Zögern und einem deutlichen Anflug von Ironie aus. „Wenn Sie ein Filmprojekt leiten wollen, sollten Sie auch ein Auge auf Ihre Leute werfen! Vielleicht ist Ihre ganze Truppe aber auch zu jung und unreif, um ein solches Projekt durchzuführen."

Die Wut des Arztes ließ die Nüstern beben und die Haare
darin zittern.

„Ja, die Kommilitonen! Haben die in irgendeiner Weise
Unannehmlichkeiten verursacht?"

„Unannehmlichkeiten ist nicht der richtige Ausdruck! Sie
haben sich respektlos verhalten, wie Katastrophentouristen.
Sie haben leichtsinnig die Gesundheit unserer Patienten ge-
fährdet."

Paul fühlte sich zunehmend mehr in Bedrängnis und obwohl er von der Filmstiftung volle Rückendeckung zugesagt
bekommen hatte, versuchte er jetzt doch den Arzt zu be-
schwichtigen. „Herr Doktor, wenn sich einzelne Personen aus
meinem Team nicht korrekt verhalten haben, entschuldige ich
mich als Verantwortlicher natürlich bei Ihnen und versichere,
dass ich dafür sorgen werde, dass sich alle Beteiligten in Zukunft an die Vereinbarungen halten werden."

Von der Tür zum Flur waren aufgeregt diskutierende Stimmen und eine Vielzahl von Schritten zu hören ...

*

Linda war nicht, wie es eigentlich den Vorschriften entspro-
chen hätte, in eine der Gewahrsamszellen geführt worden,
sondern war vorsichtig von einem hilfsbereiten Beamten zu
einem bequemen Schreibtischstuhl aus einem zurzeit nicht
besetzten Büro geleitet worden. Dort hatte sie eine etwas ge-
schwächte, aber dennoch unbedingt elegante Position eingenommen und verlegen dankbar zu den sie nun umringenden
fünf Beamten aufgeschaut. Ein Glas mit Wasser wurde ihr gereicht, an dem sie zweimal nippte, einmal tief durchatmete
und schließlich mit besonderer Hinwendung zu dem Wasser-
träger „Danke, schon wesentlich besser" sagte.

Ein nicht uniformierter, vermutlich vorgesetzter Beamter kam zu der Gruppe, verschaffte sich durch ein Räuspern Aufmerksamkeit und Platz, um sich ein Bild von der Person zu machen, die den Verkehrsstau verursacht hatte.

„An Ihrem Wagen war also kein Defekt?“

„Hatten Sie getrunken oder sonstige Drogen oder Medikamente eingenommen?“

„Gab es einen besonderen Anlass, warum Sie sich nicht mehr in der Lage fühlten weiterzufahren? …“

Sämtliche Fragen waren bereits im Protokoll vermerkt, so dass der Neuhinzugekommene die Antworten vom Zettel ablesen konnte und nicht auf die von Linda warten musste, sondern lediglich durch ihr Nicken bestätigt wurde.

„Wie fühlen Sie sich jetzt?“

„Wie gesagt, es geht schon wieder.“

„Es wäre vermutlich besser, wenn Sie selbst sich fürs Erste nicht wieder hinters Steuer setzen. Gibt es jemanden, den Sie anrufen können, der Sie von hier abholt? Im Prinzip liegt nichts gegen Sie vor, auch wenn wir noch die Ergebnisse des Bluttests abwarten müssen, bevor wir Sie entlassen.“

Linda zeigte sich erleichtert und dankbar, zog immer noch aus der niedrigeren Position die Augenbrauen hoch und ließ das Lächeln bei geschlossenen Lippen nur um ihre Mundwinkel spielen. „Ich sollte dann jetzt am besten einmal telefonieren. Könnte ich kurz ungestört sein?“

„Selbstverständlich! Sie sind keines Deliktes verdächtig und unter dem Druck privater Probleme und der zusätzlichen Belastung durch die Arbeit kann jeder einmal zusammenbrechen.“

Mit noch geplagter Miene, den Kopf etwas zwischen die Schulter gezogen, schob sich Linda durch das Spalier der Polizisten in den Raum, aus dem auch der Schreibtischstuhl geholt worden war. Dort schaute sie auf ihr Display, sah, dass Jakob schon vor zwei Stunden versucht hatte sie zu erreichen. Sie überlegte kurz und wählte dann Xaviers Nummer.

*

Ein Vorteil bei der Arbeit im Archiv war es, dass man nicht wie gewöhnlich ermüdete. Man konnte folglich behaupten, dass Jakob die Situation laufend stabilisierte, allerdings auch nicht wirklich aus seiner Position entrinnen konnte. Dennoch hielt er sich fest, weil er wusste, dass, wenn es eine Chance gab, schnell zu McGrues Codierung vorzudringen, sie hier irgendwo sein musste. Im stetigen Lauf hatte er sein Zeitgefühl und sogar seine Uhr vergessen. Sein Sinn richtete sich auf das Vermeiden eines Fehltritts. Über der Kugel war es dunkel und wieder hell geworden. Mehrmals. Die Laternen waren aufgeflammt und wieder erloschen. Jakob schmiss einen Fuß vor den anderen. Dann zogen Wolken auf. Darauf folgte ein prasselnder Regen. Nasses Platschen. Beim Laufen ein Rutschen, aber kein Fall. Auf der Straße vor ihm sah er sich selbst als einen Mann auf der Hatz. Sein Spiegelbild lief Hals über Kopf unter der Straße, hinter dem dünnen Wasserfilm. Hinter dem Mann, den er laufen sah, ragten eine Melone und wässrig blaue Augen auf. Augen groß wie ein Zeitungsstand. Die Welt lief in die verkehrte Richtung. Jakob hielt den Atem an. Er ergriff die nächste Laterne. Als er sich – an die Laterne geklammert – umsah, schaute er in das Gesicht McGrues; ungefähr auf Höhe der Nase befand sich die Straßenkugel.

Hinter sich sieht er einen riesengroßen McGrue in seiner Laube sitzen. Linda liegt auf seinem Schoß. Er krault ihren Nacken. Sie ist kleiner als McGrue. Nicht so klein wie Jakob,

aber deutlich kleiner. Eher hat sie die Größe eines Schoß-
hundes im Vergleich zu dem grotesken Melonenmann. Während Jakob sich an der Kugel langsam nach unten bewegt,
schnurrt Linda behaglich. Jakob stößt sich von der Kugel ab,
springt auf das Gesicht McGrues zu. Die Gesichtszüge verlieren ihre Lebendigkeit, als Jakob ihnen näherkommt. Die
Augen verlieren Glanz, werden hohl. Er fliegt durch die
Höhle und landet auf der Stufe vorm Portal zu McGrues
Agentur …

Er war im Eingangsbereich des Archivs: Laube – Linda –
Katze. Das reichte! In diesem Dreieck musste nach dem Code
gesucht werden. Damit ließ sich schnell etwas errechnen.

*

McGrue war wieder in seinem Element. Er fühlte sich sicher,
frei und schwerelos. Der erste Datenstrom war wie eine Welle
von Euphorie durch ihn hindurchgespült. Er war zunächst
noch vorsichtig gewesen und hatte nur zwei Leitungen
geöffnet; doch sobald er einmal den Kontakt mit dem großen
Strom hergestellt hatte, musste er nach kurzer Zeit sämtliche
Schleusen öffnen. Er gab sich für einen kurzen Moment
wieder einer vollständigen Verschmelzung mit dem Strom
hin. Dann sammelte er sich, begann einen geordneten Ablaufplan zu erstellen. Die neue Codierung war ohne Kontakt zur
Außenwelt erschaffen worden, so dass selbst Titan eine halbe
Ewigkeit brauchen würde, um ihn aufzuspüren. Nichts, keinen Bit hatte er von außerhalb verwendet, das man hätte
zurückverfolgen können! Er hatte sich ausschließlich an die
bereits vorhandenen Daten gehalten und diese vollkommen
unbewusst durchstöbert und willkürlich eine Auswahl treffen
lassen. Jetzt konnte McGrue getrost seine volle Energie auf

die Suche nach Frank Rock richten. Sein Ausflug in die Datenwelt war jetzt sicherer denn je. Keine Spur würde er hinterlassen. Alles würde sich sofort wieder verwischen.

Es galt, zuerst seinen kleinen Helfer wieder einzufangen. Dieser lag gut verborgen im Unterholz des Datendschungels, von wo aus er darauf wartete, dass sein Herr ihn wieder rufen würde. Die kleine Hummel war ein hervorragendes Tool – und wenn es irgendeine Möglichkeit gegeben hatte, auf der Fährte von Frank zu bleiben, hatte die Hummel sie genutzt! McGrue musste die Hummel nur vorsichtig aufsammeln, sie mit unter seine Codierung nehmen und beim Andocken aufpassen, dass keine Daten nach außen drangen. „Komm zu dem netten Onkel! Zeig mir, was du für mich gesammelt hast!" McGrue wickelte das Stück Code, das von der Hummel im Netz sichtbar war, vorsichtig ein und zog es unter seinen Tarnmantel. Hier konnte er es vor den neugierigen Augen des Netzes geschützt entpacken …

Die Hummel befand sich im Gebäude des Krankenhauses an der Stadtautobahn. Also mussten Frank und die Hummel tatsächlich von der Pension abtransportiert und bis in die Klinik gekommen sein, ohne dass Titan sie erwischt hatte. Jetzt stand die Hummel still und sendete ruhig und gleichmäßig. McGrue authentifizierte sich, öffnete den Speicher, entpackte die Daten und ließ sich einige Sequenzen aus dem Speicher vorspielen, bis er dann auf die Live-Übertragung wechselte …

Frank öffnete langsam die Augen. Vorsichtig holte er Luft. Ein Schmerz durchzuckte seinen Körper – kleine Nadeln, die beim Einatmen von der Lunge aus durch seine gesamten Nervenbahnen gespült wurden und sich tausendfach verfingen. Er schaute an sich herunter. Eine bunte Decke oder Jacke aus grober Wolle war über ein sauberes weißes Laken geworfen. Über dem Fußende des Bettes schaute er in einen Halbkreis kugelförmiger Gesichter. Das musste ein ganzer beschissener Indianerstamm sein! Der Elf hatte ihn richtig hart draufgeschickt! Frank betastete seinen Körper, doch seine Finger waren steif und taub. Er schaute zurück zu den Indianern. Der Troll hasste Cyberräume. Er kannte sich dort nicht aus. Machte es Sinn, einfach ein paar von den Figuren zu verprügeln? Vielleicht würde er sich besser fühlen – aber richtige Genugtuung würde es ihm nicht verschaffen, wenn er nicht wusste, ob überhaupt etwas bei seinem Gegenüber ankam. Frank hatte gehört, dass solche Stellvertreterkriege nicht zu gewinnen sind und einen auf Dauer nur selbst wahnsinnig machten wie das blöde, monotone Surren von Windrädern. Es soll Leute gegeben haben, die dabei solche Neurosen entwickelten, dass sie überall nur noch Feinde sahen und aus harmlosen Dingen eigene Dämonen produzierten. Einen Ausgang würde er so nicht finden.…

Frank legte den Kopf zurück. Er war müde und nicht in der Lage, sich Gedanken darüber zu machen, wie er dieses Zimmer verlassen könne. Er würde erst mal nichts tun. Irgendwie ein gutes, neues Gefühl.

Der Elf hatte über die Kameras ein klares Bild von Frank. Er konnte ihn deutlich über die Indianer hinwegsehen.

McGrue blickte auf Frank – und Jakob Johnson durch McGrue auf Frank. Frank tat nichts …

*

In der Titanzentrale glühten die Drähte. Man hatte ein vorläufiges Gründungsteam für das weitere Vorgehen gebildet, das aus sämtlichen verfügbaren Ermittlern und Technikern bestand, und die Informationen ausgewertet, die man nach der Entschlüsselung über McGrue erlangt hatte oder von den Teams an den Brennpunkten ermittelt wurden. Aus diesem Team sollte der Krisenstab aufgebaut werden, der jetzt, wo man Informationen über Frank von McGrue bekam, diesen möglichst schnell wieder zurück in den Herrschaftsbereich des Konzerns bringen sollte. Jakob saß wieder in seinem Büro. Er war angespannt, aber nun mehr im positiven Sinne – als noch zuvor, als er durch das Archiv irrte. Er konnte wieder handeln und die Dinge in die Hand nehmen. Er war nicht dazu verurteilt, ohnmächtig zu warten.

Die Rechenabteilung hatte McGrues Codierung ohne Probleme hacken können, nachdem Jakob ihnen die drei Parameter von seiner Reise durchs Archiv gegeben hatte, wodurch sich das Ausschlussverfahren exponentiell in der Geschwindigkeit erhöht hatte. Jakob hatte es gerade noch geschafft, eine kurze Dusche in seinem Sportraum zu nehmen, als bereits die ersten Daten von McGrue geliefert wurden. McGrue kommunizierte mit einer Drohne, und die Daten, die diese Drohne sendete, waren äußerst brisant! Jakob war hastig in Hemd und Hose geschlüpft und hatte sich barfuß vor seinen Rechner gesetzt. Seine Haare waren noch nass, aber er hatte vorerst sowieso nicht vorgehabt, sein Bild in die Kommandozentrale übermitteln zu lassen. Er vertraute zunächst auf die Lenkungswirkung seiner Stimme. Nachdem er sich kurz über die Situation ins Bild hatte setzen lassen, nahm der Konzernchef die Zügel das erste Mal selbst in die Hand.

„Das sieht gar nicht gut aus, was McGrues Drohne da sendet! Kann man hören, was in dem Zimmer gesprochen wird? Wo ist der Ton?“ Jakob hatte sich mit der Informationszentrale, in der die Vorbereitungen für einen Krisenstab getroffen wurden, verbinden lassen. Der vom Gründungsteam aufzubauende Krisenstab war seiner unmittelbaren

Kontrolle unterstellt, und permanente Hochleistungsverbindungen für eine holographische Bildgebung wurden gerade in seinem Büro aufgebaut. Das Modell würde es ihm vereinfachen, am Geschehen teilzunehmen, ohne der Anspannung des Großraumbüros ausgesetzt zu sein.

„Wir sind drauf … auf dem Bild von der Drohne! Die Nebengeräusche werden mit übertragen. Aber es wird nicht gesprochen", kam die Meldung aus der Informationszentrale.

„Es sieht aus, als wäre Frank nicht bei Bewusstsein oder zumindest nicht völlig klar im Kopf. Hat er gerade die Augen geöffnet? … Wo sind die eigentlich? Kann mir einer sagen, wo das Krankenhaus liegt?" Jakob war langsam auf Betriebstemperatur. Jagdfieber setzte ein. Dies war die Art von Arbeit, die er liebte. Er würde die Zielpersonen einkreisen und ihnen keinen Schlupfwinkel lassen. Er war dran!

„Ja natürlich! Die Position der Drohne wird mit übertragen. Es ist eine Klinik außerhalb der Stadt. Keine offizielle Zulassung. Eines dieser Projekte, die sich teils aus Spenden finanzieren, um Menschen, die Angst vor behördlicher Erfassung haben, eine Möglichkeit der Versorgung zu geben", kam die Rückmeldung aus der Informationszentrale.

Über das Mikrofon der Drohne wurde die Stimme von Dr. Martin übertragen. „Was tun Sie hier? Sind Sie verrückt geworden? Wie konnten Sie einfach hier reinstürmen? Raus! Wo ist der Verantwortliche? Das wird ein Nachspiel haben für Ihre ganze Bande!"

Jetzt fiel auch Jakobs Blick auf die Gruppe der Indianer: „Das darf doch nicht wahr sein! Liberators bei Frank! Die müssen wir sofort daraus holen … Uns bleibt nicht viel Zeit! Schicken Sie erst mal alle Teams los, die wir zur Verfügung haben! Und besorgen Sie auch eine Ermächtigung oder so was! Am besten über den Bezirksvorsitzenden oder besser den Bürgermeister. Irgendeine einstweilige Verfügung … Was weiß ich, wie das heißt. Wir retten hier schließlich auch einige Ihrer Parteifreunde. Von mir aus können Sie einige Uniformierte mitschicken, wenn die nicht im Weg stehen."

„Ich klemme mich gleich dahinter!" Man konnte fast hören, wie der Angestellte die Hacken zusammenschlug.

„Machen Sie das! Und schicken Sie mir Ralph in mein Büro! Ich versuche derweil mir einen Schlachtplan zu überlegen. – Können wir ein Luftbild haben?"

„Sicher! Haben wir schon! Also, sieht eigentlich alles ganz ruhig aus. Aber die eigentliche Einfahrt zum Krankenhaus ist nicht zu sehen. Vermutlich erfolgt die Zufahrt über den Straßentunnel."

Das Luftbild der Klinik lag jetzt auch auf Jakobs Bildschirm. „Was ist das da im Hof? Die Geräte und die Aufbauten … Sind da Bauarbeiten?"

„Könnte sein. Ich geh näher ran. Ich bin mir nicht sicher, was die Personen im Innenhof da genau ausmessen …"

*

Die Krankenhausindianer waren im Pulk in die Kantine geströmt und hatten sich um ihren Regisseur Paul und dessen Schirmmütze versammelt, der mit strenger Stimme von seinem Team Disziplin und die nötige Konzentration auf das Projekt eingefordert hatte, das man durch blödsinnige Ausflüge im Krankenhaus nur gefährdete. Die Gruppe seiner Kommilitonen – die jetzt seine Schauspieler waren, die es zu führen galt – hatte sich mit dem Besuch auf der Intensivstation einen überflüssigen Fehler erlaubt, der die Krankenhausleitung fast dazu bewogen hätte, die Zustimmung zu den Filmarbeiten zurückzuziehen.

„Paul, ich kann das erklären: Wir standen unten rum, als ich hörte, wie ein Pfleger runterkam und zu einer Schwester am Empfang sagte, dass ihm das alles nicht gefalle. Dieser Frank wäre wohl nicht ganz koscher und es könnte noch Ärger geben. Der Doktor hätte so etwas angedeutet, dass der vielleicht gesucht werde. Da sind wir natürlich total hellhörig geworden. Ich meine … Frank hier! Das hätte doch gepasst! Unser Projekt hätte doch quasi den Nagel auf den Kopf getroffen! Scheiße, ja, und dann haben wir gesucht. Aber der Frank hier war irgend so ein abgedrehter Trolltyp. Kein Frank … wie von den Liberators halt!" Ein mit Selbstbräuner orange geschminkter Indianer mit einfachem Stirnband und zwei gekreuzten Federn stand vor Paul, dem Produzenten und Regisseur, und ließ die nackten Schultern schuldbewusst hängen.

„Seid ihr noch ganz bei Trost! Habt ihr eine Vorstellung, wie viele Franks es in Chicago und Umgebung gibt und wie viele davon vor irgendetwas davonlaufen? Außerdem hat doch dieses ganze Frank-Gerede nichts mit unserem Indianer-Projekt zu tun! Das sind zwei völlig unabhängige Geschichten, die nur im gleichen Forum diskutiert werden. – Ihr müsst endlich lernen zu trennen, was nicht zusammengehört! Seid ihr denn nicht mehr in der Lage, Zusammenhänge herzustellen? Meine Güte! Nur noch schnelle hintereinander geklebte Schnipsel seht ihr! Was für eine Generation!"

„Es tut mir leid, Paul", antwortete der geknickte Aushilfsindianer. „Aber du selber warst doch derjenige, der diesen Ort als den wahrscheinlichsten bezeichnet hat."

„Aber doch nur im künstlerischen Sinne! Wir sind nicht hier, um irgendwelchen Gerüchten nachzugehen, sondern um ein kollektives Schreibprojekt in Bilder zu bannen. Es gibt doch schon genug Hobby-Schnüffler, die sich in Geschichten verlieren und Phantome jagen, weil sie die Quellen für bare Münze nehmen."

„Es wäre die Krönung unseres Projekts gewesen! Dafür kann man auch einen Anschiss von der Krankenhausleitung riskieren", warf der Dramaturg und Häuptling der Indianersippe ein.

„Du verhältst dich wie ein Sprog im Königsgemach", gab Paul zurück.

„Und du bist ein pseudointellektueller Dummschwätzer! Woher hast du diese Anspielungen? Aus einer Quizsendung oder aus der Sammlung ‚Tausend Zitate und Anspielungen – und wie sie damit Eindruck machen'?" Der Häuptling der Indianer war jetzt bereit, den Standpunkt seiner Stammesgenossen auch gegenüber der Regie zu verteidigen.

„Wenn ich Sie kurz unterbrechen darf. Ich würde Sie jetzt dringend bitten, nicht weiter den geregelten Krankenhausbetrieb zu stören und sich sofort in den stillgelegten Bereich zurückzuziehen! Ich habe keine Zeit mehr, mich mit Ihnen herumzuschlagen. Hier geht es nicht um ein Kunstprojekt, sondern um die Gesundheit echter Patienten, deren Behandlung Sie mit Ihrer albernen Maskerade verhindern. Sie folgen jetzt bitte den Anweisungen des Gebäudemanagers, der Ihnen nicht mehr von der Seite weichen wird. Ich hätte wirklich Lust, diesen ganzen Dreh abzusagen, aber Sie scheinen ja recht gute Verbindungen zum Stiftungsvorstand zu haben."

*

„Gehört der da drüben nicht auch noch zu eurer Truppe? Was macht der Indianer da am Fenster?" Der Gebäudemanager zeigte über den Hof auf ein Fenster der Kantine, hinter dem eine Person an einem Tisch saß – neben einem vollbeladenen Tablettwagen – und in seiner Tasse rührte.

„Ich weiß nicht. Vermutlich Tee trinken."

Shawn saß allein in der Kantine, derweil Sandra sich kurz verabschiedet hatte, um nach ihrem Bruder zu sehen. Vorsichtshalber hatte sie ihm ihre Nummer mit einem Stift auf die Hand geschrieben, da dieser seine Speichermedien in seinem Verfolgungswahn allesamt weggegeben hatte. „Du hättest wahrscheinlich nie gefragt, ob wir nicht mal miteinander ausgehen könnten!"

Shawn rührte in seinem Tee, der zumindest gesund roch und vermutlich auch positive Auswirkungen auf die Innereien des Konsumenten hatte, und grübelte über Sandra, McGrue, das Studium, seinen Vater, die Firma – aber am meisten beschäftigte ihn, was er mit seiner neu gewonnenen Freiheit anfangen sollte. Frank hatte er in diesem Moment beinahe vergessen. Erst als Dr. Martin in die Kantine kam, fiel ihm wieder ein, dass er wegen ihm hier im Krankenhaus wartete.

„Herr Hayek, bei mir in der Abteilung war gerade die Hölle los! Eine Gruppe von Kunststudenten versucht irgendeinen Film zu drehen und hat dabei alles durcheinandergebracht."

„Ja, ich hatte sie hier in der Kantine schon getroffen."

„Eine ganze Bande wild gewordener Studenten! Für meinen Geschmack gehört diese ganze Filmerei nicht hierher … Aber eigentlich wollte ich mit Ihnen über unseren großen Patienten sprechen."

„Gibt es etwas Neues?"

„Also, zumindest haben wir aus einer Registrierung, die er bei sich trug, einen Namen ausfindig gemacht. Allerdings glaube ich, dass der Name bestimmt nicht sein Taufname ist. ,Frank Rock' … Wer denkt sich denn so was aus? … Na also gut, wenn der Herr so genannt werden möchte, dann tun wir ihm halt den Gefallen. Wenn man ihn zurückverfolgen lässt, endet man bei den üblichen belanglosen Einträgen, die in keinem Fall zu einem Troll von einem Mann passen können."

„Frank?"

„Ja. So steht es in dem Eintrag. Frank, unser Patient, ist aufgewacht oder eher durch eine Art Schocktherapie aufgeweckt worden."

„Meine Güte! Was hat er gesagt? Warum hat er mich angegriffen?"

„Bis jetzt hat er noch gar nichts gesagt. Ich bin mir sicher, dass er mich gehört hat, aber geantwortet hat er nicht. Entweder ist er noch zu verwirrt oder mein Trollisch ist nicht gut genug. Vielleicht will er auch einfach nicht reden. Seine Hirnströme reagieren auf jeden Fall, wenn man ihn mit ‚Fettsack' anspricht."

„Kann ich zu ihm?"

„Das wollte ich Ihnen gerade vorschlagen. Mehr Aufregung als die vorherigen Besucher können Sie auch nicht verursachen. Wenn Sie noch zu ihm wollen, sollten Sie jetzt mitkommen. Einen besseren Zeitpunkt wird es nicht mehr geben. Nachdem der ganze Schauspieltrupp ihn besucht hat, glaube ich, wird es nicht mehr lange dauern, bis jemand Frank abholen möchte, der weiß, was in ihm steckt."

*

McGrue sah, wie Shawn zusammen mit einer Ärztin ins Zimmer von Frank trat. Der Junge war also immer noch bei Frank. Was wollte er noch dort? Hatte dieser Shawn etwa Lunte gerochen und gewittert, welch ein wertvoller Patient dort in dem Bett lag? Immerhin hatte er ja auch bei Titan gearbeitet! Da kam dem Personalberater ein neuer, noch unangenehmerer Gedanke. Was, wenn Shawn nicht aus eigenem Antrieb an der Pension HONEYMOON vorbeigelaufen war, sondern im Auftrag von Titan gezielt dort gewartet hatte? Der Auftrag, den er zuvor bezüglich Shawn erhalten hatte, war so harmlos gewesen, dass er ihn nicht gründlich überprüft hatte! McGrue betrachtete weiter die Personen im Krankenzimmer. Frank hatte die Augen geschlossen, bei genauem Zoom schien er jedoch zu blinzeln.

„Sie sind sich sicher, dass er mich hören kann?", fragte Shawn die Ärztin.

„Ja, irgendwie wahrscheinlich schon. Ich weiß nur nicht, was wirklich bei ihm ankommt."

Shawn ging ein wenig vom Fußende um das Bett herum und beugte sich leicht über Franks Gesicht. Obwohl er noch gut einen halben Meter von dem gerade zur Zimmerdecke gerichteten Gesicht entfernt war, spürte er den warmen Atem, der in langsamer Folge aus der Nase strömte. Der Atem war jetzt schwächer als nach dem Zusammenstoß, roch aber immer noch unangenehm fremd.

Shawn probierte es mit einem leisen „Herr Rock, können Sie mich verstehen?". Doch er erhielt keine Antwort.

„Das habe ich schon versucht. Er antwortet einfach nicht. Ich dachte, wenn er Sie sieht und wiedererkennt, würde er vielleicht anfangen zu sprechen."

Shawn legte seine Hand auf die Decke in etwa an der Stelle, wo sich darunter Franks Hand befand, und drückte sie.

„Laut der Anzeige hat er auch diese Berührung wahrgenommen. Das war vorher nicht der Fall." Dr. Martin zeigte auf eines der Displays neben Franks Bett. „Ich denke, es ist sinnlos weiter zu warten. Vielleicht liegt eine Art psychische Blockade vor."

„Ich werde es noch ein wenig weiter versuchen – sonst wär

ich ja umsonst geblieben.“

„Gut, Herr Hayek. Ich gebe Ihnen noch ein paar Minuten. Ich werde mich jetzt wieder an die Arbeit machen. Die Visite wartet. Ich hole Sie wieder ab, wenn ich mit den beiden Patienten auf diesem Flur fertig bin.“

*

„Es ist tatsächlich ein Filmteam vor Ort! Studenten für ein Amateurprojekt“, kam die Meldung aus der Informationszentrale in Jakob Johnsons Büro. Der Krisenstab war bereits etabliert und arbeitete mit der gewohnten Routine. In der Zentrale herrschte geschäftige Ruhe, in der jeder Mitarbeiter der ihm zugewiesenen Aufgabe nachging. Bisher konnte Jakob dem Treiben nur über seinen Monitor folgen, doch das System für die holographische Darstellung war bereits fast aufgebaut.

„Finden Sie genauer raus, was das für Leute sind! Schaffen Sie sie vorher weg, aber ohne viel Aufsehen! Wer an so einem Ort dreht, hat bestimmt keine hinreichende Genehmigung. Was auch immer die gerade drehen, lassen Sie sich was einfallen! Nehmen Sie sie von mir aus in eine Stiftung auf oder nominieren Sie sie für irgendeinen Preis. Aber lassen Sie sie keinen Verdacht schöpfen. Ich will auf keinen Fall, dass das Filmteam Frank oder die Liberators aufnimmt!“ Jakob sprach schnell und energisch, aber ohne Aufregung.

„Wie soll das denn gehen? Ich kann ihnen doch aus heiterem Himmel nichts anbieten!“

„Sie müssen es halt geschickt machen. Diese Künstler sind alle irgendwie eitel. Sie werden leicht glauben, dass es wegen ihrer Arbeit ist.“

Jakob wartete auf Ralph Simon und versuchte die Situation

voll zu überblicken und einzuschätzen. Wie sollte man vorgehen? Gab es noch eine Möglichkeit, Frank zurück zum Konzern zu holen, ohne dass die Öffentlichkeit von dem Forschungsprojekt Wind bekam?

*

„Paul, Dr. Turner will dich sprechen. Hier, dein Telefon! Kannst froh sein, dass es noch keiner der Stadtstreicher, die hier im Krankenhaus rumlungern, vom Tisch genommen hat. Vielleicht solltest du es dir anbinden!"

„Dr. Turner? Alles klar. Gib rüber!"

„Hi, Arthur. Was gibt's?"

„Hör zu, Paul! Das geht so nicht, wie ihr euch im Krankenhaus verhalten habt. Du weißt, ich halte viel von dir und deinem Projekt. Es ist wichtig, dass sich jemand mit den ethnischen Konflikten in unserem Land auseinandersetzt; und bei dir bin ich mir sicher, dass das Projekt nicht in die falsche Richtung läuft und keine Misstöne entstehen. Titan ist ein großes Unternehmen, das auch im kulturellen Leben unserer Stadt eine wichtige Rolle spielt. Ich bin mir sicher, dass dein Filmprojekt mit vielen der wirren Geschichten, die die Liberators verbreiten, aufräumen wird. Aber die Krankenhausleitung hat sich beschwert, und auch ich glaube mittlerweile, dass es vielleicht nicht der geeignete Schauplatz ist."

„Die Klinik hier ist perfekt. Dazu steh ich!"

„Nein, Paul, da irrst du dich. Pass auf! Ich habe im Konzern nachgefragt. Es gab in den letzten Monaten keine Unruhen in Kalifornien. Das mit der Nachrichtensperre ist absoluter Blödsinn! Die Liberators wollen aus Nichts einen Skandal machen!"

„Das weiß ich. Deshalb wollen wir den Film ja machen!“

„Der Film soll auch gemacht werden. Der Konzern hat mir Mittel zugesagt, um das Projekt zu unterstützen. Du bekommst von ihm und von uns absolute künstlerische Freiheit. Nur die Zusammenarbeit mit einer Klinik ohne Zulassung ist für die Aufnahme in ein großes Förderprogramm nicht günstig.“

„Sie entspricht aber meiner künstlerischen Vorstellung!“

„Paul, sei nicht dumm! Mit einem größeren Budget könntest du eine richtig aufwändige Produktion machen. Nur, du musst aus der Klinik verschwinden, sonst kommt ihr in Teufelsküche!“

„Wie meinst du das, sofort verschwinden?“

„Ich habe vom Bezirksvorsitzenden erfahren, dass in der Klinik heute noch eine Razzia durchgeführt werden soll. Normalerweise wird aus humanitären Gründen bei solchen Kliniken ein Auge zugedrückt. Das ist auch vollkommen in Ordnung, da jeder eine Anlaufstelle haben soll, wo er sich ohne Angst ärztliche Hilfe suchen kann. Aber bei Drogenhandel im großen Stil hört der Spaß auf! Irgendwo gibt es eine Grenze!“

„Und die Klinik ist in den Drogenhandel verwickelt?“

„Nein, die Klinik hat nichts zu befürchten. Es geht lediglich um eine Gruppe von Patienten, die mit Schussverletzungen eingeliefert wurden. Aber du solltest mit deinem Team so schnell wie möglich verschwinden!“

„Okay! Das ist gefährlich! Das seh ich ein. Danke für die Warnung. Wenn das mit dem Förderprogramm klappt, lad ich dich und Mathilda zum Essen ein. Grüß sie übrigens schön von mir!“

„Alles klar, Paul! Ich weiß, ich kann mich auf dich verlassen. Du hast schließlich auch die Verantwortung für die übrigen Studenten.“

„Mach dir keine Sorgen, Arthur! Wir sind so gut wie weg. Ich werd den Dreh für heute absagen. Wir fangen gleich an abzubauen. Noch mal vielen Dank für die Warnung. Bis bald!“ Paul legte auf. Er beobachtete, wie seine Kommilitonen bereits dabei waren, Aufstellung zu beziehen, sah zu dem Gebäudemanager hinüber, brachte sich in Position, um nach einem kurzen Räuspern seiner Verantwortung nachzukommen und die neue Sachlage zu verkünden.

*

Die kleine Hummel hatte sich an eine der Leuchtröhren an der Decke von Franks Zimmer gehängt und dort an die Stromversorgung angeschlossen. Sie sendete fleißig Bild und Ton von ihrer Zielperson und dem Zimmer. Der Elf verfolgte die erfolglosen Versuche Shawns, mit Frank in Kontakt zu treten. Er musste mit Frank sprechen – und wenn das nicht möglich war, halt mit Shawn! Titan hatte bereits rund um die Klinik Aufstellung bezogen. Selbst wenn er die gesamten Bewegungen und Pläne des Konzerns verfolgen konnte, sah er doch kaum eine Chance, Shawn zusammen mit dem regungslosen Frank an den Sicherheitskräften vorbei aus der Klinik zu schmuggeln. Dennoch musste er versuchen, mit einem der beiden in Kontakt zu treten! McGrue ließ die Hummel von der Deckenbeleuchtung zum Bildschirm für die Patientenkonsole des Zimmers an der oberen Ecke der Wand laufen. Die Hummel brauchte kurz, um den Bildschirm von der Konsole zu trennen und sich selbst einzuklinken.

„Herr Hayek!“

Shawn zuckte zusammen und schaute zur Tür.

„Erschrecken Sie nicht! Ich bin hier oben im Bildschirm.“

Shawn drehte sich um und schaute auf den Patientenbildschirm, von wo aus ihm McGrues Gesicht entgegensah, das versuchte, kurz zur Begrüßung zu lächeln, dann jedoch sofort wieder in eine ernste, angestrengte Miene verfiel.

„Sagen Sie mir, Herr Hayek“, der Elf zögerte kurz, „ist der Patient bei Bewusstsein?“

„Ich glaube. Die Ärztin sagt, schon! Aber er reagiert nicht.“

„Vielleicht will er nicht sprechen.“

„Möglich.“

„Gut! Dann gehe ich davon aus, dass auch Herr Rock verstehen wird, was ich zu sagen habe: Titan hat Sie ausfindig gemacht. Herrn Rock muss klar gewesen sein, dass dies früher oder später passieren wird. Es sind bereits Einsatzteams des Konzerns um die Klinik herum postiert.“

McGrue wartete kurz, doch Shawn war sprachlos und Frank sprach nicht.

„Na gut. Sie wollen nicht mit mir reden! Ich kann Ihnen versichern, dass ich Ihnen Titan nicht auf den Hals gehetzt habe. Die müssen ganz von alleine auf Sie gekommen sein. Ich handle nicht mehr im Auftrag des Konzerns. Ich bin selbst hintergangen worden!“

Shawn löste sich aus der Schockstarre. Die Angst vor der Verfolgung machte sich trotzdem wieder in ihm breit, so dass seine Ohren zu rauschen begannen.

*

„So, ich denke, das Filmteam ist aus dem Weg geschafft! Wir haben ihnen Fördergelder versprochen und ein bisschen Angst vor einer Razzia gemacht.“

Jakob beobachtete weiter die Aufnahmen von McGrues Hummel. „Was drehen die da überhaupt?"

„Irgendeinen Film über die Liberators. Zumindest hat das dieser Arthur von der Stiftung gesagt. Momentan scheinen alle bei dem Thema verrückt zu spielen!"

Der Leiter der Sicherheitsabteilung, Ralph Simon, war zu Jakob ins Büro gekommen. Von dort aus leiteten sie den jetzt vollständig etablierten Krisenstab in der Informationszentrale, bei dem alle Informationen über den Einsatz eingingen und die Fäden zusammenliefen. Ein Modell der Zentrale der Größe eins zu sechs wurde mittlerweile in Echtzeit in Jakobs Büro übertragen, so dass man von dort aus sämtliche Vorgänge verfolgen konnte. Die beiden erteilten ihre Kommandos lediglich mit Sprachübertragung. Von der Führungsebene war damit nur die Stimme in dem Raum präsent, während sie selbst alle Vorgänge beobachten konnten. Die Führung erfolgte nach dem bewährten Prinzip der chinesischen Mauer. Nur falls eine echte Krise eintreten sollte, würden sich Ralph oder Jakob auch sichtbar einschalten – solange steuerten nur ihre Stimmen die Vorgänge und ließen die Miniaturangestellten nach ihrem Dafürhalten agieren.

„Meine Güte! Hoffentlich keinen Dokumentarfilm! Haben Sie diese Liberators-Abordnung gesehen?" Jakob hatte seine Frage an niemanden Bestimmtes gerichtet. Sie hing damit in der Luft der Informationszentrale und ließ alle dort kurz innehalten. Dann antwortete ein Angestellter, der sich von seinem Monitor kurz zum Innern des Raumes wandte, wodurch sein Gesicht beim Sprechen mit übertragen wurde. „Nein, dieser Arthur von der Stiftung hat nichts davon erwähnt. Die Studenten wollen sich jetzt so schnell wie möglich aus dem Staub machen ..."

„Dr. Turner ist der Beiratsvorsitzende", wies Jakob den

Antwortgeber zurecht. Jakob merkte, dass er versucht war, den laxen Ton, den sie auf der Führungsebene führten, auch gegenüber den Angestellten zu benutzen. Vermutlich, da er die Angestellten nur im Modell sah! Mit der Zurechtweisung hatte er wieder Distanz hergestellt, ohne den Angestellten allzu sehr bloßzustellen.

„Wir haben jetzt fünf Wagen unmittelbar um das Krankenhaus postiert. Falls die Liberators probieren, mit Frank zu entkommen, werden wir sie aufhalten können." Ralph zeigte Jakob die Position der Wagen auf seinem Monitor.

„Was ist mit Herrn Rock? Der bleibt unser Hauptziel!", erinnerte Jakob.

„Gerade ist nur dieser Hayek bei Frank. Glaubst du, der ist schon länger bei der Verschwörerbande?"

„Gut möglich. In jedem Fall hat er sich laut Zeugnis immer sehr eigenbrötlerisch verhalten und sich in den letzten Wochen, bevor er die Prüfung aufgemischt hat, immer weiter isoliert." Jakob schloss Shawns Akte, die nur aus einem kurzen Abriss und Bemerkungen bestand. Der Student war noch nicht einmal mit einem Kurzprofil im Archiv auffindbar gewesen.

„Okay! Wir werden ihn am besten gleich mit Frank zusammen abführen lassen und ihn dann später befragen. Vielleicht hat er den Liberators Informationen vom Konzern verraten. Zumindest können wir einen Grund konstruieren, der es erlaubt, ihn aus Konzerninteressen festzuhalten und zu befragen."

Ralph Simon machte sich daran, den entsprechenden Befehl abzusetzen, als Jakob dazwischenfuhr: „Auf dem Hof sammelt sich jetzt eine Gruppe von Bilderbuchindianern! Mist, warum haben die sich so verkleidet? Soll das der Aufzug für den Film sein? Du bist dir sicher, dass dieser Paul nichts mit den Liberators zu tun hat?“

„Das meint zumindest Dr. Arthur Turner“, antwortete Ralph.

„Verdammt! Wie soll man denn jetzt noch auseinanderhalten, wer *wer* ist! Versuch vorsichtig rausfinden zu lassen, was Paul und seine Leute von Frank wissen … Zum Glück haben wir Frank im Bild!“

„McGrue hat sich auf den Bildschirm in Franks Zimmer geschaltet. Er weiß, dass wir an der Klinik dran sind. Wie es aussieht, hat er aber noch nicht gespannt, dass *er* uns die Informationen liefert.“

„Was sagt McGrue zu Shawn und Frank? Psst! Ich will das jetzt genau mitbekommen … “

*

„Herr Rock will offensichtlich nicht mit mir reden. Gut! Vielleicht habe ich bei Ihnen mehr Glück, Herr Hayek. Wissen Sie, dass in diesem Moment das gesamte Klinikgebäude von Titan umstellt ist und dass es vermutlich nur noch eine Frage von Minuten ist, bis man bei Frank im Zimmer auftaucht? Was sagen Sie dazu? Haben Sie jetzt Angst – oder ist das Eintreffen von Titan in Ihrem Sinne? Vielleicht haben Sie es ja sogar veranlasst?“

„Titan hat den Sicherheitsdienst hierhergeschickt? Wegen mir?“

„Herr Hayek, stellen Sie sich nicht dumm! Selbstverständlich will Titan Herrn Rock zurückhaben! Ich will wissen, ob Sie tatsächlich nur durchgeknallt und deshalb vom Campus weggelaufen sind oder ob Sie immer noch mit Titan zusammenarbeiten … “

„Ich dachte, Sie haben mich im Auftrag von Titan gesucht! Erinnern Sie sich? Sie wollten mich dazu bewegen zurückzukommen …“

„Ja. So hat man es mir von Titan aufgetragen. Aber wie gesagt, man hat mich von Konzernseite aus hintergangen!“

„Dann tut es mir leid. Aber ich habe dabei sicher nicht mitgeholfen. Erinnern Sie sich? Sie meinten, ich würde meinen Weg finden … Nun, ich habe eine Entscheidung getroffen und einen Weg eingeschlagen. Wenn Sie genau wissen wollen, habe ich Ihre Karteikarte zerrissen und beerdigt – und damit zumindest symbolisch die letzte Brücke zum Konzern verbrennen wollen. Aber scheinbar spielt meine Entscheidung eh keine Rolle. Der Konzern holt mich schon wieder ein!“

„Was dachten Sie? Sie sind mit Frank zusammen in der Klinik … Das wirft Fragen auf! Sie können so viele Entscheidungen treffen, wie Sie wollen, und sich einbilden, Sie hätten den Lauf der Dinge in der Hand, könnten zumindest Ihre eigene kleine Welt gestalten und bestimmen. Aber das ist Einbildung! Zugegeben, eine beruhigende Vorstellung. Mit solchen Ideen lässt sich bestimmt besser zu Bett gehen und schlafen, als wenn man sich die Wahrheit eingesteht: Niemand entscheidet wirklich selbst. Sie nicht, ich nicht und selbst Titan nicht. Alles wird entschieden!“

„Wie soll ich das denn jetzt verstehen? Sie wollen doch nicht spirituell werden! Wenn Titan wirklich hierher unterwegs ist, habe ich wohl kaum Zeit für philosophische Gedankenspiele. Wollen Sie mir einen Glauben an Schicksal oder Vorsehung empfehlen? Das wird mir nicht helfen! Wie kommt es, dass ein Mann wie Sie so mittelalterlich denkt?“

„Wenn Sie es mittelalterlich nennen wollen … Vielleicht war man dann damals der Erkenntnis näher, als in den so genannten aufgeklärten Zeitaltern! Ich spreche nicht von Glaube oder Religion. Nein, ich betrachte unser Leben und unsere Welt rein wissenschaftlich, rational. Aber wenn man den Menschen so betrachtet, wie er ist, und nicht, wie man ihn ideologisch verblendet gerne als Individuum und Krone der Schöpfung hätte, kommt man doch nicht umhin, den Menschen als ein reagierendes Teil im Zusammenspiel der Naturgesetze zu sehen. Spirituell ist doch wohl eher der Glaube an den freien Willen, oder?"

„Nun gut! Auf einer großen philosophischen Ebene vielleicht. Ich hatte vor einigen Stunden einen ähnlichen Gedanken, bis mir jemand deutlich gemacht hat, dass ein solches Wissen mich als Individuum nicht weiterbringt … Ich will mich jetzt nicht tiefer in diese Diskussion verstricken. Für mich ging es nur darum, herauszufinden, warum Herr Rock mich beinahe erschießen wollte."

„Sehen Sie, damit sind wir wieder beim Thema! Frank Rock ist ein gutes Beispiel: Er wollte Sie nicht erschießen. Er hat sich dazu überhaupt keine Meinung gebildet. Vielleicht weiß er von dem Vorgang mittlerweile nichts mehr. Es waren nur Reaktionen auf seine Umwelt, Reflexe in einem höheren Sinne. Verstehen Sie?"

„Dr. Martin hat mir ein wenig davon erzählt, was sie über Frank herausgefunden hat. Wenn ich das richtig verstanden habe, tanzt er in einem fort nur den ‚Geistertanz'."

„So ähnlich kann man das wohl nennen. Vermutlich weiß er selbst nicht mehr genau, wer er ist. Aber da liegt doch der Hund begraben! Was ist mit Ihnen? Wissen Sie denn, wer Sie sind und warum Sie die Dinge getan haben, denen Sie die jetzige Lage verdanken? Wenn ich Ihnen noch einen Rat geben darf – und ich tu das jetzt, obwohl ich nicht sicher sein kann, ob Sie nicht doch für Titan arbeiten, vielleicht sind Sie ja ein begnadeter Schauspieler, dann hätten Sie mich erfolgreich getäuscht – wenn ich Ihnen also einen Rat geben darf, versuchen Sie kein weiteres Wissen über Frank zu erlangen und gehen Sie dem nicht weiter nach. Wenn es für Sie ein permanenter ‚Geistertanz‘ ist, dann belassen Sie es dabei!“

„Mich interessiert diese ganze Technik doch überhaupt nicht. Wenn Titan hierherkommt, können sie Frank doch gerne mitnehmen!“

„Herr Hayek, eins noch! Wie konnten Sie sich auf eine so unreife Gruppe wie die Liberators nur einlassen? Sie sind für solch einen Blödsinn doch viel zu alt!“

„*Ich* und die Liberators! Was soll das? Sie sind der Zweite, der mich danach fragt. Hören Sie, McGrue, ich interessiere mich generell nicht sehr für Netzkommunikation und in den letzten Wochen habe ich noch nicht einmal mehr die Nachrichten verfolgt!“

„Warten Sie, Herr Hayek!“ McGrues Blick wanderte von der Kamera nach oben, wo er anscheinend etwas sah, das Aufmerksamkeit brauchte. Nach einer knappen Sekunde schaute er Shawn wieder direkt aus dem Bildschirm an; Shawn war sich jedoch sicher, dass ihn jetzt nur noch ein Avatar ansah, den McGrue zwischengeschaltet hatte, weil er in Ruhe auf einem anderen Kanal Informationen verfolgen wollte. Als sich die Stimme nach einer kurzen Pause wieder meldete, spielte die Mimik von McGrue auf dem Bildschirm wieder perfekt synchron mit, allerdings war sie ein wenig zu entspannt, so dass Shawn sich sicher war, weiter das Gesicht des Avatars vor sich zu haben. „Herr Hayek, Ich muss mich jetzt verabschieden. Passen Sie auf sich auf!“ Das Bild von McGrue auf dem Monitor verschwand.

*

Ralph Simon saß immer noch bei Jakob Johnson im Büro. Er hatte sich einen Kaffee bestellt und verfolgte aufmerksam das Geschehen bei der Klinik und in der Informationsabteilung zwei Etagen tiefer am Modell. Seit einigen Minuten koordinierte er den Einsatz vollständig allein. Sein Chef hatte sich hingegen ein wenig mit seinem Stuhl vom Schreibtisch zurückgeschoben und schien abwesend oder zumindest in Gedanken zu sein. Über den Hauptsprachkanal meldete sich der Einsatzleiter aus dem Innern des schwarzen Kastenwagens, der dort die mobile Einsatzzentrale verbarg.

„Ich habe eine Bestätigung über die Luftbildaufnahmen bekommen. Der Trupp im Hof setzt sich jetzt in Bewegung. Das Gerüst ist ein Baugerüst – das gehört zu den Renovierungsarbeiten. Das Film-Equipment suchen sie gerade zusammen. Wir sind nur nicht mehr sicher, wer da alles rumspringt. Sind das jetzt Schauspieler oder die Liberators aus Franks Zimmer?"

„Einige erkenne ich auf jeden Fall von der Kameraaufzeichnung wieder", antwortete Ralph, während Jakob keine Anstalten machte, sich am Gespräch zu beteiligen.

„Der Wagen aus der Tiefgarage fragt, ob wir alle Indianer aufhalten sollen. Die ersten sind bei ihren Autos angekommen. Sie helfen mit beim Beladen." Der Einsatzleiter der Teams am Krankenhaus war jetzt auch auf Ralphs Bildschirm zu sehen. Er saß etwas geduckt auf einem niedrigen Drehstuhl und schaute in die Kamera des Rechners vor ihm.

„Wenn das wirklich alles nur Filmleute sind, dann würden wir sie durch eine Festnahme und Fragen nach Frank nur neugierig machen … Ich dachte, wir hätten uns für die Lösung mit der Warnung vor einer Razzia entschieden. Sie sind doch schon dabei, das Feld zu räumen … "

„Ja, aber wenn sie doch zu den Liberators gehören, dann sind sie uns bald entkommen! Wenn sie die Krankenakte oder Scannerauszüge von Frank aus der Klinik haben und sie im Netz verbreiten, wird es haarig! Herr Simon, ich möchte Ihre Entscheidung nicht in Frage stellen. Ich denke nur, vielleicht ist das Risiko zu groß …“

„Was genau hat Paul denn gesagt? Hatten sie bei ihren Recherchen mit den Liberators unmittelbar Kontakt? Arbeiten sie beim Dreh mit der Gruppe zusammen?“

„Ich habe ja nicht direkt mit Paul gesprochen. Der Stiftungsbeirat hat nichts davon erwähnt, dass sie mit den Liberators zusammenarbeiten würden. Der Film sieht die Affäre auch eher in einem kritisch künstlerischen Blickwinkel. Was auch immer das sein soll …“

„Aber es ist doch verdächtig, dass sie ausgerechtet in dem Krankenhaus drehen, in dem die Zielperson liegt“, gab sich Ralph plötzlich nachdenklich. „Vielleicht müssen wir ja davon ausgehen, dass die Liberators schon vorher Kontakt mit Frank hatten! Vielleicht haben sie dann erst das Filmteam hinzugezogen …“

„Was ist jetzt mit den Autos?“

„Wollen die schon losfahren?“

„Nein, noch nicht! Die gehen erst noch einmal zurück. Vermutlich muss noch mehr eingeladen werden. Sie sehen auch noch nicht besonders eilig aus.“

Ralph hatte die gesamte Kommunikation übernommen und keinmal bei Jakob nachgefragt, da er davon ausging, dass dieser sich im Zweifel wieder ins Gespräch einklinken würde. Jetzt jedoch wollte er die Entscheidung nicht allein treffen. Er drehte sich zu Jakob um.

„Was sagst du? Die Typen – wer auch immer sie sind – waren bei Frank im Zimmer! Sollen wir sie festhalten?“

„Ich denke, es gibt schon zu Viele, die etwas über Frank in Erfahrung gebracht haben könnten: Ärzte, Pfleger, Schauspieler, vielleicht Liberators und dieser Hayek.“

„Apropos! Was soll mit diesem Hayek passieren?“

„Wir werden ihn befragen und herausfinden, was er weiß – wie die anderen auch! …“ „Ralph“, Jakob schob sich mit den Füßen jetzt wieder neben ihn an den Schreibtisch, „bisher dachte ich, dass wir eine diskrete Lösung finden könnten, um Frank aus dem Krankenhaus herauszuholen. Aber es sind schon zu viele Leute, die ihn zur Kenntnis genommen haben und die über sein Innenleben Bescheid wissen könnten.“

„Was willst du tun?“

„Was wir brauchen, ist ein kollektiver Gedächtnisverlust.“

„Wie willst du das anstellen? Alle unter Drogen setzen oder sie so lange durch verschiedene ‚Geistertanz‘-Sequenzen laufen lassen, bis sie ihr altes Leben vergessen haben?“

„Nein! Aber wir könnten ihre Erinnerungen überlagern. Wir brauchen etwas Großes! Etwas das Eindruck hinterlässt und für Gesprächsstoff sorgt. Einen großen ‚Bang‘, der alles, was sonst an diesem Tag geschehen ist, unwichtig macht!“

„Du willst die Klinik doch wohl nicht in die Luft sprengen lassen! Jakob, dann könntest du die Leute gleich erschießen!“

„Nein, keine Angst! Es soll niemand zu Schaden kommen! Aber ein Feuer wäre nicht das Schlechteste, oder? Ich sag dir, was wir machen: Wir haben doch bereits das Gerücht gestreut, dass sich in der Klinik schwerstkriminelle Mitglieder einer Drogendealerbande befinden und dass eine Razzia geplant ist. Nun, diese Geschichte trägt natürlich wie jede gute Geschichte einen Funken Wahrheit in sich. Es sind tatsächlich zwei Mitglieder eines Dealerrings in der Klinik in Behandlung, wenn auch nur eher unbedeutende kleine Nummern. Aber im Nachhinein wird ihre Position in der Hierarchie wohl keine großen Fragen aufwerfen. Wenn es in der Klinik brennt und keiner sie daran hindert, werden die beiden nicht auf die Polizei oder die Feuerwehr warten, sondern sich schnellstens aus dem Staub machen. Dann ist die Lage doch wohl eindeutig! Ein Brand – und nur zwei sind verschwunden, wegen denen eine Razzia geplant war … “

„Dann stimmt die Geschichte mit der Razzia also wirklich?“

„Würd ich lügen? Natürlich! Die Polizei hat einen Tipp bekommen. Ralph, es arbeiten noch mehr Leute für Titan! Du kannst nicht alles regeln. Mit dem Brand wird Frank zur absoluten Nebensächlichkeit!“

„Schon möglich. Aber wir können nicht einfach einen Brand legen. In dem Krankenhaus sind Patienten, die sich zum Teil nicht selbst retten können …“

„Keine Sorge! Es wird genug Zeit geben, dass alle gerettet werden können. Auch Frank. In dem Gebäude gibt es überall Rauchmelder. Wir fangen im Keller an vier verschiedenen Stellen mit einem Schwelbrand an. Kleine Rauchbomben nehmen wir dafür. Wenn der Alarm losgeht, warten wir, bis tatsächlich die Feuerwehr da ist, und zünden erst dann die zweite Stufe. Vielleicht im Heizungskeller. Wir inszenieren ein sich langsam ausbreitendes Feuer. Alles ganz kontrolliert, bis alle raus sind. Wir wollen die Klinik ja nicht vollkommen niederbrennen! Nur viel Rauch aufwirbeln!“

„Wie sollen wir das alles so schnell hinbekommen?“

„Ralph, wir haben ein komplettes Modell des Krankenhauses und genug Pyrotechniker, die für mich schon Plan B ausgearbeitet haben. Den müssen wir jetzt hervorholen. Wir machen ja eigentlich nur Show! Das Gute ist doch, dass alle dann von der Feuerwehr oder Polizei vor Ort festgehalten und befragt werden. Da können wir uns doch einschalten und einen vermissten Konzernangestellten wie Frank wieder zu uns nach Hause holen!"

„Gibt es nicht doch einen einfacheren Weg?"

„Glaub mir, dieser ist der beste. Ich habe gerade noch mal nachgefragt. In einer halben Stunde kann der Alarm losgehen. Mit den beiden verschwundenen Drogengangstern ist doch wohl auch klar, warum der Brand gelegt wurde!"

Jakob richtete sich jetzt direkt an den Einsatzleiter vor Ort: „Ein kleines glaubwürdiges Feuerwerk werden Sie doch wohl hinbekommen?!"

„Das ist ein völlig neuer Plan! Sicherlich denke ich, dass man etwas in der Art inszenieren kann. Wir haben es allerdings nicht vorbereitet …"

„Die Pyrotechniker sind schon unterwegs. Außerdem soll es ja auch nicht zu gut werden, sonst glaubt keiner an die Drogengangstergeschichte!"

Jakob schob sich mit seinem Stuhl wieder zurück und ließ Ralph, leicht gekränkt, weiter vorne an den Bildschirmen allein, während er selbst dem Fortschritt bei Plan B lauschte. Die Techniker waren bereits bei der Klinik angekommen. Auch der Einsatzleiter vor Ort war nicht erfreut, dass er in die Planung nicht eingeweiht worden war, konnte sich damit jedoch besser abfinden, da selbst sein Abteilungsleiter, der neben Jakob im gleichen Büro saß, nicht besser dran war. Die Klinik selbst hatte kaum Sicherheitspersonal. Eine Einrichtung, die sich insbesondere mit den Verletzungen und Krankheiten von Leuten beschäftigte, die nicht in normale Krankenhäuser gehen konnten – da sie entweder gesucht wurden oder aus sonstigen Gründen nicht behördlich erfasst werden wollten –, hätte mit einem strengen Sicherheitskonzept seine Klientel verscheucht. Es gab ein stilles Abkommen in der Halb- und Unterwelt von Chicago, dass ein solcher Ort nicht genutzt wurde, um Konflikte auszutragen, da es in ihrem Sinne war, dass man sich dort sicher aufhalten konnte. Daher hatte die Klinik nur wenige Wachmänner, die mehr dafür zuständig waren, das Eindringen von kleinen Gelegenheitsdieben zu verhindern. Eine Polizeirazzia hatte es in der Klinikgeschichte erst einmal gegeben, als die Polizei vermutete, mit den Aussagen eines Patienten einen Mordanschlag verhindern zu können.

Die Techniker sollten leichtes Spiel haben, jetzt nach Einbruch der Dunkelheit unbemerkt in die Klinik zu gelangen und im Keller die Rauchentwicklung vorzubereiten. Hinter der Rauchwand würden sie mit Atemgeräten solange mit dem eigentlichen Brand warten, bis die Feuerwehr am Krankenhaus angelangt war. Sie würden dann auf dem gleichen Weg aus dem Krankenhaus durch den Rauch verschwinden, auf dem sie gekommen waren, und sich unauffällig unter die von Titan geschickten Helfer mischen. Titan würde ganz offiziell vor Ort sein, um zu helfen und einen wichtigen Mitarbeiter in Empfang zu nehmen. Fehlte noch ein guter Grund, warum Frank ausgerechnet in dieser Klinik war! Aber vielleicht würde der wichtige Mitarbeiter gar nicht Frank, sondern Shawn sein, der lediglich bei Frank auf Krankenbesuch war. Dieser Teil des Plans bedurfte noch der genaueren Planung.

*

McGrue schaltete die Hummel aus und ließ sich auf seinem Sofa zurückfallen. Wie war das möglich? Wie konnte Titan wissen, was in Franks Zimmer im Krankenhaus vor sich ging? Aber er hatte es genau gehört! McGrues Routinen hatten sich wieder in Titans Sicherheitsnetz gehängt. Er selbst hätte es nicht für nötig gehalten, aber sein System hatte die alte Funktion im Hintergrund wieder hochgefahren. Er war zwar überrascht gewesen, als er eine Positionsmeldung von Sicherheitskräften am Krankenhaus zugespielt bekam – aber deshalb hatte er sich selbst noch nicht weniger sicher gefühlt. Er war froh gewesen, dass seine alten Schutzmechanismen selbstständig diese wichtige Information abgezogen hatten. So war er in einer noch bequemeren Position: Nicht nur, dass Titan keine Chance hatte, in sein System einzudringen, nein, er hatte es seinerseits wieder geschafft, an verschiedenen Punkten durch die Verschlüsselung von Titan zu dringen. Die Kommunikation von zwei Wagen hatte er decodiert und dazu einen gesamten Lageplan über die Bewegungen der Einheiten!

Und dann das! McGrue beugte sich auf dem Sofa nach vorn und fuhr sich mit der Hand durchs Gesicht. Draußen vor seinem Fenster war es bereits dunkel geworden. Von dem erleuchteten Zimmer aus konnte er keine zwei Meter auf die Terrasse hinaussehen. Er schaltete die Außenbeleuchtung ein. Alles lag friedlich, bis auf die durch das Licht aufgescheuchte Linda. „Wie haben diese Mistkerle die Hummel gefunden?" McGrue ließ die Jalousie an der Glasfront zur Terrasse herunterfahren. Wo waren die Schwachstellen? Es konnte nur einen materiellen Einbruch in sein System gegeben haben – sein virtueller Schleier war unschlagbar! Vielleicht war Titan während seiner Abwesenheit in die Wohnung eingebrochen und hatte ihn verwanzt, irgendetwas eingebaut, das seine Scanner nicht orten können. McGrue schaute zu den Leuchtdioden der Alarmanlage. Vielleicht hatten sie das ganze Sicherheitssystem ausgeschaltet? Für den Wollkopf war schließlich nur die Alarmsimulation losgegangen. Das hieß nicht, dass sein eigentliches System noch funktionsfähig war. McGrue traute sich nicht, sich zu bewegen. Seine Hände wurden feucht und kalt. Er fühlte sich beobachtet.

„Komm runter, Elias, hier ist niemand! … Na schön, vielleicht haben sie die Hummel entdeckt. Sie war gut versteckt, aber sie könnten sie *vor* mir gefunden haben. Das kleine Stückchen treibenden Code ausfindig zu machen, grenzt zwar an Hexerei oder Betrug, aber vielleicht ist es ihnen gelungen. Das heißt nicht, dass sie in meinem System oder in meiner Wohnung sind … Ja natürlich! So könnte es gewesen sein: Als ich die Hummel losschickte, war Titan in meinem System. Sie wussten von der Hummel. War es möglich, sie zu finden und zu entschlüsseln – ohne dass ich davon etwas mitbekommen habe –, als ich auf die Hummel zugriff …?“ McGrue hatte leise mit sich selbst gesprochen. Er hatte laut gedacht, um sich selbst zu beweisen, dass es Blödsinn war, dass jemand hörte, was er sagte. Allerdings konnte ihn diese Übung nicht voll überzeugen.

„Jakob Johnson, wenn Sie dies hier hören, sind Sie ein schmieriges Arschloch!“ Das war lauter, mit mehr Mut – aber trotzdem horchte McGrue in die Stille danach hinein, ob ihm nicht doch jemand antwortete …

*

Als die Sirene ertönte, wusste als Erster der Gebäudemanager das Geräusch einzuordnen. Er selbst war für die Überprüfung des Feueralarmsystems zuständig. Er überlegte kurz, ob er einen Termin für einen Probealarm vergessen haben könnte – aber wie sollte das möglich sein, da er doch selbst für die Auslösung des Systems zuständig war. Der Teil der Indianer, der noch bei ihm im Flur des Altbaus stand, schaute sich gegenseitig fragend an, während die anderen, die beim

Beladen der Fahrzeuge im Keller standen, kurz nach den Sirenen Rauchzeichen aus einem Lüftungsschacht unter ihnen aufsteigen sahen. Während in der letzten halben Stunde in der Klinik eigentlich wieder fast der Normalbetrieb eingesetzt hatte, wusste jetzt – bei dem Alarm – keiner genau, wie noch gleich der richtige Notfallplan aussah.

„Das Gebäude muss sofort geräumt werden!", verkündete der Gebäudemanager. „Paul, suchen Sie Ihre Leute zusammen und sehen Sie zu, dass keiner fehlt! Haben Sie eine Liste? Nutzen Sie die ausgezeichneten Fluchtwege!" Bei dem letzten Satz des Gebäudemanagers schaltete sich die Sprinkleranlage ein. „Ich kann von hier aus keinen Brand erkennen. Vielleicht war es wieder nur ein unvernünftiger Kiffer, der nicht raus kann und trotzdem seiner Sucht nachgehen muss. Ich denke, Sie haben genug Zeit, um das Gebäude zu verlassen. Ich muss sofort rüber ins Hauptgebäude …"

In diesem Moment kam der zweite Teil des Indianerstamms aus der Tiefgarage hochgelaufen. „Unten im Keller muss es brennen! Der Qualm zieht hoch in die Tiefgarage!" Der Dramaturg war schwer außer Atem und hatte seinen prächtigen Federschmuck mittlerweile ausgezogen. Das Wasser aus der Sprinkleranlage ließ die rotbraune Färbung der Indianer verlaufen und legte die blässlich bis leichtgebräunte Haut der Studenten frei. Bei denen unter ihnen, die noch Federn trugen, lag das nasse Gefieder schon auf den Kopf geklatscht danieder.

„Wir haben die Wagen und das Equipment in der Garage! Brennt es schon unten?", fragte Paul den Dramaturgen.

„Ich glaube nicht. Bisher war nur ein wenig Rauch zu sehen", antwortete dieser.

„Okay, Männer! Dann verlieren wir keine Zeit! Jeder überlegt, mit wem er im Auto gesessen hat und ob die Besatzung der Autos komplett ist. Wir laufen runter und verschwinden mit den Autos!" Paul hatte sich von dem ersten Schreck erholt und sprach nun wieder mit festerer Stimme.

„Nicht *da* durch!", schrie der Gebäudemanager. „Das ist eine Brandschutztür!"

„Keine Sorge. Wir schließen sie, sobald wir durch sind!"

Das Team lief die Treppe in die Garage – aufgereiht wie an der Perlenschnur – hinunter. Der Rauch in der Garage war schon deutlich mehr geworden, ließ aber noch eine Sicht durch die gesamte Halle zu.

„Zu den Autos und nichts wie weg! Vergesst nicht die Insassen in den Autos zu überprüfen!"

Als sie aus der Garage herausfuhren, standen dort schon zwei Löschzüge der Feuerwehr – und die Polizei war damit beschäftigt, die Klinik abzusperren und alle in Empfang zu nehmen, die aus dem Gebäude herauskamen. Auch die Wagen des Filmteams wurden angehalten und auf einen weiter entfernten Parkplatz umgeleitet. Die einzigen beiden Personen, die das Gebäude zuvor verlassen hatten – aufgrund eines anonymen Tipps – und weg waren, bevor die Polizei eintraf, sollten später die Hauptverdächtigen für eine offensichtliche Brandstiftung sein. Sie hatten die Klinik, wie ihnen geraten worden war, durch den Wartungskeller verlassen. Auch nach dem Brand waren dort noch brauchbare Fingerabdrücke der Delinquenten gefunden worden. Eine deutliche Indizienlage! Einen Prozess konnte man ihnen allerdings nicht machen, da eine Auslieferung von Bolivien verweigert wurde und die südamerikanische Zentralregierung sich nicht in Justizfragen ihrer Mitglieder einmischte.

Die Techniker von Titan hatten mittlerweile das gesamte Untergeschoss in einen dichten, aber ungiftigen Rauch getaucht. Allerdings konnte man auch in diesem Rauch, wenn man ihn über einige Minuten ungefiltert einatmete, das Bewusstsein verlieren. In den oberen Etagen war das Personal damit beschäftigt, die Patienten, die nicht alleine zu den Fluchtwegen gelangen konnten, dorthin zu schaffen. Da es außer im Keller noch keine Anzeichen für eine Brandentwicklung gab, verlief die Evakuierung erstaunlich ruhig. Es sollte für zwei Betten sogar noch der Lastenaufzug genutzt werden, den der Gebäudemanager nach Absprache mit der Feuerwehr wieder freigegeben hatte.

*

Dr. Martin war gerade in Franks Zimmer zurückgekehrt, wo Shawn immer noch verdutzt war von McGrues plötzlichem Auftauchen und Verschwinden.

„Was hatte das zu bedeuten?", fragte Shawn und wies mit dem Kopf nach oben zu einer nicht genauer zu bestimmenden Lärmquelle.

Dr. Martin verstand nicht so richtig, wonach Shawn fragte. „Herr Hayek, das ist ein Feueralarm! Wir müssen sofort das Gebäude verlassen! Ich denke, Herr Rock ist einigermaßen stabil, und die wichtigsten Geräte, die wir für den Transport brauchen, sind zum Glück mobil. Helfen Sie mir mit dem Bett. Anders wird das Schwergewicht hier nicht raus zu schaffen sein. Zum Glück haben wir zurzeit nur zwei XXL-Patienten in der Klinik. Für diese benutzen wir noch den Lastenaufzug."

„Ist es nicht gefährlich, im Brandfall einen Aufzug zu benutzen?"

„Schon! Aber haben Sie eine bessere Idee? Das Feuer ist bisher noch nicht aus dem Keller auf andere Etagen übergegriffen. Die Stromversorgung kommt aus dem Generator im Nebengebäude. Dort brennt es nicht. Die Feuerwehr sagt, wir können zwei Fahrten riskieren. Frank ist die zweite.“

Daraufhin entriegelte Dr. Martin die Sperren der Rollen an Franks Bett.

„Also, Sie hinten, ich vorne!“

Shawn und Dr. Martin schoben Franks Bett vorsichtig auf den schon zum größten Teil geräumten Flur. Selbst den Intensivbereich der Klinik hatte man bereits fast vollständig geräumt. Die transportunfähigen Patienten, die unter 200 Kilo auf die Waage brachten, wurden mit einem speziellen Kran aus den Fenstern gehoben. Rettungswagen standen auf dem Platz hinter der Klinik bereit, um die Patienten sofort in ein anderes Krankenhaus zu transportieren. Nur die beiden Trolle konnten auf diesem Weg wegen ihres Gewichts nicht gerettet werden. Dr. Martin schob mit einer Hand – oder zwischendurch mit leichten Fußstößen – die Konsole mit den Geräten, an die Frank angeschlossen war. Der Batteriebetrieb war zwar nur für kurze Strecken bei Verlegungen innerhalb der Klinik konzipiert, er hatte jedoch, wenn die Akkus voll aufgeladen waren, eine Laufzeit von einer Dreiviertelstunde. Im Durchgang bei den Aufzügen stand ein anderer Arzt mit einer Liste.

„Wenn ihr den Troll unten habt, begebt euch sofort zu den Rettungswagen! Ich trag euch hier schon mal aus. So wie es aussieht, ist das Feuer nicht so gefährlich, wie befürchtet. Vielleicht haben wir Glück und die Klinik bleibt zum größten Teil verschont. Aber die Feuerwehr sagt, bei einem Schwelbrand weiß man nie. Es können plötzlich Flammen zünden, wo sie niemand erwartet.“

„Du solltest dich jetzt auch in Sicherheit bringen, Steve!“ Dr. Martin fasste ihren Kollegen leicht am Ärmel. „Ich habe selber auch schon kontrolliert. Hier oben ist niemand mehr außer uns.“

„Glaubst du, es war ein Unfall? Es gibt Gerüchte, jemand habe den Brand gelegt …“

„Ich weiß nicht, Steve. Aber das sollte uns doch momentan egal sein. Sehen wir zu, dass wir verschwinden!“

„Du hast recht. Ich mach einen letzten Kontrollgang, dann geh ich auch.“

Shawn hatte zwischenzeitlich den Aufzug gerufen. Das bescheidene „Pling“ beim Öffnen der Tür ging in der Alarmsirene fast unter.

„Warum laufen hier oben die verdammten Sprinkler? Ich bin völlig durchnässt!“

„Herr Hayek, haben Sie Angst vor einer Erkältung? Ich verschreib Ihnen was, wenn wir in der anderen Klinik sind.“

„Also gut! Schieben wir ihn rein. Ich geh vor. Rammen Sie mich nicht gegen die Rückwand! Schotten dicht, Leinen los, wir legen ab …“ Die Tür schloss sich und der Aufzug fuhr nach unten.

*

„Jakob, was soll das feige Versteckspiel? Ich weiß, dass du mich hören kannst! Wen habt ihr bestochen, um in meine Wohnung einzubrechen? Du spielst falsch. Das ist kein sauberer Sieg!“

McGrue ging durch die Wohnung, sprach mal mit lauter, mal mit leiser Stimme in sämtlichen Räumen, auch auf der Terrasse. Irgendwo musste das Leck sein, aus dem die Daten abflossen.

„Ein materieller Angriff ist eine Unverschämtheit! So niederträchtig zu arbeiten, grenzt an Sabotage! Wofür habe ich mir die Mühe gemacht, mein System perfekt zu sichern?"

Es musste so sein! Irgendwo hier in dieser Wohnung mussten die Informationen abfließen. McGrue hatte alles auf den Kopf gestellt und gescannt. Er hatte nichts gefunden – aber das musste nichts bedeuten. Es gab bestimmt Aufzeichnungsgeräte, die seine Scanner nicht orten konnten. Der Verzweifelte setzte sich zurück auf sein Sofa. Er hatte aufgehört, zu sprechen. Es war sinnlos, man würde ihm nicht antworten. Er würde einen fairen Weg einschlagen, um das Rätsel zu lösen. Er würde sauber durchs Netz sich zu Jakob durchhacken, wie es sich gehört.

„Wenn ihr Mistkerle eh alles seht, was die Hummel sendet, kann ich sie ja auch wieder benutzen!", fluchte McGrue in Richtung des nicht anwesenden Jakob. Er ging wieder online und rief das Bild der Hummel ab. Das Einzige, was übertragen wurde, war jedoch ein dichter grauer Schleier. Die Leitung, die der Elf von Titan mitgehört hatte, war mittlerweile tot. Sicher war der Einheit gemeldet worden, dass McGrue sie angezapft hatte. So weit funktionierten seine alten Routinen noch. Sie fischten Informationen von den kleineren Systemen am Rande des Konzerns ab. Auch über diese liefen hin und wieder interessante Meldungen. McGrue hatte neben der Tatsache, dass Titan Franks Krankenzimmer beobachtete und abhörte, auch erfahren, dass ein Brand ausgebrochen und die Feuerwehr vor Ort war. Allerdings war das keine geheime Information, sondern ließ sich aus normalen Nachrichten-Blogs entnehmen … Titan wollte Frank doch nicht etwa mitsamt der Klinik verbrennen! Wer – wenn nicht der Konzern – sollte hinter dem Brand zu diesem Zeitpunkt stehen! Zwar wurde in den Nachrichten ein anderer Verdacht verbreitet, aber das gehörte zu der Vorgehensweise des Konzerns. Wenn es zu einem Ermittlungsverfahren wegen des Brandes kommen sollte, hatte er längst einen Schuldigen, der verurteilt werden konnte, ausgemacht.

McGrue konnte sich von dem Gedanken verabschieden, die Forschungsergebnisse, die sich aus Frank gewinnen ließen, *vor* Titan in die Finger zu bekommen … Es half alles nichts! Der Konzern hatte schon wieder die Kontrolle über Franks Geschick übernommen. Der Troll zappelte bereits wie ein Fisch im Netz. Titan würde ihn jetzt langsam und vorsichtig einholen. Die einzige Möglichkeit, die McGrue noch sah, war, sich direkt in Jakobs System zu hacken und dort etwas über das Forschungsprojekt zu finden, mit dem er den Bastard irgendwie unter Druck setzen konnte … Er wollte die Ergebnisse aus der Testreihe mit Frank, sie waren der Schlüssel für die Vollendung seines Projekts! Mit den Ergebnissen könnte es ihm gelingen, sich endgültig selbst zu entäußern! Seine eigenen Forschungen waren so viel weitreichender als die Nutzung, die Titan anstrebte. Wenn er die Ergebnisse von Frank nicht mehr ohne Titan erhalten konnte, musste er zumindest einen Weg finden, wie sie ihm zugänglich gemacht würden.

Immerhin hatte der Personalberater noch seinen verschlüsselten Netzzugang! Das war ein starkes Pfund, mit dem er wuchern konnte. Die Codierung war sein Meisterstück. Selbst wenn er überwacht und abgehört wurde, konnte Titan sie nicht entschlüsselt haben. – Die Hummel war etwas anderes. – Er hatte in der Wohnung zu seiner Codierung nichts gesagt oder getippt. Er kannte seine Codierung ja selbst nicht! Es war, als sei der Code aus sich selbst heraus geboren worden … McGrue ging wieder vollständig online und drehte sich diesmal in Richtung des Titan-Sicherheitsnetzwerkes. Dahinter mussten Jakob und die Daten über Frank zu finden sein. Wie konnte er einen Eingang finden?

Der Hacker betrachtete das weit verzweigte Intranetz von Titan. Es lag zu einem großen Teil auf vier Hauptservern. Er hatte seine Informationen, die er in der Vergangenheit über Titans Operationen gesammelt hatte, alle von kleineren Nebenstellen abgezweigt, die mit weniger Aufwand gesichert waren. Kleinere mobile Server von Sicherheitskräften im Außendienst waren ein anderes Ziel als das zentrale Intranetz des Konzerns. Jakob selbst kommunizierte ausschließlich innerhalb dieses Zentralnetzes. Zur Außenwelt trat er nicht direkt, sondern nur über separate kleinere Netze in Verbindung. Die interne Kommunikation blieb in dem abgeschlossenen System. Dieses System musste einen riesigen Wust an Daten gespeichert haben.

McGrue fuhr an der Peripherie des Intranetzes entlang, wie er es schon so oft getan hatte. Kleinere Informationen gingen immer wieder in diesen äußeren Bereichen verloren. Allerdings musste er für Jakob ins Innere vordringen! Behutsam klopfte er die Oberfläche nach Hohlräumen ab, suchte nach einem Spalt, durch den er schlüpfen konnte. Und dann sah er etwas, das ihn erstaunte: Auf dem dritten Server, der mit „Archiv“ überschrieben war, blieb er an einem Bild hängen. Er musste ein zweites Mal hinsehen, um zu glauben, was dort eingelagert war. Erst dachte er, sein System sei abgestürzt und er schaue in einen Spiegel … Vor ihm lag sein eigenes Portal! Er ging hindurch, ohne dass er angehalten wurde. Es war, als nutze er seinen eigenen Bootsektor. Entweder gab es hier keine Sicherheitsvorkehrungen – oder sie mussten mit denen identisch sein, die er für sich nutzte und gespeichert hatte. McGrue schaute sich um und kontrollierte die Angabe seines Pfades und der Adresse. Kein Zweifel. Er war im Archivserver von Titan und stand gleichzeitig in seinem eigenen System! Sein eigenes Portal bot dem Besucher Zugriff auf eine riesige Datenmenge. Es gab so viel Verzweigungen und Ordner, dass McGrue zunächst dachte, er wäre auf dem Hauptverteiler des Archivservers gelandet, aber alles, was hier gespeichert war, gehörte nur zu einer einzigen Archivnummer. Alle Daten waren Teil einer Akte, *seiner* Akte bei Titan! Fast schien es, als sei er über diese Datei selbst mit Titan verbunden … Als McGrue die Unterabschnitte des Ordners durchging, erschauderte er. Hier waren Dinge gespeichert, an die er selbst sich kaum noch erinnern konnte. Er versuchte, aus seiner Akte heraus auf den übergeordneten Ordner des Archivs zu gelangen – dieser Weg blieb ihm jedoch versperrt. Seine Passwörter stimmten nur in seiner Akte. Es war verrückt! Wozu hatte Titan all diese Informationen gesammelt und wieso war er so problemlos in diese Akte hineingekommen!?

McGrue ging noch einmal durch das Register … Er fand einen Unterabschnitt, der mit „Jakob Johnson" überschrieben war. Dort könnte er vielleicht etwas Brauchbares finden! Der Zugang in diesen Unterordner erfolgte problemlos. Vielleicht würde er hier etwas finden, das er gegen Jakob verwenden konnte oder das ihm zumindest ermöglichte, in einen anderen Bereich des Servers überzuwechseln. McGrue verließ die Registerebene und stürzte sich aufs Geratewohl in eine der Dateien, die mit Jakob zusammenhingen. Vor ihm eröffnete sich eine realistisch wirkende Welt, die jedoch keine realen Begebenheiten bot. Es schien, als sei alles aus Fetzen zusammengesetzt, die beim zweiten Hinsehen nicht wirklich zusammengehörten. Er kannte sämtliche dieser Versatzstücke, auch wenn er nicht mehr genau die Begebenheit parat hatte, bei der diese aufgezeichnet worden waren. Es erschien ihm, als habe jemand mit einer altmodischen Filmkamera sein Leben aufgezeichnet, den Film zerschnitten und munter zu tausend verschiedenen Collagen zusammengesetzt. Nichts, was er sah, war unbekannt oder wirklich neu für ihn. Alles kam ihm zumindest vertraut vor.

Er ging weiter durch die Archivlandschaft und näher ins Detail. Es dauerte einige Sekunden, bis er die neue Auflösung richtig wahrnehmen konnte. Verarbeiten konnte er sie allerdings nicht mehr. Der Elf stolperte von einem Déjà-vu ins nächste. Alles, was er sah und hörte, löste eine Flut von Erinnerungen aus, die durch ihn hindurchspülten; doch bevor er sie einordnen konnte, wurde bereits die nächste Welle ausgelöst. Die Wirkung wurde noch verstärkt, da die Assoziationen, die er zu den einzelnen Eindrücken hatte, sich ebenfalls in seiner Umwelt an den entsprechenden Stellen niederschlugen. Einzelne Bilder wuchsen in jede Richtung von ihm zu riesigen Episoden, die sich ihrerseits wieder teilten und kreuzten. Sein Bewusstsein hatte keine Zeit, diesem schnellen Wechsel zu folgen; und obwohl er hellwach war, war er hilflos wie in einem Traum! Wenn er bei seinen übrigen Flügen durchs Netz sein Bewusstsein ausgeschaltet hatte und selbstvergessen durch den Datenstrom glitt, hatte er hier zwar auch keine bewusste Kontrolle, doch schien sich alles, was ihn umgab, nur auf ihn selbst zu beziehen … Der Zustand war erdrückend! Er versuchte sich zu erinnern, auf welchem Weg er in das Archiv geraten war, doch konnte er keinen klaren Gedanken fassen. Die Datenflut riss ihn weiter weg. Er befand sich auf der Gischtkrone der Welle und stürzte von Tal zu Tal. …

*

„Zielperson, Hayek und die Ärztin Martin sind jetzt im Aufzug. Wir haben Zugriff auf die Steuerung. Der Aufzug fährt wie vereinbart ins zweite Untergeschoss. An den höheren Etagen fährt er vorbei und es öffnet sich keine Tür, egal welche Etage eingegeben wird."

„Gut, dass sie Frank nicht über den Kranwagen transportieren können … Wie ist die Luft bei euch da unten?"

„Einen schönen dichten Qualm haben wir hier. Bisher hatten wir die Feuertür zum Aufzug geschlossen, damit der Qualm nicht voll in den Schacht hochsteigt. Jetzt haben wir sie geöffnet und fluten auch den Aufzugraum."

„Was passiert, wenn die drei unvorbereitet ohne Atemgerät in den Qualm geraten?"

„Sie werden sich vermutlich vor Angst in die Hose machen. Darüber hinaus kann nicht viel passieren. Ihnen wird das Atmen schwerfallen, aber wir haben Masken griffbereit."

„Also, sie kommen! Beschleunigt die Feuer an den präparierten Stellen, schnappt euch die drei, zieht euch um und fahrt mit dem Rettungswagen aus der Garage. Ich sorg dafür, dass ihr mit dem Transport sofort durchkommt. Die Feuerwehr ist noch im Einfahrtbereich der Garage. Die sehen die Hand vor Augen nicht!"

„Ich fass es nicht! Was tust du da, Fred?"

„Ich rauche."

„Jetzt, hier drinnen?"

„Wieso? Das Rauchverbot ist doch wohl außer Kraft gesetzt!"

*

„Wie geht es Ihnen eigentlich jetzt?", fragte Dr. Martin Shawn. „Wann haben Sie das letzte Mal geschlafen?"

„Ich weiß nicht. Letzte Nacht zumindest nicht. Aber Sie sind doch auch schon seit dem frühen Morgen auf den Beinen …“

„Das stimmt! Meine Schicht ist auch schon längst zu Ende. Aber an den Dienstplan kann man sich in unserer Klinik fast nie halten. Letzte Nacht habe ich übrigens geschlafen. Ich war früh zu Bett gegangen. Außerdem ist auf mich auch nicht fast geschossen worden! Ich will Ihnen nicht zu nahetreten; aber Sie sehen hundeelend aus, als würden Sie jeden Moment aus den Schuhen fallen.“

„Da haben Sie recht! In gewisser Weise fühl ich mich auch so, wobei ich gleichzeitig hellwach bin und unter Strom stehe.

„Das ist der Stress. Sie sind längst über Ihre Grenzen hinausgegangen, aber ihr Körper denkt, dass die Gefahr noch nicht vorüber ist. Ein Wettrennen zwischen Adrenalin und Melatonin, wenn Sie so wollen.“

Shawn schaute auf die Anzeige des Aufzugs.

„Moment mal! Wieso fährt der Aufzug am Erdgeschoss vorbei? Wir wollen hier raus, verdammtes Ding!“

Shawn drückte noch einmal auf die Taste fürs Erdgeschoss, aber der Aufzug fuhr weiter. Langsam stieg Rauch durch den Türschlitz des Aufzugs. Er probierte sämtliche höher gelegenen Tasten. Er hielt den Notfallknopf gedrückt, doch der Aufzug fuhr weiter ins erste Untergeschoss.

„Ach du Schande! Wir fahren genau in den Brand hinein! Wir müssen die Türen blockieren, damit sie nicht aufgehen, sonst schlägt uns noch das Feuer entgegen!“

„Ich weiß nicht, wie! Der Aufzug reagiert auf keine Eingabe, die ich mache. Dr. Martin, kommen Sie weg von der Tür!“

Shawn und Dr. Martin hatten sich an die Rückwand des Aufzugs hinter Franks Bett gestellt. Der Leuchtrahmen der Etagentasten wanderte vom ersten zum zweiten Untergeschoss. Mittlerweile war in der gesamten Aufzugkabine

Rauch. Der Rahmen um die Taste des zweiten Untergeschosses leuchtete konstant und mit einem Klingeln ging die Aufzugtür auf. Dicker Rauch griff in die Aufzugkabine.

*

„Herr Johnson? Es tut mir leid, wenn ich Sie störe. Ich weiß, dass Sie alle Hände voll zu tun haben, aber ich denke, ich habe etwas gefunden, das Sie wissen sollten!" Der Anruf kam aus der Archivabteilung. Es war der Chefarchivar persönlich.

„Was gibt es? Haben Sie irgendwelche Besonderheiten bei den neu abgelegten Daten von McGrue gefunden?" Jakob schaute weiter dem Treiben der Simulation des Krisenstabes zu, während er den Leiter des Archivs nur auf einen Tonkanal gelegt hatte.

„Ja, also … es gibt da eine Besonderheit im Archiv. Eine Anomalie. So etwas hatten wir bisher noch nie in unserem Archivprogramm …"

„Kommen Sie zum Punkt! Ich habe nicht ewig Zeit!"

„Was ich fragen wollte, Sir. Sie selbst hatten doch den Archivgeber in das Programm eingesetzt. Ist Ihnen, nachdem Sie dies getan hatten, vielleicht etwas Seltsames aufgefallen?" Der Chefarchivar umsteuerte merklich einen heiklen Punkt in seiner Frage. Auch ohne Bild war sein Ausweichen der Stimme einem leichten Zittern zu entnehmen.

„Nein. Nur dass ich danach, wie erwartet, in den Unterbewusstseinsbereich der Akte vorgedrungen bin … Wieso fragen Sie? Hätte mir etwas auffallen müssen?" Jakob hasste es, wenn um den heißen Brei herumgeredet wurde. Er wurde ungeduldig und wollte, dass geradeheraus gesprochen wurde.

„Es ist schwer zu sagen. Es kommt mir nur so vor, als habe

sich der Archivgeber, nachdem Sie das Programm verlassen haben, selbstständig gemacht. Er lässt sich nicht mehr ausschalten. Außerdem ermitteln wir von McGrue seit einigen Minuten einen verwirrenden Datenabfluss! Es scheint so, als sei er in eine Redundanz gelaufen. Die Informationen, die wir von ihm erhalten, sind fast mit Informationen aus dem Archiv identisch. Wir dachten zunächst, es sei ein Fehler unseres Systems, aber wir können keinen finden.“

„Die Daten, die wir hier auf dem Rechner von McGrue erhalten, scheinen mir nicht ungewöhnlich. Es hat sich nicht viel verändert. Er verfolgt die Daten der Hummel und versucht gleichzeitig, hier und da unsere Einsatzteams anzuzapfen …“ Die Anomalie im Datentransfer ließ gleichwohl nun auch Jakob aufhorchen; und für einen kurzen Augenblick vergaß er den Einsatz im Krankenhaus. Vielleicht hatte er McGrue doch zu sehr auf die leichte Schulter genommen. Bloß weil Jakob einen Weg gefunden hatte, McGrues Daten wieder zu überwachen, hieß das nicht automatisch, dass von ihm keine Gefahr mehr ausging! Der Elf wusste wahrscheinlich Bescheid, dass Titan dabei war, Frank Rock einzufangen, oder zumindest konnte er sich dies aus dem abgehörten Einsatzfunk zusammenreimen. Jakob schaltete die Bildübertragung in das Gespräch ein, so dass der Archivar am anderen Ende kurz zurückzuckte, bevor er Jakob weiter über McGrue berichtete.

„Das ist richtig, aber daneben hat sich ein neuer Datenkanal geöffnet. Zuerst hielten wir es für eine Art Rückkopplung. Es findet jedoch tatsächlich ein Datenstrom in seine Richtung aus dem Archiv statt. Ich hätte es für unmöglich gehalten, aber er muss über unseren eigenen Trojaner, den wir ihm auf sein System gelegt haben, den umgekehrten Weg in unser Archiv gekrochen sein. Grundsätzlich ist jede Verbindung zwischen zwei Systemen natürlich in beide Richtungen benutzbar; aber wir hatten die Gegenrichtung gesperrt und gesichert. Ich hätte nie gedacht, dass über diese Verbindung auch ein umgekehrter Datenfluss möglich ist! Es spricht jedoch alles dafür, dass McGrue in unser Archiv eingedrungen ist.

„Dieser gerissene Hund! … Wir haben den Gejagten aufgeschreckt. Wie ein in die Enge getriebenes Tier ist er auf den Angreifer losgegangen – und wie mir scheint, hat er eine wunde Stelle gefunden! … Kann er von seiner Akte in andere Systeme überwechseln?“

„Eigentlich hätte er gar nicht bis ins Archiv kommen sollen, aber dass er noch tiefer in den Server hineinkriecht, ist ausgeschlossen!“

„Können wir das Programm, auf das er zugreift, nicht einfach runterfahren?“

„Theoretisch ja! Nur dann verlieren wir die Aktualisierung von McGrues System – und wir wären nach dem nächsten Wechsel seiner Kennung wieder draußen und hätten keinen Zugriff mehr auf seine Daten. Außerdem besteht die Gefahr, dass wir bei einem Shutdown auch noch andere Archivdaten verlieren.“

„Das heißt, solange wir McGrue anzapfen wollen, kann er sich durch sein Archiv wühlen.“

„So könnte man das ausdrücken. Ja.“

„Gut! Das klingt fair. Bleiben wir vorerst drauf. Ich will schließlich auch wissen, wonach er im Archiv sucht. Halten Sie mich weiter auf dem Laufenden. Ich will über jede Veränderung benachrichtigt werden …“

„Wird gemacht, Herr Johnson!“

Als das Gespräch beendet war, wandte sich Ralph Simon an Jakob: „Was weißt du eigentlich über McGrue und sein seltsames System?“

„Nun, wir haben ein gesamtes Archiv voll mit Daten über ihn – über seine Vergangenheit und jeden einzelnen Schritt oder jede einzelne Information aus den letzten Jahren. Trotzdem ist er für mich zu einem großen Teil immer noch ein Rätsel … Er muss früher ein begnadeter Forscher auf dem Feld der Neuronalbiologie gewesen sein – ist er wahrscheinlich immer noch! Es gibt wohl kaum einen zweiten Menschen, der mehr Chips und Leitungen in seinem Kopf trägt als McGrue … Aber irgendwann hat er den Bogen überspannt! Man hat ihn von seiner Tätigkeit am Institut gegen seinen Willen freigestellt, weil er für seine Kollegen offensichtlich psychische Probleme hatte und kein klares Urteilsvermögen mehr an den Tag legte … Ich selbst habe mich schon oft gefragt, ob McGrue nicht eigentlich einfach verrückt ist. Aber dann scheint mir vieles von dem, was er sagt, auf eine gewisse Weise doch Sinn zu ergeben! In jedem Fall hat er mehr Rechenleistung in seinem Kopf als wir in mancher Konzernabteilung – und die gesamte trockene Hardware ist direkt mit seinen Nervenbahnen verbunden. Es gibt dort wohl kaum Umwandlungsverluste zwischen trockenen und nassen Speichern. So einzigartig wie der Elf ist, wundert es mich nicht, wenn beim Echtzeitarchivieren Probleme auftreten!“

„Hältst du ihn für gefährlich? Ich meine, könnte er wirklich in unser System eindringen?“

„Ich weiß es nicht, Ralph. Aber bei dem halte ich vieles für möglich! Er ist der schwierigste Teil unseres Problems; und ich werde mich seiner selber annehmen, wenn wir den Troll aus dem Krankenhaus haben … Man sollte sich bei McGrue nicht von seinem Äußeren ablenken lassen. Ich weiß auch nicht, wieso er sich selbst diese elfische Gestalt gegeben hat. Solche Veränderungen der Physiognomie findet man normalerweise ja nur bei Freaks. Aber irgendwie ist auch er ein Freak. Seine Überzeugungen erinnern mich zumindest manchmal an die reinste Science-Fiction. Aber auch da könnte man einwenden, dass der gesamte McGrue auch aus einem Science-Fiction-Roman stammen könnte …“

„Da hast du recht, Jakob. Irgendwie könnte man sagen: Entweder ist McGrue verrückt oder seiner Zeit einfach ein paar Jahre voraus!“

Jakob und Ralph widmeten sich wieder dem Geschehen bei der Klinik. Aus der Einsatzzentrale kam die Nachricht, dass sich die Zielpersonen dem Zugriffspunkt näherten.

„Ich glaube, jetzt, wo es heiß wird, geh ich mal runter in die Einsatzzentrale“, sagte Ralph zu Jakob.

„Ist gut“, antwortete Jakob. „Und denk daran. Ich bin immer bei dir …“ Jakob zeigte auf die holographische Darstellung der Zentrale.

*

Der Rauch griff mit schwulstigen grauen Fingern in die Kabine, sobald die Tür des Aufzugs sich öffnete. Shawn und Dr. Martin drückten sich instinktiv fester mit dem Rücken gegen die Wand. Der Qualm umfasste Franks Bett, kroch unter ihm hindurch und erreichte Shawn und Dr. Martin an den Beinen und an der Hüfte. Gleichzeitig hangelte sich eine Schwade unter der Decke der Kabine entlang. Aus der großen Wolke tropften kleinere Trauben herunter. Schnell war die gesamte Kabine gefüllt. Der Qualm war entgegen aller Erwartung allerdings erstaunlich kühl und fast geruchlos. Shawn hatte die Taste zum Schließen der Tür nach sekundenlangem Dauerdrücken wieder losgelassen. Das Eingabefeld gehorchte auf keinen Befehl.

„Das Atmen fällt schwer, aber der Qualm brennt nicht in der Lunge. Ich glaube nicht, dass wir uns daran so schnell vergiften werden, wie es eigentlich zu erwarten wäre", stellte Dr. Martin fest.

„Was ist mit dem Aufzug los? Wieso ist er bis hier unten durchgerauscht?" Shawn war durch die Erklärung der Ärztin nur mäßig beruhigt.

„Ich weiß nicht. Möglicherweise ist durch das Feuer doch irgendwie die Elektronik beschädigt worden. Fällt Ihnen etwas auf?"

„Wegen der Elektronik?"

„Nein! Ich meine, dafür dass hier unten der Brandherd sein soll, ist es auch erstaunlich kühl."

„Vielleicht brennt es am anderen Ende des Kellers. Ich weiß nicht, wie heiß es sein müsste. Ich war noch nie in einem Großbrand. Haben Sie …" Seine Frage wurde von einem Hustenanfall unterbrochen. Mit leichtem Röcheln fuhr er fort: „Der Rauch ist vielleicht nicht sehr ätzend – mir fällt das Atmen aber trotzdem sehr schwer! Wir sollten schnellstens versuchen, hier rauszukommen. Mir wurde eben fast schwarz vor Augen! Den Aufzug können wir wohl vergessen. Los, schieben wir Frank erst mal raus! Im Zweifel müssen wir ihn ein Stockwerk die Treppe hochschleifen."

„Sie haben recht. Wir sollten uns beeilen! Die Sauerstoffzufuhr ist wohl doch sehr reduziert. Langsam sehe ich auch Sternchen."

Shawn und Dr. Martin schoben das Bett aus dem Aufzug in den Nebel hinein, der vor der Kabine so dicht war, dass sie nicht einmal mehr bis zu Franks Gesicht sehen konnten. Wenn der Qualm bisher nur unangenehm gewesen war, so wurde die Luft im Flur vorm Aufzug zum Schneiden dick. Die beiden begannen zu röcheln.

„Halten Sie sich ein Tuch oder irgendeinen Fetzen Stoff vors Gesicht!“ Die Aufforderung war überflüssig, da Shawn bereits den Bezug von Franks Kopfkissen an sich gebracht hatte und sich vor den Mund hielt.

„Ich glaube, ich halt nicht mehr lange durch …“

Blind versuchte Dr. Martin das Bett zu der Stelle in der Wand zu lenken, wo sich nach der Erinnerung der Ärztin die Tür zum Treppenhaus befinden musste, als ein neuer Schwall – diesmal dunklerer Qualm – ihnen entgegenschlug. Shawn musste sich an dem Kopfende des Bettes abstützen. Kein Zweifel, er würde es keine Minute länger aushalten! Auch Dr. Martin geriet bei dem neuen Rauchstoß ins Wanken. Hatte Sie bisher versucht, immer eine sachlich nüchterne Überlegenheit an den Tag zu legen, so ließ der sich nun in ihrer Lunge anwachsende Druck auch in ihr einen Anflug von Panik ansteigen. „Wir müssen schnell …“ Ein bellender Hustenkrampf schnitt ihr die Luft und die Worte ab. Verzweifelt stieß sie gegen das Bett, das sich jedoch wieder in der Tür verkantete. Als sie versuchte das Bett zu drehen, bekam es einen leichten Ruck zurück und glitt dann, als würde es gezogen, durch die angesteuerte Tür. Shawn hörte von der anderen Seite der Tür, durch die er jetzt hinter dem Bett herstolperte, ein saugendes Geräusch, wie von einer Pumpe.

„Kommt hier lang!“ Jemand sprach mit einer metallisch röchelnden Stimme und sog danach wieder Luft durch einen Schlauch. Eine Hand legte sich auf Shawns Schulter. Er zuckte erschrocken zusammen.

„Junge, ganz ruhig! Dein Vater schickt uns.“

Direkt vor Shawn aus dem Nebel tauchte eine schwarze Atemmaske auf.

„Mein Vater?“

„Ja, dein Vater!“

Dann verlor Shawn das Bewusstsein …

*

„So! Wir haben Shawn, Frank und die Ärztin jetzt ins Konzern-Krankenhaus gebracht. Dort werden sie behandelt. Sie werden bald wieder aufwachen; lange hält die Bewusstlosigkeit, die der Rauch verursacht hat, nicht vor. Wenn ihnen nichts Anderes fehlt, werden wir sie bald befragen können. Wobei ich glaube, dass Shawn einen ziemlichen Hau wegbekommen hat. Wir werden ihn zunächst ein wenig psychologisch betreuen lassen.“

Ralph war zurück in Jakobs Büro gekehrt, nachdem er kurz einen wirklich physischen Besuch beim Krisenstab abgestattet hatte. Er schien mit dem Ergebnis seines Rapports selbst sehr zufrieden zu sein.

„Was gibt es von den anderen Patienten und Angestellten zu berichten?“, fragte Jakob, der sich wieder auf den Stuhl neben ihn gesetzt hatte.

„Deren einziges Thema ist – wie du es vorhergesehen hast – zurzeit der Brand und die mögliche Ursache. Dabei hat sich die von uns gestreute Version stark verfestigt. Ein Pfleger hat ausgesagt, dass er die beiden Gangster auf dem Weg in den Keller gesehen hat. Sie hätten merkwürdige Dinge bei sich gehabt, die bestimmt für den Brandanschlag genutzt wurden. Ich weiß nicht, was der Typ gesehen hat, aber es passt super zu unserer Geschichte über die Brandlegung. Die Polizei fahndet nach den beiden und ermittelt nur in diese Richtung. Die Verdächtigen haben, wie es scheint, allerdings schon das Land verlassen. Sieht so aus, als würde alles glatt laufen.“

„Was ist mit der Filmcrew und den Indianern? Haben Sie

mittlerweile auseinanderdividieren können, wer unter dem Federschmuck steckt?"

„So wie es bis jetzt scheint, sind das alles Studenten oder deren Bekannte. Sie scheinen keine aktiven Mitglieder in dem Forum gewesen zu sein und sich nicht an Protesten oder anderen Liberators-Aktionen beteiligt zu haben. Ich glaube, die wollten nur den Hype ausnutzen und schnell einen Film zu dem Thema machen. Klassische Trittbrettfahrer, wenn du mich fragst. Dieser Paul nennt es allerdings eine künstlerische Auseinandersetzung mit dem Thema."

„Dann war also niemand im Krankenhaus, der wirklich zu der Gruppe der Liberators gehört?"

„Keine leichte Frage. Es lässt sich schon schwer genug bestimmen, wer eigentlich die Liberators sind! Es gibt weder einen Verein noch eine richtige Organisation mit Mitgliedern. Es gibt nur Leute, die mehr oder weniger oft sich in der Community beteiligen und Beiträge hochladen. Wir wissen noch nicht einmal genau, ob die Jugendlichen auf der Straße auch in den Foren aktiv sind. Es ist ein wenig so, als bestünde diese ganze Liberators-Bewegung ausschließlich aus Schauspielern, die alle nur etwas imitieren, das keinen Kern hat."

„Aber mit Irgendetwas muss die Bewegung doch angefangen haben!"

„Fast scheint es so, als sei sie einfach entstanden – und keiner weiß mehr genau, wieso!"

„Also gut! Bleiben wir bei den Indianern im Krankenhaus! Warum waren sie bei Frank im Zimmer? Haben Sie etwas herausgefunden?"

„Nach ihren Aussagen haben sie gedacht, es sei der Frank, der von Titan gesucht wird und der sich an die Liberators gewandt hat. Aber sie sind sehr enttäuscht, dass es ein anderer Frank war, den sie gefunden haben."

214

„Wie kommen die denn auf so eine Idee: Frank Rock wird von Titan gesucht? … Das ist abenteuerlich!"

„Jedenfalls sind sie sich sicher, dass dieser Trolltyp nicht der Frank sein kann, wie er sich im Liberators-Forum gemeldet hat."

„Mittlerweile glaube ich auch, dass unser Frank sich nie bei den Liberators gemeldet hat. Es muss wohl noch einen anderen Frank geben. Aber bald können wir Herrn Rock ja selbst zu dem Thema fragen."

„Herr Johnson, die Situation im Archiv wird langsam bedenklich. Da braut sich eine Daten-Monsterwelle zusammen!" Der Archivar hatte sich über den Notfallkanal mit höchster Dringlichkeit zurück in Jakobs Büro verbinden lassen.

„Was meinen Sie mit Monsterwelle?"

„Die Datenmenge steigt exponentiell an. Alle Informationen werden rasend schnell verdoppelt. Es ist, als würde sich eine Katze ständig in den Schwanz beißen. Kaum haben wir Daten von McGrue ins Archiv übernommen, werden diese verdoppelt und erneut übertragen. Das Archiv verdoppelt sich über die Schleife in McGrues System immer wieder neu. Bei dieser Menge droht ein Absturz mit massivem Informationsverlust."

„Welche Möglichkeit haben wir? Können wir den Server runterfahren?"

„Nicht ohne Weiteres. Wir wissen auch nicht, wie viel Kontrolle McGrue mittlerweile über das Archiv hat."

„Und wenn wir den Saft einfach abschalten, geht vermutlich ein Großteil der Daten flöten …" Jakob sah zu Ralph hinüber, der ebenfalls ein besorgtes Gesicht machte.

„Vermutlich, ja! Es ist nicht nur ein einzelnes Programm betroffen. Das ganze Archiv ist infiziert. Ich habe keine

Ahnung, wie McGrue das geschafft hat!“

„Das weiß er vielleicht selber nicht … Bleiben wir also drauf und warten wir ab, was er tut. Wenn er den Datenfluss steuert, wird er sich vielleicht melden und uns sagen, was er beabsichtigt.“

*

Aus dem brausenden Wasser schaute McGrue hinauf zum Himmel, an dem die Sterne einige symbolträchtige Muster bildeten. Als er seine Hand ausstreckte und zu den Sternen griff, stellte er zu seiner Überraschung fest, dass er sie erreichen konnte und sie auf seine Berührung nachgaben. McGrue drückte jetzt mit beiden Händen ein Zeichen nach dem anderen. Auch wenn er in einer tosenden See aus Bildern steckte, konnte er scheinbar nicht in ihr untergehen und brauchte nicht zu schwimmen. Die Sterne standen, so wild er sich auch zu bewegen schien, immer ruhig in der gleichen Position über seiner Hand! Als er eine erneute Abfolge von Mustern probiert hatte, lief die letzte Welle in einer spiegelnd glatten Fläche aus. Er selbst wurde aus dem Wasser gedrückt und kniete jetzt auf einem festen Boden. Vor ihm leuchtete eine Schalttafel auf, die für ihn verschiedene Programme und Dateien bereithielt.

*

Xavier hatte eine Abneigung gegen Polizeistationen. Er hatte bereits als Teenager schlechte Erfahrungen gemacht. Er war froh, dass er seit Jahren keine mehr von innen gesehen hatte – und so sollte es auch für den Rest seines Lebens bleiben. Daher hatte er auch darauf bestanden, dass Linda auf seinen

Anruf hin das Gebäude verlassen sollte, damit er es nicht betreten müsse. Xavier hatte sich ein Taxi genommen, so dass er Lindas Wagen von dem Gelände der Abschleppfirma direkt neben der Polizei wegfahren konnte.

Trotz der unangenehmen Nähe zur Obrigkeit war er im Übrigen bestens aufgelegt. Er hatte das Dokument gefunden, das nach seiner Ansicht der Quelltext für alle übrigen Schilderungen und Paraphrasierungen war. Der Text war vom Rechner eines Verlags hochgeladen worden und hatte sich danach schnell verbreitet. Das Interessante war, dass es sich nach Angaben des Verlags bei dem Text um einen Beitrag für eine Zeitschrift für Belletristik handelte. Man war von Verlagsseite angenehm überrascht gewesen, dass das gleiche Thema im Internet hochkochte, und war froh, dass sich ein Autor mit einem so aktuellen Thema beschäftigte – was leider bei der Belletristik nicht immer der Fall war. Im Verlag wusste man nicht, dass genau dieser Text bereits an die Öffentlichkeit geraten war. Dort hatte man keine Ahnung, dass eigentlich erst dieser Text die gesamte Diskussion losgetreten hatte – eine Diskussion, die Titan in größte Schwierigkeiten gebracht hatte. Da der Text jedoch noch nicht veröffentlicht war, war man sehr überrascht, dass Xavier ihn kannte.

Beim Gespräch mit der Frau von der Pressestelle des Verlags hatte Xavier noch etwas herausgefunden: Dieser Text, so wie er ihn ihr geschickt hatte – ob versehentlich oder mutwillig ins Netz gestellt –, war nämlich noch gar nicht vollständig. Zur Veröffentlichung war erst der gesamte Text als Einheit vorgesehen. Und dem hätte Titan wohl kaum Rufschädigung vorwerfen können. Mit den Gerüchten im Netz hatte der Text nur insoweit etwas gemein, dass einige Szenen oder Geschehnisse sowohl in der Geschichte als auch in den Foren auftauchten. Deshalb war man davon ausgegangen, dass der Autor die gleichen Quellen genutzt hatte wie die Aktivisten. Dieser hatte sie allerdings in ein anderes Korsett gebunden. So wie das Gesamtkonzept vorgegeben war, habe der Text nämlich nicht viel mit den reißerischen Berichten aus dem Netz gemein.

Der Verlag wollte Xavier diesen Text – in der endgültigen Version – jedoch nicht zugänglich machen. Aber er war auch so schon mehr als erleichtert. Er hatte Informationen gefunden, die Titan sehr viel wert sein mussten, weil sie den Liberators vollständig den Wind aus den Segeln nehmen konnten. Er war sich sicher, dass es keine gemeinsamen Quellen gab, sondern dass die ganze Affäre ausschließlich durch das Phantasieren über eine erfundene Geschichte entstanden war. Er war fest überzeugt, dass er, wenn er den Kontakt zwischen Verlag und Titan her- und das Ergebnis seiner Recherche vorstellte, auf fast legalem Wege eine Menge Geld von Titan abziehen konnte. Es durfte ihm nur niemand zuvorkommen …

Xavier hatte das Taxi vor der Einfahrt zum Abschlepphof anhalten lassen. „Verdammte Aasgeier sind das! Gegen die Abschleppgebühr ist das Fahrgeld von 23 Dollar vermutlich nur Trinkgeld, was? Ich habe keinen Überblick mehr darüber, was ich allein in diesem Jahr an die Stadtkasse überwiesen habe." Er gab dem Fahrer 25 Dollar – „Stimmt so" – und stieg aus. Auf seinen Anruf hin kam Linda sofort aus dem gesicherten Eingang der Wache, so als ob sie dort schon bereitgestanden hätte.

„Hallo, meine Süße", begrüßte er sie.

„Wenigstens bist du zu irgendetwas zu gebrauchen!", warf Linda zurück. „Lass uns sofort den Wagen auslösen und dann von hier verschwinden. Zum Glück ist von den Beamten niemand auf die Idee gekommen, meinen Arbeitgeber zur

Bestätigung meiner Angaben anzurufen. Ich weiß nicht, was Jakob sagen wird, wenn er erfährt, dass ich nach Stunden noch nicht einmal bei McGrue angekommen bin!"

„Mach dir wegen Jakob keine Sorgen! Der wird dir bald noch mehr aus der Hand fressen. Ich habe interessante Neuigkeiten …"

„Hast du neuen Unfug in dieser Liberator-Geschichte getrieben?"

„Nein, auch wenn du mich für einen Nichtsnutz hältst! Ich habe ausnahmsweise keinen Unfug angestellt, sondern für uns beide einige wertvolle Informationen besorgt. Glaub mir! Titan wird uns genug dafür zahlen – so dass wir uns endlich ein schönes Leben an der Küste machen können."

„Ich hab noch nie an die Küste gewollt … Und von deinen krummen Dingern habe ich endgültig die Nase voll!"

„Hör mir doch wenigstens kurz zu! Du musst deinem Chef die Sache schmackhaft machen. Der wird überglücklich sein und gerne etwas abdrücken, wenn du ihm erzählst, was ich herausgefunden habe. Ich verkaufe ihm die Informationen exklusiv."

„Xavier, ich will einfach keinen Ärger! Verstehst du das? Ich bin einigermaßen zufrieden mit meinem Leben … Ich habe schon genug Probleme, da ich eigentlich für meinen Chef etwas Dringendes erledigen sollte und es jetzt schon Abend ist und ich nichts geschafft habe …"

„Egal, was war! Du hast jetzt etwas Besseres vorzuweisen. Ich habe den Beweis gefunden, dass die Liberators den ganzen Skandal aus Titan City nur erfunden haben. Na ja, nicht erfunden, aber aufgebläht. Mit dem, was ich weiß, kann Titan ganz entspannt an die Öffentlichkeit gehen."

„Und woher willst du diese großartigen Informationen haben?"

„Ich habe danach gesucht. Ich bin dem Ursprung dieser Geschichte schon lange auf der Spur. Eigentlich, seitdem du mir von der Sache erzählt hast, hatte ich eine Vermutung, die sich bestätigt hat … Ich habe heute Nachmittag dann schließlich das fehlende Teil des Puzzles gefunden!"

„Gut, Xavier! Ich bin eh vollkommen fertig. Ich verlass mich jetzt auf dich. Schlimmer kann es kaum werden … Gib mir, was du weißt. Hast du eine Vorstellung, wie viel du von Titan haben möchtest?"

„Ich kenn mich nicht aus. Ich sag dir, was ich rausgefunden habe, und du sagst mir, wie viel dein Chef dafür wohl zahlen würde. Warte ab! Er wird dir in jedem Fall auch eine Belobigung ausstellen.

*

Jakob begab sich erneut ins Archiv, ohne genau zu wissen, was ihn dort erwartete. Von der Tür aus seinem virtuellen Büro öffnete sich der Blick auf den Strand einer weiten Bucht. Die Luft war angenehm warm und salzig. Es ging ein lauer Wind, der die Oberfläche des Meeres leicht aufkräuselte und die Wellen locker Richtung Strand schob. Jakob befand sich auf einem Holzsteg, der parallel zur Wasserlinie verlief und dann auf Stelzen zu einem altmodischen Pier führte, an dessen Ende eine Terrasse vor einem Ausflugslokal angelegt war. An den Rändern der Bucht stiegen weiße Klippen auf. Der Strand war vollkommen leer. Nach dem Stand der Sonne zu urteilen, war es später Nachmittag, also eine Zeit, zu der einem ein solcher Platz wohl niemals allein gehören würde. Jakob bog vom Steg auf den Pier ab. Jetzt konnte er auf die Terrasse sehen und erkannte eine Gestalt mit Melone auf dem Kopf, die in einem Liegestuhl saß und aufs Meer hinaussah.

Jakob hielt auf die einzig sichtbare Person zu. Als er näherkam, drehte sich McGrue ihm zu.

„Hallo, Jakob! Schön, dass du vorbeischaust! Ich habe Cocktails, die sind gar nicht mal schlecht. Möchtest du auch einen? Wisst ihr, was in eurem ganzen Archiv fehlt? Schirmchen für Cocktails. Ihr habt sämtliche Obstsorten zur Auswahl, aber keine verdammten Schirmchen! Das solltest du euren Programmierern mal sagen! Im Übrigen lässt es sich hier aber ganz gut aushalten. Ich habe diesen Strand in einer kleinen Akte gefunden und mir gefiel es, ihn mit diesem Pier und den Felsen zu kombinieren. Eine Mischung zwischen Dover und Sansibar. Wie gefällt es dir?“

„Nicht schlecht, Melonenmann. Du scheinst hier im Archiv ja alles gut im Griff zu haben. Bei dem Pier wirst du doch nicht sentimental, oder? Schön, dass dir unser Archiv gefällt! Wir waren leider noch nicht dazugekommen, dir eine persönliche Einladung zu schicken. Hast du all-inclusive gebucht? Na, wie ich sehe, hast du dich schon häuslich niedergelassen! Was hast du mit dem Archiv vor? Einfach nur alles durcheinanderwerfen, dass es nicht mehr zu verwenden ist?“

„Nein, nein! Du siehst das falsch! Ich habe einfach nur ein bisschen Leben in diese verstaubten Akten gebracht. Eigentlich kann ich selbst nicht erklären, wie ich hier reingeraten bin. Von einem Moment auf den anderen kam mir alles in meiner Umgebung so vertraut vor. Egal, in welche Richtung ich mich gedreht habe, ich wusste, was auf mich zukam. Es war unheimlich! Fast als könnte ich hellsehen … Instinktiv bin ich dann wohl immer weiter in das Programm hineingeraten und irgendwann war ich auf der Steuerungsebene. Ich war die ständigen Déjà-vus leid, wenn du weißt, was ich meine. Als ich endlich auf der Kommandobrücke für euer Archiv war, musste ich unbedingt neue Einflüsse hinzuholen, sonst hätte ich mich nur im Kreis gedreht. Sieh mal! Kaum habe ich an die gute alte Kanalschifffahrt gedacht, schon kommt eines dieser alten Luftkissenboote auf uns zu. Das ist wirklich unheimlich! Du verstehst doch sicher, dass ich mich an ein paar anderen Akten bedient, mein Leben ein wenig aufgemotzt und meiner Phantasie auf die Sprünge geholfen habe …“

„Und was kommt jetzt? Was willst du, damit wir unsere Daten zurückbekommen? Du weißt, dass du hier illegal eingedrungen bist. Wir könnten dich als Hacker verhaften lassen.“

„Erstens bin ich nicht eingedrungen, sondern mehr hineingezogen worden. Und zweitens wissen wir doch beide, dass in dieser Angelegenheit keiner von uns zur Polizei gehen kann.“

„Da irrst du dich vielleicht, McGrue.“

„Ich glaube nicht! Egal, wie viel Einfluss du zu haben glaubst. Hier lagern Dinge, die dafür sorgen können, dass du viele deiner Kontakte verlierst!“

„Willst du mich also erpressen?“

„Ich wollte eigentlich nur meinen Job machen. Halten wir fest: Ihr wart es, die mich bei Frank gelinkt habt.“

„Wir wollten nur auf Nummer sichergehen!“

„Aha! Und mich nebenbei ganz hart auflaufen lassen!“

„Hör zu, Elias! Wir haben immer gut zusammengearbeitet, oder?“

„Was soll das jetzt? Ihr habt mich, wenn ich das richtig sehe, über Jahre hinweg angezapft. Wenn du mich fragst, kann ich nur sagen, dass ihr krank seid! Ihr habt mehr Informationen über Freund und Feind zusammengetragen als die CIA …“

„Wir sind nur gründlich.“

„Was habt ihr mit den Unterlagen vor? Im richtigen Moment hervorholen, wenn jemand nicht spurt?"

„Das ist doch nicht dumm!"

„Es ist aber sehr gefährlich, wie du jetzt feststellen kannst. Was, wenn die Unterlagen zum falschen Zeitpunkt an die falschen Leute geraten?"

„Du tust es schon wieder …"

„Was?"

„Drohen!"

„Ach, hör doch auf! Sag mir lieber, was ihr mit Frank vorhabt!"

„Herr Rock wird die Forschung – wie geplant – fortsetzen, wenn er wieder zu sich selbst gefunden hat."

„Und am Ende soll dann eine perfekte Kampfmaschine stehen! Irgendein Traum von einem Cyborg, ja? Ist das nicht billig? So etwas kann man doch auch einfacher haben. Dafür braucht man doch nicht eure neue Software!"

„Und was sollte man stattdessen mit dieser neuen Software machen?"

„Sie in den Dienst der Menschheit stellen!"

„Das klingt nicht, als könnte man damit viel Geld verdienen."

„Jakob, denk doch mal nach! Würdest du nicht auch gerne einmal aus all deinen Zwängen entfliehen? Vollkommen loslassen und dich treiben lassen?"

„Manchmal, aber nur ganz selten."

„Ich kann dir sagen, es ist großartig – aber es ist noch nicht perfekt!"

„Und mit der neuen Software erhoffst du dir also, endgültig deinen alten Traum zu verwirklichen und dein Bewusstsein abzuschütteln? Macht dir das keine Angst?"

„Mir macht mein gegenwärtiges Leben mehr Angst! Angst habe ich immer nur, wenn ich zu meinem Bewusstsein zurückkehre.“

„Klingt so, als würdest du in einem fort dich selbst bekämpfen. Aber ich muss dich enttäuschen. Das, was du dir von der neuen Software-Version versprichst, kann diese lange noch nicht bieten! Die Fortschritte haben eher im Bereich der Hardware und der Verbindung mit biomechanischen und chemischen Abläufen stattgefunden. Entschuldige, aber für deine Bedürfnisse wirst du noch eine Weile warten müssen.“

„Ich würde es mir trotzdem gerne ansehen.“

„Nur, wenn du Stillschweigen bewahrst … über Frank und übers Archiv!“

„Mir kommt da gerade eine Idee! Wenn ich eh warten muss, kann ich das eigentlich auch hier tun. Ein Leben im Archiv ist zwar nicht ganz das, was ich mir vorgestellt habe, aber es ist kein schlechter Ersatz.“

„Wie stellst du dir das vor?“

„Ganz einfach, ich bewerbe mich auf eine neue Stelle. Ich bin den Außendienst eh leid. Und dass ich mit dem Archiv umgehen kann, hast du ja gesehen!“

„Tut mir leid, McGrue! Das kann ich nicht zulassen! Ich habe dich immer geschätzt, aber jetzt hast du einfach zu viel gesehen …“

Jakob verließ über den Notauswurf das Archiv, brauchte einige Sekunden, um sich zu fangen – und schaltete dann die Stromversorgung des Servers ab.

McGrue war perplex … Der Strand und das Meer begannen zu schwanken. Dann brach die Welt um ihn zusammen. Noch einmal strömten sämtliche Bilder aus dem Archiv auf ihn ein. Dann hob der Melonenmann ab und begab sich auf seine bisher längste Reise. Er verflüchtigte sich in einen Strom in der luftigen Welt, ohne dass man hätte sagen können, auf welchem nassen oder trockenen Speicher er sich gerade befand.

Auf eine Art hatte Dr. Elias McGrue damit das Ziel seiner Forschung erreicht und war von seinen inneren Konflikten, die seine Existenz, die jede Existenz im Bann halten, befreit. Allerdings konnte er dies verständlicherweise nicht mehr selbst registrieren.

*

Mit dem Absturz des Archivprogramms war die Forschungs- und Verwaltungsarbeit von vier Jahren endgültig verloren! Ein Schaden, den Jakob nur schwer in bare Münze umrechnen konnte, der allerdings in der Konzerngeschichte wohl einmalig war. Immerhin hatte man Frank zurück in den Konzern geholt – und, wie es aussah, vermisste ihn niemand! Auch in der Liberators-Community spielte der Brand keine Rolle, so dass man wohl davon ausgehen konnte, dass sie nie persönlich mit Frank Rock Kontakt hatten! Wie auch immer das Gerücht über einen Frank, der von Titan gesucht wird, ins Netz geraten war! Niemand hatte eine Verbindung zu dem echten Frank Rock hergestellt!

Jakob saß mit Ralph Simon in seinem Büro und bereitete die erste Manöverkritik vor. Ohne McGrues Auftauchen im Archiv hätte die Bilanz sehr positiv ausfallen können. So blieb ein bitterer Beigeschmack. Ralph wandte sich an Jakob: „Eigentlich haben wir damit alle Personen, die mit Frank in unmittelbarem Kontakt waren, durch. Wir wissen natürlich nicht, mit wem er gesprochen hat, bevor er ins Krankenhaus kam; aber ich denke, zu einem vernünftigen Gespräch war Frank in seiner Paranoia kaum in der Lage."

Ralph nahm seine Mappe vom Schreibtisch, lächelte Jakob auffordernd zu und machte Anstalten aufzustehen, als Jakob ihn mit einem Griff an die Schulter zurückhielt.

„Eine Sache noch, Ralph! Welcher Arzt hat Frank noch mal

behandelt? Ich denke, dass dieser Arzt tatsächlich eine Sonderbehandlung benötigt, die über das bloße Feuerwerk hinausgeht. Ich würde vorschlagen, wir schicken das Aufsichtsamt vor. Die sollen den Arzt befragen und sich alle Untersuchungsergebnisse zeigen lassen. Macht dem Arzt ein bisschen Angst, dass er verdächtig ist, an illegalen Forschungen beteiligt zu sein! Oder nein, noch eleganter … Wer weiß, vielleicht ist er auch bestechlich?"

*

„Guten Morgen, Herr Hayek! Haben Sie gut geschlafen?"

Der Pfleger, der Shawn nunmehr seit über einer Woche betreute, kam gut aufgelegt, wie es seinem Naturell entsprach, in Shawns Zimmer.

„Ich habe gute Nachrichten für Sie. Sie können heute die Klinik verlassen. Ihr ehemaliger Arbeitgeber hat sich auch bei uns gemeldet. Man hat sich große Sorgen um Sie gemacht, nachdem Sie ohne Angabe von Gründen Ihre Ausbildung abgebrochen haben. Das klingt so, als wolle man Ihnen noch mal eine Chance geben. Auf jeden Fall haben sich der Personalleiter und einer Ihrer ehemaligen Kommilitonen für zehn Uhr zum Besuch angemeldet."

„Wo ist eigentlich Dr. Martin? Ich hab sie seit Tagen nicht mehr gesehen. Nachdem sie entlassen war, hat sie mich zunächst noch täglich besucht. Aber wir haben nie darüber gesprochen, was eigentlich wirklich an diesem Tag im Krankenhaus passiert ist! Meine Erinnerung ist diffus. Ich kann nicht genau sagen, was Traum und was Wirklichkeit war. Ich würde gerne mit ihr sprechen, bevor ich gehe."

Shawn hatte schlechte Erfahrungen damit gemacht, die Dinge ruhen zu lassen und nicht aufzuklären. Es schien so,

226

als würde ihm in seinem Leben immer wieder die Möglichkeit genommen, die Wahrheit über das Erlebte oder Eingebildete herauszufinden. Welchem Bereich waren all diese Bilder zuzuordnen? Er konnte es nicht sagen. Stand vor zwei ineinander verwachsenen Zwillingen, die sich nicht trennen ließen. Vielleicht erahnte er in diesem Moment zum ersten Mal, dass die beiden verbunden bleiben mussten, dass man den einen nicht dem anderen entziehen konnte und durfte. Er hatte sie in ihrer Gesamtheit zu akzeptieren.

Der Pfleger, der Shawn in den letzten Tagen kennen gelernt hatte, war ein geduldiger und verständnisvoller Mensch, als wüsste er von den beiden Zwillingen, die in Shawn arbeiteten; und er unterließ es, ihn vor die unlösbare peinliche Aufgabe zu stellen, über sich oder seine Vergangenheit zu erzählen. Brav gab er ihm Auskunft über den Verbleib der Ärztin, die Shawn aus dem brennenden Krankenhaus gerettet hatte.

„Dr. Martin hat den Dienst in der Klinik quittiert – schon vor vier Tagen. Sie hat keine Adresse hinterlassen und unter der alten ist sie nicht mehr zu erreichen. Hier in der Klinik rätseln alle, was dahinterstecken könnte. Feststeht, dass Sie ein einfaches Ticket nach São Paulo gelöst hat. Die meisten ihrer alten Kollegen glauben, dass sie plötzlich zu Geld gekommen ist. Vielleicht eine Erbschaft oder ein Lottogewinn. Aber eigentlich sieht ihr das nicht ähnlich, dafür ihre Tätigkeit als Arzt aufzugeben. Vielleicht will sie auch dort wieder arbeiten. Es würde zu ihr passen, Menschen helfen zu wollen, die sonst kaum Hilfe erfahren würden."

„Hat sie noch etwas über Frank gesagt?"

„Über wen?"

„Frank Rock, den Patienten, der mit mir ins Krankenhaus eingeliefert wurde. Wir sind gemeinsam vor dem Feuer geflohen."

„Ach, den Titan Angestellten, der mit Paranoia eingeliefert wurde und nicht einmal mehr sprechen konnte! Nein, über den hat sie nicht mehr gesprochen. Was aus dem wohl geworden ist? Der Rauch hat dem Typen zumindest kaum was ausgemacht. Aber von seinen psychischen Problemen wird der sich wohl noch 'ne Weile erholen müssen. Man hatte richtig Mühe, ihn wieder nach Hause zu bringen – dort war er seit Wochen nicht mehr gewesen. Schade um den Kerl! Der muss mal ein richtig guter Mitarbeiter bei Titan gewesen sein. Gut bezahlt. Hoffentlich kriegen die ihn wieder hin!“

„Wie … der Troll war Mitarbeiter?“

„Ja! Einer der Topentwickler! Und hier im Krankenhaus konnte er sich kaum noch an irgendetwas erinnern.“

*

„Hallo, Shawn! Schön, dich wiederzusehen!“

Fred Huntington betrat an der Seite von Jakob Johnson Shawns Krankenzimmer.

„Geht's dir gut? Hast du dich ein wenig erholt?“

Fred war in einem Jahrgang mit Shawn gewesen und hatte einige Kurse mit ihm besucht. Wenn Shawn unter seinen Kommilitonen Freunde gehabt hätte, hätte man Fred vermutlich dazu rechnen müssen.

„Du hast ja Einiges hinter dir! Das steckt man vermutlich nicht so einfach weg … Ich habe gehört, du wärst im Krankenhaus bei dem Brand fast draufgegangen!“

Fred lächelte Shawn zu und schaute dann zu Jakob Johnson hinüber, als erinnere er sich erst jetzt, dass eine wichtige Persönlichkeit des Konzerns mit im Zimmer war.

„Guten Tag, Herr Hayek. Ich bin Jakob Johnson, der Leiter des Büros von Titan in Chicago. Nachdem ich aus der Presse vernommen habe, was Ihnen widerfahren ist, wollte ich es mir nicht nehmen lassen, Ihnen persönlich meine Genesungswünsche zu überbringen."

„Guten Tag, Herr Johnson! Hallo, Fred!"

„Sind Sie wieder halbwegs auf dem Damm? Sie müssen sich unbedingt richtig auskurieren und sollten weiter ärztliche Hilfe in Anspruch nehmen. Das, was Ihnen in den Knochen steckt, ist nicht zu unterschätzen."

„Danke, es geht schon wieder. Ich bin immer noch ein wenig durcheinander."

„Na, wen wundert das! Sie hatten wirklich Glück im Unglück! Was hatten Sie eigentlich in dem Krankenhaus zu suchen?"

„Ich glaube, ich hatte eine Art Unfall und wurde dort eingeliefert."

„Auch das noch! Erst einen Unfall … und dann wären Sie fast in den Flammen umgekommen! Als Ihr Vater von dem Brand gehört hat, wollte er alles stehen und liegen lassen und hierherkommen, aber Sie haben sich so seltsam am Telefon verhalten und sich geweigert, ihn zu empfangen. Der Arzt hat Ihrem Vater erklärt, dass dieses Verhalten wohl mit dem Schock zusammenhängt. Na ja. Sie sollten ihn aber möglichst bald besuchen!"

„Vielleicht werde ich das tun."

„Eins kann ich allerdings immer noch nicht verstehen! Was hatte Ihr seltsamer Auftritt bei der Abschlussprüfung zu bedeuten?"

„Ja, Shawn. Was ist da in dich gefahren? Keiner von uns hat verstanden, was du eigentlich wolltest", stimmte Fred in die Frage ein.

„Ich weiß nicht mehr genau. Ich glaube, ich fühlte mich nicht mehr wohl."

„Du warst schon Wochen vorher immer so komisch. Ich dachte, du hättest Sorgen und wolltest nicht darüber reden." Fred beugte sich auf seinem Stuhl nach vorne, stützte sich auf seinen Knien mit den Ellenbogen ab und legte die Stirn in sorgenvolle Falten.

„Das kann ich immer noch nicht. Ich weiß nicht … da war so ein Gefühl." Shawn wurde die Nähe seines ehemaligen Kommilitonen und die Direktheit seiner Fragen zu eng, so dass er sich instinktiv in seinem Bett ein wenig aufrichtete.

„Hattest du irgendwas eingeworfen? Du warst überhaupt nicht du selbst!" Fred legte die Hände zusammen. Ein verschwörerisches Blitzen in seinen Augen schien andeuten zu sollen, dass Shawn ja wisse, dass auch Fred hin und wieder Erfahrungen mit Drogen gesammelt hatte. ‚Mir kannst du so was sagen', war die implizierte Aussage, und auch Mr. Johnson hatte ein verschmitztes Lächeln in den Mundwinkeln.

„Nein. Ich hatte nichts genommen. Nicht an dem Morgen. Ich war völlig klar im Kopf. Klarer als sonst."

„Dann versteh ich dich nicht, Shawn! Mann, du hast kompletten Schwachsinn gelabert. Es war kaum zu verstehen, was du eigentlich wolltest. Du warst total aggressiv und hast auf nichts reagiert, was man dir gesagt hat." Fred hatte sich auf seinem Stuhl wiederaufgerichtet und mit den Händen zur Unterstreichung seines Unverständnisses auf die Oberschenkel geschlagen.

„Sie sagten, Sie hatten an diesem Morgen keine Drogen konsumiert. Aber Sie hatten in der Zeit davor doch schon Kontakt mit Drogen!" Jakob schaltete sich wieder in das Gespräch ein und schaute nun ein wenig ernster.

„Das war kaum der Rede wert."

„Jeder reagiert anders, Herr Hayek! Was für den einen eine harmlose Menge ist, könnte bei Ihnen eine starke Wirkung hervorgerufen haben. Drogen verändern das Bewusstsein, auch wenn man gerade keine genommen hat. Vielleicht hatten Sie eine Art Flashback?"

„Ich wusste genau, was ich tat!" Shawn rutschte noch ein wenig weiter am Kopfende des Bettes empor, so dass er nun vollständig aufrecht saß.

„Herr Hayek, wir suchen lediglich eine Erklärung für Ihren plötzlichen Sinneswandel. Sie finden Ihr Verhalten normal, aber lassen Sie es sich gesagt sein, von außen betrachtet, war es das definitiv nicht! Selbst Fred hatte das Gefühl, dass sich Ihre Persönlichkeit und Ihre Ansichten in wenigen Wochen auf eine besorgniserregende Weise verändert hatten. Wenn keine Drogen im Spiel waren, muss es andere Erklärungen geben. Vielleicht sind Sie in Kreise geraten, die Sie verwirrt haben, die Einfluss auf Sie ausgeübt haben ... "

„Ich bin nirgendwo hineingeraten. Ich bin nur zu ein paar Freunden gezogen, weil ich Abstand vom Campus wollte." Shawn war nun sichtlich erregt. Er spürte, wie man versuchte, ihn in eine Ecke zu drängen. Man wollte ihn von seiner eigenen Unzurechnungsfähigkeit überzeugen.

„Und diese Freunde haben schlecht über Titan und Ihre Ausbildung geredet?!"

„Nein, die haben sich überhaupt nicht dafür interessiert. Das war gerade das Gute! Mich hat niemand einer Gehirnwäsche oder so was unterzogen, okay!" Diese ganze Befragung wurde Shawn zu viel. Sie ging am Thema vorbei. Nach der Begegnung mit McGrue und Frank Rock wollte Shawn nicht mehr daran glauben, dass er sich in eine Paranoia verrannt hatte. Seine Erlebnisse waren real, und er hatte guten Grund, Titan gegenüber skeptisch zu sein.

„Okay! Regen Sie sich nicht auf! Manchmal entwickeln Menschen auch alleine durch Stress seltsame Vorstellungen."

„Oh Mann! Ich komm mir fast schon wieder vor wie bei meinem psychologischen Betreuer! Ehrlich, es geht mir gut. Ich bin zufrieden mit meiner Entscheidung. Ich wollte nicht länger zum Konzern gehören! Die einzigen, die versuchen, mich einer Gehirnwäsche zu unterziehen, sind Sie!" Jetzt war es raus. Shawn hatte in seiner Wut endlich den springenden Punkt ausgesprochen. Es waren nicht irgendwelche schlechten Kreise, die versuchten ihn zu manipulieren, sondern manipuliert wurde ausschließlich von Titan und zwar auch gerade in diesem Moment!

„Herr Hayek, niemand will Sie in irgendeiner Weise beeinflussen. So wichtig sind Sie nicht! Wirklich! Aber Ihre Entscheidung ist bei klarem Verstand nicht nachvollziehbar. Es ist der reinste Blödsinn, wie Sie sich verhalten haben; und wenn Sie Ihre Entscheidung immer noch gutheißen, brauchen Sie wirklich noch Einiges an psychologischer Betreuung. Ohne Abschluss haben Sie sich Ihre Karriere vollkommen ruiniert! Wir wollen Ihnen die Möglichkeit geben, die Prüfung nachzuholen. Und zwar nicht, weil wir uns davon etwas für unseren Konzern versprechen, sondern weil wir uns Sorgen machen. Wie Ihr Vater übrigens auch."

„Lassen Sie meinen Vater aus dem Spiel!"

„Nein, das tu ich nicht! Trotz des Förderprogramms, das Sie von Titan erhalten haben, hat Ihr Vater nämlich nicht wenig Geld in Ihre Ausbildung investiert. Der Konzern im Übrigen auch. Aber das ist uns egal! Von Seiten des Konzerns können Sie nach dem Abschluss entgegen der vertraglichen Regelung sofort bei jedem anderen Unternehmen anfangen…"

„Sie wollen mich also loswerden! Hatte ich doch recht!"

„Herr Hayek, machen Sie sich nicht lächerlich! Sie wissen anscheinend immer noch nicht, was Sie da reden. Es hat keinen Sinn, mit Ihnen ein vernünftiges Gespräch führen zu wollen. Soll ich Ihnen sagen, was ich glaube … Ich glaube, Sie haben sich mit einer verrückten Gruppe von Netzaktivisten eingelassen, die verdammte Lügengeschichten über den Konzern verbreitet haben. Diese so genannten Liberators haben Sie in Ihre Fänge bekommen. Aber falls Sie es noch nicht mitbekommen haben, diese Gruppe ist so gut wie erledigt. Niemand schenkt ihnen mehr Glauben. Alles, was sie über Titan verbreitet haben, war erfunden und erlogen! Diese beschränkten Terroristen haben eine erfundene Geschichte für einen Tatsachenbericht gehalten und diesen noch nicht einmal zu Ende gelesen oder richtig verstanden. Sie wollen doch nicht ernsthaft weiter an den Blödsinn glauben, den man Ihnen auf dieser Grundlage ins Hirn gepflanzt hat!"

„Wie kommen Sie darauf, dass ich etwas mit dieser Gruppe der Liberators zu tun habe?"

„Es tut mir leid, Shawn, aber ich habe es Herrn Johnson erzählt. Du hast in den letzten Wochen so viel wirres Zeug gesagt. Einiges davon klang stark nach den Dingen, die die Liberators im Netz verbreitet haben."

„Ich habe noch nie etwas von den Liberators gelesen oder gehört! Ich wusste bis vor ein paar Tagen gar nicht, dass es so eine Gruppe gibt!"

„Und wie haben Sie von den Liberators gehört?"

„Wenn Sie es genau wissen wollen … Mir hat durch Zufall jemand in einem Restaurant darüber erzählt."

„Shawn sei nicht so gereizt! Herr Johnson versucht nur, dir zu helfen."

„Ich kann mir vorstellen, was das für eine Hilfe sein soll … Den jungen Angestellten, der gerade durch die Medien als Opfer gegangen ist, schnell wieder auf Linientreue bringen, bevor er mit der Presse reden kann …"

„Sie sind tatsächlich verrückt! Das ist eine haltlose Unterstellung! Was glauben Sie eigentlich! Meinen Sie, es würde sich jemand für Sie interessieren, weil Sie bei diesem Brand dabei waren? Sie haben doch noch nicht einmal etwas über die Urheber des Brandes zu berichten!"

„Ach ja, woher wollen Sie das denn wissen?"

„Aus den Nachrichten. Ich habe Ihre verworrene Aussage gelesen. Sie sind zusammen mit einem Herrn Rock von einer Ärztin des Krankenhauses gerettet worden. Diese Dr. Martin hat über die Aktion im Krankenhaus gesprochen. Für mich ist Sie eine Heldin! Und wenn Sie wissen wollen, was ich über Sie denke … Sie sind für mich ein Spinner, der riesiges Glück gehabt hat und mit dem ich hier nur meine Zeit verschwende!"

„Vielen Dank auch für Ihre Genesungswünsche. Wieso erzählen Sie mir nicht einfach, was diesen Frank dazu gebracht hat, auf mich die Waffe zu richten? Der ist doch wohl ein Angestellter des Konzerns!"

„Was weiß ich! Vielleicht haben Sie ihn in Ihrem Wahn bedroht? Hören Sie! Frank Rock hat sich um den Konzern verdient gemacht! Er war an einigen wichtigen Forschungen von Titan entscheidend beteiligt. Er war überarbeitet. Aber ich werde es nicht zulassen, dass Sie ihn in den Dreck ziehen!"

„Ich will niemanden in den Dreck ziehen. Aber kann es vielleicht sein, dass Herr Rock bei einem Selbstversuch psychischen Schaden davongetragen hat?"

„Das ist absurd! Sie phantasieren immer noch. Sie haben doch selber gesagt, dass Sie mit dem Konzern nichts mehr zu tun haben wollen. Glauben Sie, dass ich mit Ihnen Forschungsprojekte erörtern werde, jetzt, wo Sie draußen sind!"

„Nein, das werden Sie bestimmt nicht! Das könnte wohl auch nur unangenehm für Sie werden …"

„Wissen Sie was! Mir reichen Ihre Unverschämtheiten. Ich habe mein Bestes versucht, Sie zur Vernunft zu bringen. Ich wollte Ihnen noch eine Chance geben, und das nur, weil Ihr Vater mich inständig darum gebeten hat. Es tut mir leid für ihn, aber Ihnen ist zurzeit nicht zu helfen. Vielleicht werden Sie, wenn Sie wieder bei Verstand sind, einsehen, dass Sie sich aus eigener Dummheit Ihre Karriere versaut haben. Sie sind für mich ein Riesenhornochse, Herr Hayek! Ich wünsche Ihnen noch ein schönes Leben.“

Mit diesen Worten drehte sich Jakob um und verließ Shawns Zimmer.

„Mann, Shawn! Wieso hast du das getan? Jetzt kann dir keiner mehr helfen. Mach's gut“, fügte Fred noch hinzu und verließ dann auch das Zimmer. Shawn blieb allein zurück. Noch am Nachmittag desselben Tages wurde er aus dem Krankenhaus entlassen.

*

Shawn schloss die Tür auf. Zumindest einige Sachen wollte er noch abholen.

„Shawny-Baby, wo bist du die ganze Zeit gewesen?“ Phoenix und Charley kamen gleichzeitig aus dem Wohnzimmer in die Diele gestürzt. Sie waren so lebhaft, wie Shawn sie noch nie erlebt hatte. In ihren Augen ein Glanz, den er nur von Kindern an Weihnachten kannte.

„Alter, du bist es wirklich? Oh Mann, nicht zu fassen! Du weißt nicht, was hier die ganze Zeit los war! Dieser Agent Peter Grosbaum wollte vor einigen Tagen dich dringend sprechen. Aber niemand konnte dich erreichen. Als er hier angerufen hat, haben wir ihm geholfen, aber keine Chance! Mann, was ist passiert?“

„Kann ich nicht sagen. War einfach Vieles durcheinander
…“

„Na egal! Aber jetzt bist du froh, was? Shawn, Mann, ist
doch geil! Deine Geschichte ist der Hammer! Grosbaum sagt,
er hat die letzten Tage nur telefonieren müssen. Ständig hat
jemand angerufen. Auch die Typen von Titan! Junge, die
hatten ja ganz schön Ärger mit der Sache. Voll der Kin-
deraufstand! Aber bestimmt schlecht fürs Geschäft! Peter hat
denen das erklärt. Die waren saufroh, endlich mit einem
sprechen zu können, der das ganze Ding in Händen hat.
Verstehste? Jemand, der Ahnung hat und denen die eigentliche Message erklärt. Die wollen unbedingt auch den Autor
kennenlernen. Warte, ich hab gespeichert, was der gesagt hat.
Zieh dir das rein:

‚Der Konzern sieht in dieser Betrachtungsweise eine große
Chance zur Erneuerung der Strukturen und zur Wieder-
aufnahme der Beziehungen. Der scheinbare Kulturpessimis-
mus beinhalte zwischen den Zeilen einen großen Zukunfts-
glauben, dem sich der Konzern seit jeher verpflichtet fühlt.
Eine Verbindung von Tradition und Fortschritt, die wie
nichts Anderes für den Konzern steht‘!

Na klar! Diese irren Liberators haben das voll nicht verstanden. Totale Schwachmaten! Die ganze Geschichte liegt ja
eigentlich ewig zurück. Also, ich meine die Sache, nicht die
Geschichte. Das, worum es ging! Da machen diese Liberators eine Riesenwelle. Dabei war das total harmlos!

Dieser Takanga, – du hast das natürlich anders geschrieben
– der war bloß …“ Charley zögerte kurz: „Wie nennt man das
noch?“

„Inspirationsquelle“, warf Phoenix ein. „Das ist wie bei Lie-
dern oder Spielen. Irgendwo kommen dann Ideen her, aber
die haben dann ja auch nix mit der Wirklichkeit zu tun! Das

ist dann was Anderes. Auf jeden Fall hat man den Leuten doch nichts Schlimmes angetan oder sie irgendwie zu Unrecht verurteilt. Das war mehr politisch, weil es so nicht weiterging. Eigentlich musste man die ja sogar schützen. Ist doch klar, dass denen keiner mehr über den Weg getraut hat. Auch wegen der ganzen Protestiererei vorher. Ehrlich, denen geht es jetzt besser als je zuvor! Jetzt können die doch so sein, wie sie wollen …“

„Shawn, was geht? Du siehst aus, als wolle ich dir einen Bären aufbinden!“

Shawn begriff nicht wirklich, was Phoenix von ihm wollte. Charley schaute Shawn jetzt ein wenig überrascht ins verständnislose Gesicht, fuhr aber dennoch mit Begeisterung fort: „Titan hat sogar diesen Takanga aufgetrieben! Also nicht deinen, sondern halt einen, der da wirklich in der Siedlung gelebt hat! Die sagen, der ist jetzt echt zufrieden. Der erzählt weiter irgendwelche alten, albernen Geschichten. Also, ich meine … Versteh das nicht falsch! Ich mein halt wirklich ganz alberne Märchen und so Zeug. Nicht so wie du! Aber von dem, was der Takanga in deiner Geschichte so alles draufhat, hat der alte Typ da keinen Schimmer! Der hat gar nichts, sagt Titan. Der ist total schlicht. An dem ist in Wirklichkeit gar nichts dran. Das Einzige, was der tut, ist über total unspektakuläre Dinge mit großen geheimnisvollen Worten zu sprechen. Hu, Hu! Nur Gefasel! Keinen Schimmer hat der! Aber die Leute, von denen jetzt mehr zu diesem Kulturverein laufen, stehen drauf und lassen sich von dem halt zutexten. Ich hab’ einen kurzen Ausschnitt von einem Mitschnitt gesehen. Sogar als der drauf angesprochen wurde, hat der einfach so getan, als habe er das alles gesagt mit dem kleinen Krieger und dem störrischen Gaul. Ja klar, er könne sich noch genau daran erinnern … Würd ich auch sagen! An deiner

Stelle wäre ich ganz schön sauer …"

Ohne wirklich auf eine Reaktion von Shawn zu warten, verteilte er das Fell des Bären munter weiter: „Aber soll der ruhig damit weitermachen! Wir ziehen jetzt unser Ding durch! Können wir auch ein bisschen teilen. Irgendwie hilft man sich ja gegenseitig. Für uns war der nur die Plattform. Von der ganzen Konzernseite aus deiner Erzählung hat der eh keine Ahnung. Das ist aber doch das richtig Geile! Daran sind die meisten Leute eigentlich interessiert! Auch Titan selbst! Man muss halt in der Lage sein, aus der Vergangenheit etwas für die Gegenwart oder die Zukunft zu ziehen. Verstehste? Wie die drei Gründer damals bei Titan, oder wie du … Für uns ist der ganze veraltete Plunder jetzt nur Hintergrund. Tja, auch wenn es mit der Wahrheit nichts zu tun hat, irgendwie hast du diesem Takanga da ein Denkmal gesetzt. Viele glauben mittlerweile, dass der auch was mit dem ersten ‚Geistertanz'-Projekt zu tun hat. Ehrlich, ich habe gerade erst einen Bericht gelesen, dass vermutlich ein Großonkel von Takanga – auch irgendwie Schamane – die Gründer von Titan damals aus dem Schneesturm gerettet haben soll. Dann hat er sie in die Traditionen seines Volkes eingeweiht. Würd mich nicht wundern, wenn die den auch bald finden … Aber Titan lässt das alles laufen. Die sind wohl ganz zufrieden."

Phoenix schaltete sich jetzt wieder ins Gespräch ein: „Shawn, ich fände es echt cool, wenn ich in deiner Geschichte vorkommen würde. Ich glaube, ich könnte dann berühmt werden, oder so was! Die Firma, die die Powerriegel herstellt, will mich vielleicht für 'ne Werbeaktion, oder so was! Die wollen in drei Monaten so 'nen richtigen Megaathleten aus mir machen. Vorher, nachher. Verstehste? … Ich glaube, da ist richtig Kohle drin. Ich sag's dir. Ich hab auf jeden Fall schon mal was klargemacht. Ich hab da auch ein paar richtig geile Geschichten über mich! An meinem Image müssten wir dann noch näher arbeiten. Weißte, in der Schule war ich schon immer voll sportbegeistert und so. Ich hatte Talent, eh! Vielleicht zahlen die mir auch irgendwelche geilen Umbauten an meinem Körper. Ich hab so was schon mal im Netz gesehen …“

Shawn starrte ungläubig auf die beiden Ausgekifften, die in ihrer Begeisterung über seine Geschichte, oder was sie dafür hielten, nicht zu bremsen waren.

„Weißte, deine Geschichte mit dem Schamanen war echt cool! Ich hab's immer gesagt, so was kannst du! Ich fand die Botschaft voll krass. Hat mich geflasht. Ehrlich! Irgendwann muss sich jeder entscheiden! So gehen wir das jetzt an. Da müssen wir richtig steil gehen – sofort was nachlegen – das Eisen schmieden, solange es heiß ist – Verstehste? Entscheiden! Die Sache bei den Hörnern packen! Wumms! … Ich hab in deinen Account schon mal 'ne Fortsetzung mit krassem Zeug hinterhergeworfen. Nicht kleckern, sondern klotzen! Es haben auch ein paar Typen aus der Nachbarschaft und der Netzgemeinde gemailt. Man könnte die besten Stellen geil vertonen und 'nen krassen Independent Sound draus machen. So voll authentisch. Vibes von der Straße für die Welt! Lass mich mal machen, ich kenn mich da aus! Mein Vater verdient seine Kohle mit viel so Zeug …“

„Was meinste, wer noch hier war?“, ergriff Charley wieder das Wort. „Hector von der ‚Chicken Palace'-Kette! Der wollte eigentlich nur 'ne Tüte für dich abgeben. Meinte, er hätte sie für dich aufbewahrt … Aber als der gehört hat, dass du die ‚Geistertanz'-Geschichte geschrieben hast, war der total baff! Hätte der dir als Hobbydichter wohl kaum zugetraut … Auf jeden Fall war der sofort bereit mitzumachen. Das gibt ein krasses Crossmarketing: ‚Hector's Indian Summer Week'! Da könnte man dann den ein oder anderen Song spielen. Die Lieder sind ja schon in Mache. Das muss allerdings alles noch mit Titan abgeklärt werden. Da gibt es jetzt jede Menge zu beachten …“

„Übrigens“, setzte er im selben Ton hinzu, „dein neues Ende für die Geschichte passte überhaupt nicht zu dem Rest! Das ging auch gar nicht – für ein Vermarktungskonzept! Da waren wir und dein Agent Peter uns total einig. Als du das geschrieben hast, warst du ja auch nicht mehr ganz sauber im Kopf. Hat man gemerkt. Ist dir alles zu viel geworden, was? Peter hat dann die Geschichte nach dem ursprünglichen Konzept zu Ende geschrieben. So wie du es ihm am Anfang gesagt hast. Also, natürlich voll in deinem Sinne …“

„Eh, du bist ja krass blass, Alter! Willst du ’nen Riegel? Ich hab drei Kartons hinter der Couch stehen, ’ne Art Sponsoring! Was ist los? Wo willst du denn hin? Du bist doch gerade erst wiedergekommen …“

*

Draußen! Takanga wusste, was wichtig im Leben war – und hatte Unrecht. Seine Sicht auf die Welt tat gut, war aber natürlich nicht zutreffend. Recht hatte am Ende nur McGrue. Niemand entscheidet sich. Alles wird entschieden. Alles andere war Illusion. Ein Irrtum. Und auch dieser Irrtum war nur eine Programmoberfläche. Zufällig gewählt. Aber eine Oberfläche, auf der man sich bewegen konnte, mit der man leben konnte …

Shawn war dennoch fassungslos! Sollte das alles heißen, dass seine Geschichte, von der er bisher dachte, dass sie ausschließlich Peter und vielleicht seine Mitbewohner gelesen hatten, ein viel größeres Publikum erreicht hatte? Eigentlich konnte die Geschichte nur vom Verlag aus ins Netz gelangt sein – allerdings ohne Ende. Wenn er seine Mitbewohner richtig verstanden hatte, war es seine Geschichte, die den gesamten Wirbel in der Community initiiert hatte. Zu seiner ursprünglichen Geschichte waren weitere Spekulationen über den Verbleib umgesiedelter Indianer gekommen. Alles schien im Netz wie ein großer Skandal, der sich gerade erst ereignet hatte und sich ständig wiederholte. Vielleicht war es tatsächlich ein Skandal gewesen? … Aber Shawn selbst wusste bis heute nicht, was damals tatsächlich geschehen war! Weder für den Skandal, den die Liberators losgetreten hatten, noch für die Version, die Peter zusammen mit Titan in die Welt gesetzt hatte, hatte er Beweise … Seine Geschichte hatte eigentlich kein zufriedenstellendes Ende. Alles war möglich, nichts wusste Shawn sicher …

Sicher war am Ende nur, dass er in den letzten Tagen tatsächlich verfolgt worden war – und zwar von den Ausläufern seiner eigenen Geschichte! Die Auslöser, die ihn in seine eigene Vergangenheit hatten reisen lassen, waren ihm zumindest zum Teil auch über Umwege aus seiner eigenen Vergangenheit gefolgt.

Shawn ging zur Bahnhaltestelle. Er stellte sich zwischen die wartenden Menschen an der Station. Wunderbare unterschiedliche Gesichter. Jeder dahinter in seiner eigenen kleinen eingebildeten Welt. Shawn hatte kurz überlegt, ob er selbst noch einmal an der Geschichte weiterschreiben sollte, Einiges richtigstellen, wenn es nötig war. Aber er wusste, dass er das nicht mehr konnte und nicht mehr brauchte. Die Geschichte lebte ohne ihn. Sie schrieb sich selbst fort. Er konnte sie loslassen. Eigentlich war sie schon weit weg … Er studierte verstohlen noch einmal die verschlossenen Gesichter. Jedes eine Welt für sich. Aber vielleicht war hier und dort ein wenig von seiner Geschichte eingedrungen.

Der Konzern hatte ihm klargemacht, dass man ihn nicht mehr brauchte und man nach der Aufklärung aller Missverständnisse auch kein Interesse mehr an ihm hatte. Ein gutes Gefühl! Auch sein Vater würde irgendwie damit leben können. Sein Sohn war zumindest kein Terrorist und auch kein Verräter. Er hatte es einfach nicht geschafft! Es war ja auch schwierig gewesen bei der Veranlagung und ohne Mutter.

Shawn schaute auf die eingeblendeten erwarteten Züge. Er betrachtete seine Hand, auf der von Sandras Schrift nur noch ein blasser Rest zu erkennen war, während die Nummer in sein wiedererlangtes Telefon gewandert war. Er hatte noch Geld und auch völlig tadellose Ausweispapiere. Er hatte Lust auf etwas Neues. Mit Freude begann er zwischen Flugzeug, Bahn und Bus zu knobeln: Der nächste Zug sollte es sein. Die Lichter rollten heran. Der Zug hielt mit der Tür vor ihm. Der Wagon war mit einigen Graffitis überzogen worden. Die Tür vor ihm öffnete sich. Niemand kam ihm aus dem Inneren entgegen. Über die Tür war mit blauer Farbe eine Krone aus Schwungfedern gesprüht worden. Shawn betrat die fliegende Tür …

Jens Jüttner wurde 1976 in Düsseldorf geboren. Er arbeitete zunächst als Rechtsanwalt und Betriebswirt in der Steuerberatung. Heute widmet er sich dem Verfassen belletristischer Literatur, treibt Sport, trinkt leidenschaftlich Kaffee und bemüht sich, seinem Sohn ein guter Vater zu sein.